不虚此行
来看你

王忆 著

作家出版社

图书在版编目（CIP）数据

不虚此行来看你 / 王忆著. -- 北京：作家出版社，
2021. 4

ISBN 978-7-5212-1389-8

Ⅰ. ①不… Ⅱ. ①王… Ⅲ. ①短篇小说 – 小说集 –
中国 – 当代 Ⅳ. ①I247.7

中国版本图书馆CIP数据核字（2021）第062885号

不虚此行来看你

作　　者：王　忆
责任编辑：向　萍　乔永真
封面题字：王宜早
装帧设计：琥珀视觉
出版发行：作家出版社有限公司
社　　址：北京农展馆南里10号　　邮　　编：100125
电话传真：86-10-65067186（发行中心及邮购部）
　　　　　86-10-65004079（总编室）
E-mail:zuojia@zuojia.net.cn
http://www.zuojiachubanshe.com
印　　刷：唐山嘉德印刷有限公司
成品尺寸：145×210
字　　数：169千
印　　张：6.75
版　　次：2021年4月第1版
印　　次：2021年4月第1次印刷
ISBN　978-7-5212-1389-8
定　　价：45.00元

人生在世，“遇见”是一种奇迹，

人与人，人与事，人与物，人与理想，人与情感，人与生活……

在万物之中遇见，便不虚此行。

王忆向读者们问候

"如果孤独是一种成长，我可逆着风飞翔。"

目 录

序

　　十月在南京的一个作家研讨班授课前，王忆坐在轮椅上，她父亲推着轮椅走进会场。我之前不知道王忆也在这个班上听课，在和他们父女眼光相遇时，我认出了王忆。一瞬间，我内心似乎有一种疼痛，几乎热泪盈眶。在和王忆父亲简单说了几句后，我开始讲课。

　　这是我第一次见到王忆。近几年，我也比较关注青年作家的写作，王忆先以她特殊的经历再以她的作品引起我的注意。我们青年时期，曾经有一个与文学相关的励志故事，这就是张海迪和她的写作。在后来漫长的岁月里，我知道即使是一个体魄正常的人，写作都是一件艰难耕耘而不知收获的活儿。王忆出生时因羊水破裂导致小脑偏瘫，正常的肢体和语言能力在她来到这个世界上时便丧失。这一年，我也做了父亲，我无法想象王忆的父亲是如何让这个孩子长大并成为作家的。这其中的故事，应该也是一部大书。从盐城，到南京，这样的旅程，是一个孩子在父亲的帮助下，用一个一个字码出来的。

在课间休息时，王忆的父亲简单说了王忆的生活和经历，他的状态刚毅而疲倦。坐在轮椅上的王忆在父亲协助下加了我的微信，她一直朝我微笑。这个微笑的样子我首先是在媒体上看到的，现在，这孩子就在我的面前。我的出生地也属于盐城，这地方文脉绵延不断，喜欢写作的人众多。我想，王忆的写作或许与地方的文风鼎盛没有关系，她的天性也许注定了她只能通过文字和这个世界发生联系。如果不是残障，王忆或许大学毕业后在其他领域工作。和天下所有的父亲一样，王忆的父亲肯定宁可孩子不会写作也要有一种正常的生活。这世界上如果少一个作家，多一个花样年华的孩子，那是多么美丽的世界。残酷就在这里。王忆不能言语，但她可以思维，可以想象世界，而且朝着文学的方向。现在人们会用"一指禅"形容王忆打字写作的方式，但这"一指禅"落在键盘之前，王忆在她父亲的协助下，练过什么功夫，都是我们难以想象的。

我们当然会首先在精神层面上肯定王忆写作的意义。我个人很喜欢王忆在自传体长篇小说《冬日焰火》后记中对自己的定位和解读："最后，我是王忆，也是故事里的小冬。我想对读到这部小说的大朋友和小朋友说，小冬的故事也是千千万万残障人故事的缩影，她有苦难，也有超乎常人的幸运。但是最重要的是来自身边人的鼓励和自己坚强乐观的人生态度。在我看来，小冬的出生和成长并不是一个完全的悲剧。她的积极向上，包括那种'我就要和别人一样'的自尊心是支撑她一路走来的重要核心点。"王忆如此达观，如此珍惜她的幸运，于是她脸上永远闪烁着春天的微笑或冬日的火焰。这个不能奔跑的孩子，坐在轮椅上奔跑着："奔跑，我一直在奔跑／以最独特的方式奔跑／跌倒也好，流血也罢／摔碎的伤疤总会结痂"；"这样的奔跑，不是倔强／这样的奔跑，也不是逞强／而是一路的坚持／只为遇见最期待的风景／所以我愿意／尽自己全部的力量／追逐一个美好的方向"。

在这样的奔跑中，我们读到了王忆内心的风景，而她自己又把风景留在诗歌、散文和小说的字里行间。我们现在读到的《不虚此行来看你》是王忆近几年短篇小说的结集，在最初浏览目录时，我很诧异王忆在她有限的活动空间中是如此拥抱广阔的现实。王忆在想象中敞开了自己，也打开了她视野中隐秘的部分世界。这些小说不是王忆的自传，但我们在小说里读到了王忆。在她的小说里总有这样一个女孩：她腼腆却又坚韧；每每遭遇坚硬的生存现实，却总能凭借自己那种巨大的渴求生存的能量将其化掉，然后将这些化掉的残蜕变成铠甲，重新穿在身上。就像《寻医记》里面那个算命先生的比喻：一条蛇——不是地上的蛇。而是天上的龙，"因为触犯了天规被惩罚到人间受难了。"我们看到了一个世俗化的神话辩证法：在无神的时代，凡人因坚韧之心而被神格化了。

女性生存、底层奋斗、疾病／残缺——是王忆书写的三个核心主题。在某些小说里，这三个主题同时浮现，被密密地编在小说的故事里。究其根底，三者其实都是同一个母题的变奏：困境及其突围。《乘风破浪女骑手》里面的年轻母亲带着孩子，风里来雨里去穿行在城市的大街小巷。一路可以说是披荆斩棘、困难重重。在这个故事里，我们看到了城市漫游主题的最新呈现：一个打工者／母亲用足迹／骑行测绘出了她自己的城市空间地形图，以及此间的人情冷暖，世态炎凉。与女骑手形象互为镜像的，是女挖掘机手。金花开着挖掘机在地震之后的残砖断瓦之间的形象是这一"女性—底层—拼搏者"的浓缩演绎。

除了身处困境中的人的艰难突围，花季少女的婉曲心事也是王忆偏爱的主题。《不虚此行来看你》写少女朦胧的"暗恋"。整场幻梦被编织进一个三角结构之中，酷肖经典电影《祖与占》的关系设定。三人间的情感流动潜滋暗长，未尝消歇。旁观的小妹妹将一切看在眼里，抽丝剥茧，尝试理清千头万绪。但是如何能说尽这些晦暗未明的朦胧情丝呢？况观看者从来就不曾超拔于外，她早已将春心卷入其中。一切仿佛都待澄清，不明朗。好像尘埃落定，但又似乎从来都不明不白。最终也只能化作一句"不虚此行来看你"。所谓时光，所谓青春，不也如是吗？《寻医记》可以看作王忆的夫子自道。一场漫长的寻医之旅，瞬然间仿若有光，"站立起来"的允诺近在咫尺，可是永远都无法真正地逼近、触及。看到结尾我们恍然大悟，原来所谓"寻医记"不过是华胥一梦。可是就在这个梦中，小说诞生了。

王忆的新书即将付梓，我写上这样的文字，是父辈和孩子的交谈，也和读者朋友分享我阅读王忆的印象。在这个寒冷与温暖交替的冬天，王忆，你还好吧？

2021.1 于苏州

王　尧　作家、评论家。文学博士，苏州大学文学院教授，教育部长江学者特聘教授，现任江苏省作家协会副主席、苏州大学学术委员会主任。主要从事中国现当代文学研究，著有《莫言王尧对话录》《彼此的历史》《王尧文学评论选》，主编《中国当代文学批评大系》。曾获第七届鲁迅文学奖理论批评奖。先后在《南方周末》《读书》《收获》《钟山》等开设专栏。

序

不虚此行来看你

一

　　他投进最后一个三分球，像淋了一场暴雨般大汗淋漓地走出球场。人群背对日落逐渐稀疏，他仰面朝天，脑袋向后来回摇摆，试图甩去浸透在头发里的汗水。等他坐到我身边时，我们之间隔着一线霞光，我也刚好吸完奶茶里最后一颗珍珠。我对他无情嘲笑：不行了吧，才投进两个三分球。一条白色软绵绵的干浴巾揽在他脖子上，他习惯性摘下眼镜拿浴巾角边擦了擦。他笑着无奈摇头说：是不如从前了，到底是快四十了，跑不动啦。我起身丢掉喝空的奶茶杯，跨过他伸出的脚踝迎着晚霞直朝西走去，侧身对他挥手：我走了，拜拜了您呐！才走出去两步，他扭头提高音量叫住我：明儿早上十点楼下接你，别睡过头了。我转过身，显露出不太情愿的表情。他锁了锁眉又展开说：别闹，这是哥下半辈子的事，挺重要的。你得跟着一块儿去。

　　这事我是可以拒绝的，甚至完全可以不参与，毕竟结婚的是他们，挑婚纱拍照这种事再怎么轮也轮不到必须要我在场。可是我哥说什么也要让我全程参与。我和我哥相差十五岁，我出生那会儿，他正经历中考。据说从我两岁开始，他就敢抱着我进球场，他上场打球就把我放在球场边的凳子上，让观战的女生帮忙照看。不知道为什么，我当时那么小，球场上那么多人像打架似的碰碰撞撞，我竟然一点也不害怕，他每回打赢了球，一转身就会从不远处跑过来把我举高，好似举起了奖杯。

　　第二天早晨，我蜷缩在被窝里，被床单、枕头和被子三位一体困住。时钟才跳到八点半，压在枕头底下的手机就响了。不用看也知道是他打来的：起来了没有？赶紧起来，洗洗脸吃点早饭，一会儿来接你。我眼睛睁不开，哦了一声便挂了电话。通常对半夜一点以后开始的睡眠而言，早上八九点才正是最香甜的时刻。而此刻我却瞬间睁开了眼，直盯着微微晃动的粉紫色窗帘，仿佛生理上已经醒了，心理还在昏睡之中。靠愣神的力量支撑着，我脑子里拐了几个弯，幻想珺茹穿上婚纱是什么样子？突然又跳出一个念头，她又不是头一回穿婚纱，怎么着都对这事熟能生巧了吧。无论怎样，我在床上翻来覆去两三个来回，不知不觉多赖了一个小时。

　　半个小时足够我收拾好自己，九点五十六分下楼，没过两分钟，他们开着那辆新提的白色宝马车闯进了我住的小区。看到车头缓缓朝我面前开来的时候，我有意识加紧了步伐，三两步就跑到了后座，以迅雷不及掩耳之势钻了进去。因为我猜想珺茹坐在副驾驶位置上，必定会摇下车窗迎接我。然而关上车门的一刻才发现，珺茹也坐在后座里。我们各自与车门保持大约只有几厘米的空隙，座位中间相隔一个橘黄色腰包。珺茹今天穿一件米白色蕾丝边过膝连衣裙，下边配黑色薄薄丝袜，踩一双嵌了亮钻的玫红色高跟鞋，见到我露出艳丽真诚的笑容：妍妍早啊，今天辛苦你陪我们一起去了。我下意识扭头看她一眼，真是不管多大年龄的女人化了妆，似乎就能覆盖一切遗留下的痕迹。我顺手将了将一侧的头发，目光迅速收回来，出于礼貌笑了一下：没事！便再无表情，随即习惯性掏出手机刷屏。珺茹应该是早就习惯了我对待她的淡漠，如果不是我哥，我跟她这辈子绝对是形同陌路的路人。

我哥在前面开车，副驾驶被一个大红色行李箱占据得满满的，他们不断计划婚礼的事情，我哥的兴奋度完全超乎了我的想象。他说：珺茹，我觉得婚礼现场还是以蓝白色调为主吧，你不是喜欢地中海风格吗？我觉得蓝白挺不错的。她向里边挪了挪身子，脸倾斜着对着驾驶座说：嗯，好啊！那就定这种吧，简约一些。我猜他是故意透过后视镜看到了我在玩手机，有点没话找话说：妍妍，你今天也把伴娘服订了，选一件自己喜欢的，哥给你买了。我不断点击手机屏幕漫不经心地回他：婚纱店服装都是用来租的，就穿一天。

一路上我只和手机面对面，或者将视线投向车窗外。当车速达到五六十迈，烈日当空，刺眼的光芒在进入隧道之前变得影影绰绰。车内的温度和氛围与车外一定有巨大的反差，广播里传出一首《爱相随》，将气氛缓和了一些，他把控着方向盘跟着音乐哼唱，如此有年代感的节奏，我差点以为这是在去郊游的路上。

那年夏天早已成为遥远的记忆。我哥不知是从哪里找来一辆看上去有些破旧的黑色桑塔纳，一车男男女女坐了五六个人。那天开车的也是我哥，珺茹和另外一男一女挤在后座，贴着车门坐的那个男孩体形肥硕，大鼻头厚嘴唇扎扎实实地钉在油腻腻的脸盘上，唯独像黑葡萄干大的眼睛在整张脸上不那么起眼。另一个女生被他和珺茹夹在中间座位，穿了一件橘黄色带白色波浪边的连衣裙，一路只听得她的笑声最多。珺茹那时候就懂得化妆，只是没有如今化得这样娴熟。我那年真的很小，但后座还是放不下我，我总觉得自己是稀里糊涂跟着他们去了这趟郊游。于是，罗星明坐在副驾驶座上像夹布娃娃似的，双臂将我揽在怀里，让我坐在他的腿上。我不知道他们那天要去哪儿，一路上要开多久。我转过脸看看我哥，又抬头看看满眼笑意的罗星明，那么小的空间满是叽叽喳喳的欢愉。

热浪推着那辆破旧桑塔纳在山路间盘旋，两侧的法国梧桐很快被一车年轻人甩在后面。烈日逐渐转成黄昏，广播里轮番传来周华健的专辑，应该也是我哥起的头，全车人跟在后面唱和，唱到《朋友》高潮部分时，罗星明哼着歌将我的双手也举起，随节奏在上面挥动。到达郊游目的地时已将日落，几个男男女女把后备厢里的装备取下来，找到一处宽敞的草坪开始搭建帐篷和晚上准备烧烤的架子。我胆子一向很小，下了车，一直想拉我哥的手走，而他忙着和他的那些哥们儿打飞盘，并没有空顾及我。他让珺茹她们领着我，可我就是不太愿意，只好找一块石头乖乖坐下来，望着他们忽远忽近地奔跑。一旦他们跑远了，我便哭丧着脸跳着大声叫道：哥哥！珺茹看到我跳脚的样子，抬头说：没事，姐姐们还都在这儿呢。

晚上，女孩们负责烧烤，我坐在我哥和罗星明中间，听他们聊一些听不懂的话题，等烧烤的东西全熟了，大家就围坐成一个圈，烤肉的"嗞啦嗞啦"声和易拉罐的开瓶声此起彼伏响起。天色慢慢暗了下来，身后有点点灯火亮起。东西吃得差不多了，罗星明不知道从哪里变出一把吉他，他闭起眼睛轻轻拨动琴弦，从喉结中发出微妙的歌声。我不记得那段弹唱结束后又发生过什么，我印象中那晚返回的路上，我还是跟着罗星明坐在副驾驶位置，时间是很晚了，我侧脸靠着他那件蓝色T恤衫沉沉睡去。郊游回来没几天，我哥拿着一根棒棒糖坐在阳台上问我：喜不喜欢那天一起郊游的珺茹姐姐，还说以后让珺茹姐姐常来我们家玩好不好？我当时虽然懵懂，却一把抢过他手里的棒棒糖，故意说：哪个姐姐？郊游时候去了两个姐姐呢。

宝马车开进了影楼地库，下车后他们俩分别拎着行李箱和腰包，还像刚刚热恋的情侣手挽手，不时低声耳语，我跟在他们后面把手机插上充电宝塞进包里。进电梯时，三个人各站一边。他们早就看中了一件拖地婚纱，珺茹换装从更衣间走出来好长一段距离，却还有好长的裙摆滞留在更衣间，让两三个店员攒在怀里才全部取了出来。他眼睛发着光，一步步走到珺茹面前，含情脉脉地仔细打量让他等了小半辈子的新娘。不用他开口，我都能看出他此刻的情难自控。珺茹反倒从他的意乱情迷中抽出来，她对他挤了挤眼笑笑，再看看周围的人说：嗨，你怎么了？他张着嘴回过神来，恍恍惚惚地说：原来你穿婚纱这么美啊，早知道真应该早点结婚。珺茹在他胳膊上轻声拍打一下，羞怯地小声说：别贫嘴了，有这么多人在呢。他这会儿才想起我还坐在身后的沙发上，顿时喜形于色转过身问我：妍妍，你看你嫂子漂亮吧？我知道他等这一天等了太久，我也只能顾及他此时的喜悦，从嘴角挤出一丝笑容。

大概是幸福来得太迟太久，我哥乐不可支地叫人家把店里好看的婚纱全拿出来了，商家当然喜欢被冲昏头的顾客，趁热打铁拿出好多套拍摄方案给他参考。还好，珺茹显然要理性一些。提醒我哥说：婚纱就选这套拍吧，其他的再挑两套中式风格的，还有我们自己带来的衣服，你不是说要找回青春记忆吗？

单单一件婚纱就在影棚里摆拍了小半天，趁摄影师给新娘拍摄单人照的空隙，我哥陪我去挑了一件伴娘裙，是一件香槟色礼服裙，腰间有一个蕾丝蝴蝶结。我没那么多讲究，我哥看着满意，我就觉着挺好。答应给他们做伴娘，原本也不是出于我的本意。只是我哥说他的婚礼上，伴娘只能是我。

傍晚五六点钟，摄影师建议趁太阳下山前去拍一些外景照。这时节，玄武湖池塘里的荷花开得正艳，莲蓬肥沃，莲花在晚风中轻摆摇曳。他们换上了自己从家里带出来的便服，有几件已经褪了色，一下子有了年代感。在影楼的人准备拍摄时，我哥去就近的小店买来七八瓶水和饮料，珺茹帮忙把水一瓶一瓶送到每个人的手里。给影楼的人分完，她拿出塑料袋里最后一瓶可乐递给了我，我立刻回绝她说：不用。我哥小心劝告我：别这么对珺茹，毕竟我们以后是一家人了。

又一轮拍摄开始了，他们沿着湖边眺望湖心，晚霞一点点把天边染成了红黄色，像半边眩晕了的脸。波光粼粼的湖面上，那几只白天鹅造型的游船缓缓靠岸。我走到高处的凉亭坐下，看见了他们一人换上紫粉色吊带连衣裙，一人换上蓝紫色条纹 T 恤。印象中，他的这件条纹 T 恤衫家里原本应该是有两件。

我上六年级的那年，一天下午突然下起了暴雨，其实那阵雨下得时间不长，却是掐着我放学点下的。幸好有顺路的同学用伞带了我一段路，走到分岔路口时，我不好意思让同学送我回家，就说：我在树下等一会儿，可能雨过会儿就停。然而雨越下越大，伴着雷声隆隆，甚是吓人，我想缩进去，但是一棵树的空间是那么微不足道。就在我缩着脖子往外张望时，看见有两个纤瘦的身影从远处跑来，两双运动鞋底啪嗒啪嗒溅起水花，我睁大眼一看，居然是我哥，还有罗星明。我哥应该是一眼就看到躲在树下的我了，他边跑边叫我名字，跨出两个大步到了我面前，罗星明立刻把举着的伞打在我头顶上。我哥弯下身摸摸我，问我有没有被淋湿？我摇头说没有。我问他：你们怎么知道我在这儿？他说：刚巧路上碰到你同学，她说你躲树荫下避雨。后来我们没再多说什么，罗星明让我举着伞，他们俩人用胳膊把我架在中间，就这么一路将我抬了回去。

到家时，我只是额头上的刘海淋了一些雨，再看他俩，真成了落汤鸡。我很不好意思地拿了一块干毛巾给罗星明。他擦擦脸上的雨水，笑了笑说：没事，你没淋湿就行。我哥从房间换好一件蓝紫色条纹 T 恤衫出来，把另一件差不多款式的条纹衫抛给了罗星明。看着他们穿两件同款衣服，可能会觉得就算不是亲兄弟，至少也是可以肝胆相照的好哥们儿吧。

那段时间，珺茹往我们家来的次数日渐增多，她来我家当然是因为我哥。有一天我哥兴致大好，买了很多零食给我，还说国庆假期准备带我去商场买衣服。我一开始也纳闷，我哥平时再怎么惯着我，而逛商场买衣服这类事，是他最不感兴趣的。过去他宁可带我去游乐场疯玩一整天，也不愿意花半个小时去商场买一件衣服。我虽感到奇怪，却又懒得多想，去买衣服谁不乐意呢？果不其然，一进商场，珺茹就在那儿等我们了。我也想不明白，当时心里哪来的不乐意，看珺茹挑衣服的间隙，我虎着脸问我哥：你俩逛街买衣服，带我来干吗？他连哄带骗对我说：你听话，陪姐姐看看衣服，你喜欢哪件衣服，哥都给你买。那次逛商场的情景倒有些跟今天类似，他和珺茹在前面有说有笑，我跟在后面慢慢吞吞的。

二

那年冬天，我哥借着父母不在家的机会，让珺茹和罗星明来家里煮火锅，珺茹就像个女主人，戴着围裙在厨房里忙着洗菜。罗星明帮着我哥在客厅支起平时吃饭的折叠方桌，四个人各坐一面，他们仨人边聊天边涮肉，我插不上话，也不想插话，只顾埋头吃肉。当我吹着筷子上的羊肉卷时，恍惚听见坐我对面的罗星明说，他最近新租了一套房子，是跟别人合租的那种，离我们家很近，就在对面的小区。我低头想，在我们对面的小区，那不就是隔一条马路的距离吗，这么近……旁边的珺茹从锅里舀了一勺丸子放进我碗中，看到我在愣神，提醒我：妍妍，你吃啊。我当时也不太明白为什么听到罗星明的房子离我家很近这句话，我就愣了神，像是为了特地听这句话，我才坐在这儿一样。

晚上，我哥送他们下楼，我站在阳台上向下望，然后跟着他们仨的背影飘向远处。我看到走到小区门口时，罗星明对我哥和珺茹摆摆手，就穿过马路走进一条漆黑的小巷子，我站在楼上看到那小巷里有一排很矮的蓝顶房子。估计罗星明就住那儿，我居然站在阳台上笑了起来，背手笑嘻嘻地转身回去，忽然被我哥的关门声吓了一跳。他把钥匙往茶几上一扔，金属和玻璃碰撞出一串清脆的声响。他看看我，自己也笑了笑，说：今天挺好啊，我看你也挺开心的。我不经心地嗯了一声，坐在沙发上俏皮地轮换甩腿。他挤眉弄眼直点头，说：太好了，以后有你珺茹姐姐在，哥也很开心。听他提到珺茹我才从自我喜悦中清醒了一些，我看他喜不自禁的表情，噘嘴说：你就那么喜欢她？至于吗？他伸过手来揪揪我的脸颊，强调道：是啊，我就是那么喜欢她啊。我眼神犀利地盯着他，刚准备伸手跟他对掐，他却及时收手，用手轻轻揉着我的脸颊，赶紧弥补一句：但是对妹妹的喜欢是没人可以取代的。

我哥和珺茹的恋情逐渐走上了正轨，珺茹来我家更加频繁，她的嘴巴很甜，没多久就一口一个"爸妈"，叫得我爸妈乐不可支，好像家里自然而然多了她这一分子。我虽说不清她哪里跟我"八字不合"，但似乎我从来都不喜欢她。如果一定要说一个原因，我只能评价她看上去太妖艳了，怎么看着都觉得心里不踏

实。尽管会打扮、会撒娇不是人家的错，可我看着就感觉她跟我不是一个世界的人。我不止一次问过我哥：你真的觉得她适合你吗？他每次只会敷衍说：你一个小孩，不懂，别瞎操心。后来我哥说，这种东西叫契合。他从第一次见到珺茹开始，就认为她是跟自己最契合的那个人。有些话不用说出来，对方就提前做到了。我心里很不屑地笑，那你跟门口看门大妈还契合呢，人在几米开外看你一眼就提前开好门了。虽然那时，我对珺茹始终保持一种迟疑的态度，而她在家里的频繁出入，不觉中也使得我习以为常。

其实，从小到大，哥哥对我更多时候似乎比父母还要重要。在我的记忆里，哥哥就像保护神存在于我的生命里。我很依赖他，无论自己遇到什么事，第一时间就告诉他。一旦碰着解决不了的问题，就会自动转给他。尽管我从来没有认为他是无所不能的，但是对我来说，他就是超能的。可是自从珺茹出现在我们的生活中，我哥的重心似乎在毫不自知的情况下倾斜了，他在家的时间越来越少，别说是寒暑假陪我出去玩了，后来连周末能见到他都变成一件稀罕事。这就不能怪我每回看到他，都要阴阳怪气说一句：哟，今儿您真是稀客呀。这是被人家赶回来了吗？哪料到，他看看时间拎包起身：怎么会呢？这不时间到了吗，走了，你嫂子在楼下等我呢。接着他用夸张的表情回敬我一句：周末适合看书养性，拜拜了您呐！

这年的元旦，我哥从外面淘回了一件稀罕物——DVD。我都不用想就知道他这又是为了讨珺茹欢心才买的，我说：珺茹过新年都不回家吗？我哥不好意思地笑着，她迟早都是我们家的人，还回什么家呀！接着他又说：罗星明元旦也不回家，明晚都来家里吃饭。我没说话，眼睛盯着DVD，心里莫名有了一些期待。

新年总是格外热闹，珺茹一早来家里帮着我妈弄了一桌子菜，我和我哥忙着打扫卫生，我爸开玩笑说：看你们一个个忙得这么热闹，就我一个闲人，我是不是该贴副春联呀？我哥看了一眼珺茹，故意逗弄我爸，说等明年过年我把珺茹娶了，来得及的话，再给您生个大孙子，到时候咱们爷孙三代一块儿贴春联。爸妈听了这话，乐得前仰后合。珺茹脸颊红扑扑的，敲了他一捶。这会儿罗星明正好敲门，我一听动静即刻丢下拖把，从房间里跑了出来说：我来开，我来开。

现在想来，那顿晚饭是我记忆中最温馨的一顿团圆饭，或许在我潜意识里那是真正的团圆。隆冬的夜是那么冷，即使门窗全部封闭了，还是听得到外面狂风呼啸的声音。爸妈是非常开明知趣的人，收拾完残羹剩饭，便躲进了卧室，把宽敞的客厅留给我们。我哥迫不及待把 DVD 操作起来，放了一张十大金曲的碟片，然后把话筒递给珺茹，开始了情侣对唱环节。合唱了有四五首，珺茹嗓子卡壳了，直摆手说唱不了了，唱不了了……她顺手将话筒递到我面前，让我接着唱。我怀里抱着一桶巧克力豆，摇头说：我不唱，没你俩唱得好。我哥热情高涨冲着我叫道：唱吧，在自己家怕什么。他又把手里的话筒传给一旁的罗星明，让他陪我一起唱一首，还透露罗星明当年是参加过比赛的校园歌手。罗星明倒是很爽气，瞬间接过话筒站起来，对我发出"邀请"：我们唱一个吧，我带着你。这让原本木讷的我也不再推诿，走到电视机前边，跟他并肩站在一起，等待他的选曲。《在我生命中的每一天》好不好？他转过脸问我。我嗯了一声，前奏响起。

他一张口，我才知道罗星明的声音是有多好听。那种清澈透明，又带有穿透力的歌声，每个音符，每句歌词传进我耳朵里的时候，都让我感到身体有些不由自主的微颤，话筒线被我越攥越短。我和他并排站在电视机前，我的身高只到他肩膀。一首歌四分多钟，我竟一点不敢用余光看他，那种说不清道不明的紧张，让我搞不清自己心里是什么状况。当合唱到：让我将生命中最闪亮的那一段与你分享，让我用生命中最嘹亮的歌声来陪伴你，让我将心中最温柔的部分给你，在你最需要朋友的时候，让我真心真意对你在每一天……我恍惚感到有如火一样的东西，"噌"一阵从耳后根部燃烧起来。

那晚唱完歌，我便以犯困的理由钻进了房间，而心里像有只撒了欢的吉娃娃似的，在床上翻来覆去睡不着觉。他们三个人在客厅边唱边聊边喝酒，一直狂欢到后半夜。我听见，我哥醉意十足她搂着他俩说：珺茹，星明，我跟你们说，就你俩，你俩是跟我交往最久、关系最深的俩人。这世上除了我父母和我妹，我这一辈子就你俩最重要。一个是我媳妇，一个是我兄弟，你俩太重要了……

三

那年即将入夏的时节，我哥和珺茹已经到了预备领证的阶段，但两个人在一起久了，小吵小闹也逐渐成了家常便饭。我哥每次跟珺茹吵完架，都问我：我这回都跟她吵成这样了，你怎么不劝我跟珺茹拜拜？我压根懒得理他，心想你们哪回不这样，吵完没过两天又出双入对在一块儿了？我可不做这吃力不讨好的"恶人"。

那个夏天，我也已经是留着披肩长发的大姑娘了，准备迎接中考。为了第一次人生大考，全家人也是做足了一切准备，暑假的补习班自然必不可少。我每天出门上课的时间是早晨八点，但是我七点半就走出了小区，然后故意放慢脚步，把时间拉长十分钟。因为，四十分的时候，罗星明会正好从他住的地方出门。马路对面，他身穿一件白衬衫，右手拎一个黑色帆布包，一步一个脚印和我向同一个方向走去。马路这边，我背着双肩包沿着人行横道，时而低头，时而又忍不住转头望着他的身影在穿梭的车流中闪现。走了大约有几分钟的路程，他从一个转角拐进了另一条小路，直到转角的围墙彻底挡住了视线，我才一蹦一跳地朝公交站台方向大步走去。

那个夏天，每天清晨我一路哼歌，阳光不偏不倚洒向那条川流不息的马路，每天多等十分钟就会有几分钟的喜悦。相隔车流、人群、树影，我和罗星明并肩走着，或观察他每天不同衣服的款式和颜色，自言自语地说：今天这件比昨天那件颜色更鲜艳，或猜想他今天耳机里听的是什么歌。忽然觉得自己笑得很傻很天真，内心却是如此喜悦。或许只是因为在一天的开始就能见到他，然后默不作声地跟他走一段路，这整个上午就不虚此行。

直到八月初的一天，我觉得自己的眼神都练出了"放大镜"的模式，只要他一从马路对面出现，我就可以立刻注意到他的身影。然而这一天我张望了近二十几分钟，都没看到他出现。我有些失落，一抬手看时间，八点的车，还有三分钟就到站了。脚下毫无知觉奔跑起来，赶紧赶紧，错过这班车上课就来不及了。万幸，不负我气喘吁吁拼命狂奔，两三步挤上了车迅速找到就近位置坐下，车便开动了。我面朝窗外大口呼气，车子晃动，一刹那，觉得有一个人重重地在我旁边坐下，仿佛是用了和我一样抢来的速度。当我转过脸想挪挪身体让些空间给坐在身边的人，他几乎与我同时把脸转向里边。这一对视，我竟然讶异了好一会儿，如果不是他先开口说话，我相信大概时间是真的可以定格在某个瞬间。

他在我眼前挥手，眼睛里全是笑意。他说：嗨，妍妍，记得我吗？

记……记得记得！星明哥哥。我声音小得差点说不出话来。

他笑，我也笑，看上去笑得有点莫名其妙。他问我一个人坐车去哪儿，我说去上补习班。他又问：你哥怎么不送你去？我说：他天天忙工作，忙完工作还要陪珺茹，哪有时间送我。他笑我是不是对我哥有不满了，我说：也不是对他不满，反正我也不是小孩子了，一个人也自由啊！后来，罗星明告诉我，他最近都要去一个地方做一些工作，所以每天都会在这个点坐这班车去工作的地方。我这下才明白，为什么早上我等了二十多分钟他都没出现。他刚才居然问我记不记得他，这个问题反倒让我有了一种说不清的酸涩。临下车时，我与他道别，他说：以后如果早上碰上，我们就一起吧，就当是我替你哥来送你好了。

之后的一段时间里，我感到整个夏天都使人容光焕发，每天一睁眼整个人就精神抖擞，每天和罗星明车站的相见成了我最期待的一件事，有时是我先到，在那儿等他，偶尔他也会先到，等车，也等我。我永远记得他站在树下，晴朗的阳光穿过树荫照在他白衬衫、黑色帆布包上的样子，就仿佛世间最美的画面也不过如此了。

清晨炎热的天气促使公交车上的空调风开得很大，我穿得单薄，不争气地坐在他旁边喷嚏连连。他带了一件藏青色外套，看我这么弱不禁风的模样，就赶紧帮我披上。我说：不用了，打几个喷嚏就好了。他说：还是披上吧，去上课也带着，这天气一冷一热最容易感冒了。我说：那我先带着，等回去洗了再给你。他笑笑不说话。

我也弄不明白罗星明是从什么时候、在什么地方开始，像一束覆盖面积很大的光影照射进了我的生活。虽然我知道他是我哥哥的朋友，于我来说，也只能用星明哥哥来称呼他。但扪心自问，难道我对他只是这样简单吗？转念又一想，这样简单的关系有什么不好呢？我们每天坐着车，听着他随身听里的音乐一起经过那十几分钟的车程，晴天雨天都是如此的平静、美好。那天，他说：我明天要去外地几天，大概周日下午才能回来。他叮嘱我：这几天你自己坐车当心一点。我没有多问他是去哪里，只是笑着点头说：我没事的，这么大人了。但是当听到他说几天不能来，心里就有了很沉重的失落感。我下车前，他把随身听，还有包里的新买的没拆封的磁带交给了我，说一个人坐车的时候可以带着听。我翻看他新买的磁带，是周华健的专辑。我问他：怎么想起来买这个？他说：每次听歌听到周华健的那首，你都想倒带回去多听一遍，估计你应该是比较喜欢听他的歌。

他坐在我右边，偶尔侧过脸看看我，浅笑着说：青春期真好，懵懵懂懂的年纪，看什么都觉得美好。

我说：的确很美好啊，你看窗外多好的天气，一路上郁郁葱葱的，真是令人神清气爽。我随口一问：你青春期是什么样的？有喜欢的人吗？这句话我问得很唐突，假装很自然。

他把脸转回去，又笑了笑，问：那你呢？

我的眼神躲向车窗外说：夏天真好！

至于我哥和珺茹应该一直还是老样子，宛如一对"老夫老妻"，下班从超市拎着东西回来。家里换了一张六人坐的长条餐桌，爸爸坐中间，我和妈妈坐一边，他们俩坐另一边。这样的吃饭模式，我越来越习以为常。有时候珺茹给我夹上一筷爱吃的油麦菜，我也会小声说一句：谢谢嫂子。那一刻，我哥是最幸福的。他们之间依然还是会有争吵，不过时间一久也就成了司空见惯的现象。我很少再去关心他们的动态，每回看到我哥一个人待在家里，我就知道这俩人又闹别扭了。

罗星明说他周日回来，今天才是周六下午，我就耐不住性子，站在阳台上张望。一边朝他住的方向望去，一边被太阳晒得直挠痒痒。心想，我这是疯了吗？他回不回来有那么重要吗？我从阳台往回走，哇，还是家里凉快。听见我哥在房间里拿着电话嬉皮笑脸地说：小珺茹，别跟我赌气了，都这么大人了，怎么还这么喜欢生气呢？我听不见电话那头她在说什么，只感觉电话筒里"嗡嗡嗡"说了好一阵，语气明显不是那么平和。我哥依旧笑着应对，一口一声说：对，对，你说得都对。末了，他哄着她：别生气了，我错了我错了。明天我去接你，回来你想怎么罚我都可以……我推开虚掩的房门，故意逗他，朝他撇了撇嘴，大拇指向下，意思是我鄙视你。他一边举着电话，一边做出讨厌的表情，打发我走。

第二天我被客厅里丁零哐啷的声音弄醒了，睁开眼定神一听有些像是碗盘的碰撞声。等我伸了懒腰走出去，我哥已经在吃早饭。而且他今天貌似还特意打扮了一番。我说：这才几点，你这么早干吗去？他塞一口油条嘟嘟囔囔说：我下午得接珺茹去。我又止不住吐槽他：那也是下午哎，你这么早激动干吗？何况今天是星期天啊……我说着说着，好像想起了什么。对啊，今天是星期天，罗星明也要回来了。话没说完，我便游离到了房间。我哥朝我房间喊了一声：我走了！听见门关上的动静，我"扑通"一下趴到床上，悬在床沿的腿"扑腾"出美人鱼式的泳姿。

四

这一天过得如此漫长，我在屋里左摇右晃徘徊，时不时冲到阳台去眺望几眼。我一直在想，要不要下楼去接他，假装是无意遇上那样？或者我就站在马路这边看看他什么时候到家。不行不行，下楼显得有些太刻意了，明天吧，等明天一块坐车就能见着了。总算等到了傍晚时分，我掐着点算，觉着这时候他应该快回来了。晚霞直射在斑驳的墙面上，很是刺眼。我盯着那排蓝顶房子，下面有一扇掉皮的青铁门，罗星明平时就是从这扇门出入的。过了很久，罗星明出现了，他背着黑背包从北边过来了。我悬着的心终于落了地，可是很快这颗心又提了上去。因为我看到回来的不止他一个人，还有一个留着长卷发，身穿碎花连衣裙的女人，她挽着他的胳膊，跟着进了他的住处……

这个人的背影那么熟悉，就像罗星明一样熟悉，我忽然意识到是珺茹！他们怎么会在一起？那我哥呢？一连串的疑惑让我呆在原地不得动弹。我稍微冷静一些，心想也许是他们碰上了，他们约好了今天去罗星明那儿。我哥也许就在后面提东西，一会儿就跟进去了。然而过了很久，我哥始终没有在马路对面出现。路灯都亮了，珺茹从蓝顶房子下走了出来，罗星明在她身后也走了出来，就要走到门口时，珺茹转身拉起罗星明的手说了些什么，又情不自禁地把脸贴在他的胸口，拥抱了他。我看到，罗星明轻轻拍了拍她的后背，然后推了推她，他们才分开。我听见马路上川流不息的车辆声，楼下夏虫绵延不绝的聒噪声，但就是听不见他们说了什么。

我突然蹿起了一股火，此时，家里的开门声打破了沉寂。我哥站在门口换鞋，手里的大塑料袋发出摩擦的声音。他叫了我一遍，我没答应，叫了第二遍，我还没答应。叫声一遍遍提高，我才整理好情绪应了一声。他冲到阳台对我说：怎么在这儿啊？也不开灯，喊你那么多声都不答应。我眨了眨干涩的眼睛，躲过他的眼神，往屋里边走边搪塞他：我跟同学发信息呢，太入神了，可能没听见吧！我打算赶紧回房间去。他在后面用很严肃的语气叫住了我：你站住！我怔在原地，以为他知道了什么。又听见他说道：你老实交代，是不是跟哪个男同学发信息，怕我发现了！我这会儿才舒了一口长气，转过身耍小脾气解释：没有，你瞎说什么呀！他没能绷住严肃的脸，哈哈一笑说：逗逗你，看把你吓的! 我没好气地上去就要"打他"。他把两手拎的肯德基袋子在我面前晃悠, 问: 吃不吃? 我们坐到餐桌旁, 他一样一样把东西从袋子里拿出来, 我夺过一杯可乐自顾自猛喝起来。他刮刮我鼻头说: 本来下午去车站接珺茹, 走到半路, 她说今天家里还有点事回不来。这才买了肯德基便宜你! 我一时间语塞, 也不打算接他的话。

在这之前, 我对珺茹的感觉顶多是不愿意跟她太亲近, 在这件事发生之后, 我对她已经彻底到了厌恶的地步。那个晚上我紧闭双眼, 但还是睡不着。我就是想不明白, 他们俩怎么能做出这种事? 珺茹是要成为我哥妻子的人, 是我们全家认定的媳妇。怎么可以在这种时候背叛我哥, 跟他的兄弟在一起? 我实在想不通他们到底为什么? 勉强维持到天亮才睁开眼, 我明白一睁开眼就意味着要面对今天要不要跟罗星明见面的选择题。我哥以为我今天还是会和罗星明一同乘车, 刚到七点半他就催我走。我磨磨叽叽说, 四十几分的车, 不急……我三十五分出门, 垂头丧气地走着。我在马路这边走得不紧不慢, 又无法自控向对面看去, 五味杂陈的心情, 既想再看到他, 也害怕再看到他。

他在马路对面出现了, 我的心一下子从悸动转化为酸楚和不安。我躲在树荫下, 用人群遮挡住自己。我和他隔十几米的距离一前一后走, 他在前面, 我不争气地跟在后面。看见他走到站台开始不停看手表, 焦急地张望, 我知道他是在等我。车来了, 他没有等到我出现, 他在最后一刻被司机吆喝上了车。我滞留在原地, 那辆车在我眼前驰骋而过, 四周突然安静。

五

又到周末, 珺茹一如往常跟我哥回家吃饭, 同样是牵着我哥的手，脸上同样带着笑容，一进门，也一样叫着爸妈。在我眼里她演技精湛，仿佛那只是我透过窗户看到她主演的一场戏剧，此刻她不过是卸了妆，回归真实生活的演员。我妈让我在厨房帮忙准备碗筷，她照例把买来的东西放进厨房的冰箱，顺口叫了我一声。我在另一边的水槽里冲洗碗筷，假装没听见。她关上冰箱门，又提高声音喊我。这个声音我原本就不待见，现在对我来说简直是一种令人恼火的噪音。我终没能克制住，皱起眉头把筷子对着水槽用力一甩，很不耐烦地回了一句：叫我干吗啊？我妈进来了，听见我的声音不对，赶紧借口把珺茹哄了出去，回来训了我几句：你今天怎么了？干吗跟人家要态度？珺茹这才刚刚回来。我心里十分不痛快，扭头就走。

饭桌上，他们几人仍然像过去那样和和气气，热热闹闹。唯独我低头沉闷，珺茹大概看出我今天心情不悦，想夹一块鸡翅给我，可我仅仅对她的筷子扫了一眼，便脱口而出：管好你自己碗里的就行，少惦记别人的。出于本能反应，我猛然一挥手，连同鸡翅和她手里的筷子一起打翻在地。一时间，全家人被我的举动惊愕住了，他们都眼睛发直地看着我和珺茹。她开始泪眼婆娑，一家人也齐上阵地"炮轰"我。爸妈态度严肃地质问我：你今天是抽风了吗？为什么要这样对你嫂子。听到"嫂子"两个字，我压不住火喊道：嫂子？她凭什么做我嫂子，她是个什么肮脏东西，也配做我嫂子……我的话音未落，我哥猛地掼了手里的碗筷，一把揪住我的肩膀，满眼充血，咬牙切齿地怒斥我：你说什么，你把你的话再给我说一遍。你疯了是吧，一而再再而三地对珺茹不尊敬。以前我看你小，不跟你计较，我总以为有一天你会长大懂事。可你怎么能这样对珺茹，你懂不懂得尊重别人，她是我以后的妻子，你不懂尊重人就去重新学，否则以后就不要开口跟我们说话。我们彼此目露凶光对视，谁也不想服输。珺茹哭着劝他放开揪我的手，而他怒火冲冲越揪越紧。我愤恨之下撇头狠狠咬了他的手背。在他松开手的一刻，我以迅雷不及掩耳之势冲回自己房间。我把自己重重摔倒在床上，捂上被子蒙头大哭，哭声掩盖了外面所有气势汹汹的责备，和劝说安慰的声音。或许，我早就想这么哭一场了，没有人知道我这个局外人在整件事里有多难受，活得有多卑微。我在黑暗之中啜泣着，触摸到藏在枕头底下的衣服。那是罗星明的衣服，是我还没有舍得还给他的那件衣服。

夏末，出门最想遇到的是万里晴空的好天气，最怕遇到的是闷热而降不下温的阴沉天。我跟罗星明已经两周时间没有坐同一辆车了，我每天还是跟着他在穿梭的车流人群中同行。我怀疑自己是不是人格分裂，怕见到他，又不能一天不见他。本对他和珺茹的行为恼羞成怒，可是只要他满眼笑意，充满阳光的神态在我眼前一晃而过，我便再怎么也恨不起来了。仿佛那个和珺茹合伙欺骗背叛我哥的人不是他，而是一个与珺茹同类的苟且之人。

很长一段时间，我几乎都躲在房间里，尽量避开跟我哥碰面的机会。这是开学前最后一个周末，补习的课已经结束。一觉睡醒，我侧身窝在被子里，目光直视窗外忽亮忽暗的光，头脑空洞般什么也不去想。过了一会儿，我恍惚觉得房门被推开一些，早上九点多，家里人应该都走了，我以为是被风吹开的。大概是看我侧着睡毫无动静，他清清嗓子说：都这个点儿了，赶紧起来吃早饭。我被这个久违了十几天的声音惊了一下，猛地一回头，看到我哥站在门口，可我仍然选择蒙上被子没有理会他。我听到他叹了一口气，走上前把我蒙住脸的被子扯开。他见我头发油腻，表情抗拒的状态，忍不住笑了出来。随后表示出和解的姿态：行啦，都多少天了？不就说了你两句嘛，至于跟我气这么长时间吗？别气了，起来吃饭……他说着伸出手拉我。我坐了起来，眼睛看着别的地方，还是没跟他说话。见我故意不理他，他又提高嗓门说道：别闹了，那天要不是你太过分，我能那么对你吗？我气不过抢他的话，红了鼻头哭着说：你凶什么凶？我犯多大错了？你就那么冲我？我长这么大，你从来没有对我动过手，现在居然为了一个外人对我动手，你还凶我？他最终也没能对付过我这"强词夺理"的纠缠。只得又赔上笑脸，求饶说：好好……我的错，是我不好，对你动手是哥哥错了，再怎么也不能对我亲妹妹动手不是。他从口袋里掏出两张电影票，在我眼前抖了两下，再次轻声道歉：你可真别跟哥怄气了，亲兄妹哪来那么多隔夜的仇。起来收拾收拾，哥今天带你出去看看电影散散心，消消气好不好？想到他其实是整件事里最大的受害者，假如连我都跟他怄气，那我哥真的是太可怜了。

去电影院的路上，车在转弯调头的时候经过罗星明的门口，那件"不可告人的秘密"再一次涌上我心头，我到底要不要告诉他真相？还是就让他暂且活在珺茹制造的假象里？到了电影院，我才发现，罗星明和珺茹早就等在那里了，四个人面对面站了好一会儿，场面一度僵持。我不敢抬头看我哥，我脑海里迅速猜想，是不是我哥已经知道了他们的事，难道他带我出来是要当面对质？当我双手纠结在一起，眼神和心理上下慌乱的时候，我分明觉得珺茹想对我说什么，被我哥拦了回去。他牵起了珺茹的手，对我和罗星明说：我们俩去买爆米花和可乐，你们在这等会儿。然后我隐约看见我哥对罗星明做了小动作，可能是想让他劝劝我。他们走后，我站在原地不动，也不敢直视罗星明。我自己也纳闷，明明错的是他们，而我害怕什么？罗星明见我心事重重的神态，指了指旁边的椅子叫我过去坐一会儿。我小声应和着跟在他身后走了过去，他找到一个靠边的位置让我坐下，自己也坐到我邻座的座位。我盯着墙上的电影海报，小心翼翼地拿余光扫了他几眼。灰色衬衣，里面有件白色 T 恤。只是脸色看上去黑了好多，人也清瘦了一些。我正若有所思地想，他终于开口问我：你补习班的课结束了吗？好久没见你来坐车了。我扭过头看了他一眼，再迅速撤回说：嗯，半个月前就结束了。他笑了一声，接着一点余地不留地拆穿我：那我上周三怎么看到你坐了另一辆车走了？我恍惚间羞愧地低下头，不禁被他问得语塞。他再次笑笑，没继续问下去。在我因为撒了谎对他觉得愧疚时，他抛出了劝说我的话：别跟你哥和珺茹生气了，珺茹其实挺好的，珺茹对你哥和你们家里都……

我实在等不了他把话说完，这些日子的愤怒，还有委屈，一下子如同被戳破的气球全部爆发出来。我抬起头定定地望着他，问：珺茹哪里好了？你现在口口声声都是珺茹珺茹，她到底有多强大的吸引力，让你也想跟她好？你们凭什么要背着我们，做出那种在地下室都见不得光的事情？罗星明吃惊地两眼发直，盯着我，空气凝固了，他脸色变得更黑了，然后缓缓地站了起来。我一阵咆哮过后，一转身，看到了我哥和珺茹，他们在不远处已经不知站了多久……

六

那个入秋后的傍晚，夕阳红得很炙热，就像此刻映照在湖面。我耳朵里被随身听里传来的旋律塞得严严实实。我倚靠在阳台窗棂旁，家里是喧嚣的，外面是静寂的。电影院那天后，很久我哥没再说过一句话，不是不跟我说，是不跟任何人说。爸妈问他一些话，他也只是默然地点点头，或者难得冒出一句回应。他每天照样上班下班，回家吃几口饭，便把自己关进房间里倒头就睡，珺茹从那天开始，也没再来过我家。我哥知道整件事之后，我找过几次机会，想安慰他并道歉。他异常淡定地干笑着对我说：跟你没关系，你道什么歉。

其实我是想说，这事或许并不能完全怪罗星明，他不可能是这样的人。

我这些话再一次激起了我哥心里深埋的怨恨，嗤之以鼻咆哮道：你亲眼所见，我亲耳听见，他不是这样的人，谁是这样的人？

我清楚，这么大一件事是不可能轻易从他生命里化为句号的，于我也是同样。之后，我哥连续一个月回来的时间一天比一天晚，每次摸黑回到家，还要格外小心，生怕惊动了家里人，事实上他满身散发的酒气能瞒过谁呢？

有一天晚上，过了十一点，我不放心下楼去接他。结果还没走出路口，无意中就看见他一个人坐在巷口的小餐馆里喝酒。满桌子的啤酒瓶，才走到餐馆门口，刺鼻的酒味便迎面扑来。半夜十一点多，小餐馆内的客人早已寥寥无几，只有他自己陷在墙角坐着，桌面上仅有一盘花生米，他举着啤酒瓶，一瓶一瓶喝，连沫都不剩。我走到他桌对面，看他机械地喝着。他抬眼看到我，酒瓶悬在半空。我不假思索地坐下，寻摸一瓶未开盖的酒，没半点犹豫，顺手拿起子给它起开，伸过去碰了碰他手里的酒瓶，如同是干渴了许久，一口气往嘴里灌了小半瓶。他先是看傻了眼，顿时又豁然大笑了起来。

我如今回忆起来，在那些年里，虽然罗星明已经完全从我生活中消失了，我心里却十分清楚，他压根没有从我生命中消失，也不会消失。坐在客厅看DVD，我会想起他；躺在床上听音乐，我会想起他；走在路边，我还是会忍不住朝他住过的地方眺望，我会止不住地停下脚步，等他，等他。我设想，是不是多等一会儿，他就还会从对面门里走出来，就像从前一样？

又过了几年，我即将上大二的那个暑假，我跟我哥还坐在那个小餐馆里喝啤酒。喝到微醺的状态，我红着脸问他：都这么些年过去了，你怎么还不找个对象结婚呢？他眨巴眨巴眼睛也问我：都这么些年过去了，你怎么也还不找个对象谈恋爱呢？我俩对视"扑哧"一笑。

平静的日子是从去年春天被打破的。那天我哥穿得异常正式，他开车来我住的地方接我，上车后，我对他"非正常"的状况充满了疑问，他笑而不答，只说一会儿到地方就明白了。我以为自己一眼看破了天机，说：哦，大叔哥是不是终于开窍了，交女朋友啦？他把控着方向盘一直乐呵呵地笑，想说什么，看看我又有点怯生生难开口的样子。

我们进了一家西餐厅，绕了好几个弯才找到他预定的座位。走到离餐桌还有两米的距离，一个女人盘着高高的发髻，穿一件黑色长风衣从位置上怯怯地站起来迎接我们。我哥很快走到她身边。我愣愣地停下来，他对我招手叫我过去。我呆站在餐厅过道间不作回应，眼睛直勾勾地盯着他身旁的女人。他走回来拉上我走到餐桌边，眼神闪烁着对我和那个女人看，尴尬地笑了笑说：怎么不认识了？都先坐下来，先坐下来再说。三个人之间夹杂着怪异的氛围一言不发，她时而低头，时而用求助的目光看向我哥，他握住她的手安慰着。许久，他拿起菜单刚准备招呼服务员点单，我盯着她脱口就问：你回来了，罗星明呢？你把他丢哪儿了？他打算阻止我这么做，一再提醒：妍妍，咱们先吃饭，有话吃完了好好聊。谁知我如今的个性比过去还要坚硬，挺起胸脯，振振有词质问她：我问你呢，罗星明呢？你把他怎么了？

整件事全部过程，我也是后来才听我哥说起的。他知道的，当然也是珺茹一五一十告诉他的。他说，我当时看到珺茹和罗星明在一起，正是罗星明刚查出自己得病的时候。罗星明跟珺茹都不是南京本地人，老家却是同一个地方的。罗星明被医院确诊得了病，他无法告诉，也不想告诉任何人，连我哥也不想说。他们在分别回老家的途中碰见了对方，珺茹发现了罗星明皱成一团的诊断书，罗星明当时无助得像个孩子，他求珺茹不要跟任何人说起这件事，就连他的父母也不要告诉。因为他家里状况本就困难，全家人都指着他到城市发展好了，能够多帮家里一些。可是现在他自己的身体都不一定可以保住，还能拿什么帮家里减轻负担？珺茹对罗星明的处境非常纠结和心疼，她和罗星明也有近十年的交情了，也是唯一一个知道他病情的人。两人坐在长途汽车上，红了眼眶。珺茹答应他，绝对不会告诉其他人，只要他答应好好治病。回到南京后，珺茹陪他一起去了租住的房子，他说，打算回老家治病，城里看病太贵。珺茹当即决定要陪他一起回老家。罗星明固然不能答应她这样的决定，毕竟她是要跟自己哥们儿结婚的人，而且他这病不是一朝一夕就能看好的。他很清楚这是条不归路，不知道能走多久，也不知道哪一天突然就没了路。珺茹哭得稀里哗啦，说：你现在没人可以依靠，你什么人都不肯告诉，你一个人住进医院要怎么办？他满脸绝望地说：我不能打算怎么办，只能走一步算一步。疾病是一个人的战斗，可能会成功，可能会失败，我当下能竭尽全力做到的就是奉陪它。最后，珺茹找了一个很荒唐的理由，跟我哥分手。她说，她得感谢我当时看到了那一幕，要不然真的很难向我哥交代分手的原因。

后来，他们就真的一起回到了老家，没过半年时间，罗星明的病情就跌入了低谷。他家就他这么一个儿子，还有两个姐姐。他的父母哭倒在他病床前，预备花光毕生的积蓄，只求他一定要撑下去。珺茹一直都陪在罗星明身边，不但担起了照顾他的义务，还帮助他劝慰他的父母家人。珺茹劝罗星明父母说：虽然这种病很难治愈，但是只要好好配合，积极治疗一定可以得到控制。她说：我们不能比罗星明更慌乱，大家应该镇定下来，相互鼓励，我们一起陪着他度过难关就好。话虽这么说，但是珺茹仍是慌乱的，这种慌乱不仅源于罗星明的病，还源于自己的选择。珺茹并不能确定她当初抛下我哥这个选择意味着什么，她也不知道当时我们会有多恨她。但是她心里有一点是肯定的，就是我哥爱她。罗星明对珺茹除了感恩，只剩下愧疚，或许也有过一丝丝倾慕。而珺茹能义无反顾地去照顾他，且日久天长肯定也不止是朋友之间的怜悯，人与人之间最复杂的关系，也不过就是说不明道不清的情感而已。

罗星明和家人都深感愧对珺茹时，她握着罗星明的手回忆起陈年往事。她说：当初自己还只有十几岁，因为年少叛逆，一气之下放弃了学业，一股脑只想逃出这个小地方，去到大城市。她来自一个并不健全的家庭，父母有各自的生活，家里几乎没有人在意她选择怎样的生活。直到在城里遇到了星明，谈起他们都是同一个地方的家乡人。那些年，他一直像她的亲人一样关心帮助她。起初，珺茹还只是个高中都没有念完的学生，她想在城里投靠一个远房亲戚，但是亲戚只收容了一个月，便把她打发出了门。她那时很无奈很窘迫，找到一家小饭馆做了洗碗工。当然为了能多挣几份工资，洗碗工的工作也只不过是她几份工作当中的一份。那时的房租费也不比现在，她曾经租过最便宜的一间房，每月只要一百二十块钱。罗星明跟她接触一段时间后，发觉她其实有很好的读书天分，就鼓励她去试试报名读夜大。但是这对于当时的珺茹绝对是天方夜谭的事情，在城里读夜大，不要说她付不起学费了，就算是付得起，她也不可能动这个脑筋。用珺茹自己的话说，读出来又能如何，说来说去她天生就没好命，无论走到哪里都是一个流浪儿。如今能多挣一分钱就多活一分钱的命。不得不说，当年珺茹真的是给自己定下了今朝有酒今朝醉的宿命。

罗星明却一再提醒她，你不能，也不会只是这样的命运。他对她说：你去读书吧。读书也许不能帮你改变当下的困境，但至少不会让你这个人更糟糕到哪儿去。珺茹盯着他眼睛看，她知道罗星明是真心为了她好。而她还是对着他调侃似的一笑说：我去读书，你帮我出学费呀！令她没想到的是，没过几天，罗星明就真的把夜大的上课通知书和学费收据单交到她手里。珺茹觉得他是疯了，他们之间非亲非故，他没有理由这么帮她。罗星明只是笑笑说，他曾经也有过想放弃学业的念头，后来在即将决定的时候就后悔了。他说：读书不一定是每一个人的出路，但是只要你还有一点点渴望，就不该随便放弃。再后来，珺茹因为读了夜大，取得了比以前更高的文凭，她的工作和生活环境也随之发生了更好的改变。珺茹一直对罗星明当初的帮助充满了感恩感激，如果没有罗星明那么果断的决定，她可能到现在还是一个浑浑噩噩、碌碌无为的人。罗星明在她觉得最渺茫的那几年，在陌生的城市里一直为她充当哥哥的角色。虽说滴水之恩，无法以涌泉相报。而如今的她又怎么可能置身事外，置罗星明于水火之中不管不顾呢？

七

一晃眼，这么多年过去了。他们和我们都以为永远不会再见到了。在罗星明病情加重的那两年里，他们在家人面前默认了两人的关系，办完酒席的当晚，罗星明拖着病重的身体，捶胸顿足地说，他这辈子最对不起的除了珺茹和我哥，还对不起我。说我是那么单纯善良的小女孩，却被他伤得很深。在他们结婚的第二年，罗星明的病一点点地稳定下来，他对珺茹说：这些年为了我，委屈你了。但我想这么下去不是办法，我们的婚姻其实只是为了让老人安心而建立的空壳，不受法律保护。我知道你心里从未放下过他，现在你该回去了，回去之后一定替我对他们好好道个歉……

他们举行婚礼前，我问我哥：你现在还恨他吗？他喝下一瓶冰镇可乐说：人都到这份儿上了，还谈什么恨不恨。他嘴唇上泛着可乐气泡，转头看向我，我去看过罗星明了，身体状态还不错，没有我想象中那么糟糕。不过也是一个年过四十的糟老头了。他语气停顿了好一会儿，看着我说：他让我转告你，他知道你来过，只是他辜负了你。你陪他走过漫长的路，而他不能回头牵你的手，他很抱歉。希望你好好的，将来有一个真正爱你的人陪伴你走下去。

我望着窗外如此明朗的天空深呼出一口长气，坚持没有让眼泪落下来。是啊，我陪他走过许多的路，他虽然没有回头，却为我留下了那么多不可复制的回忆。只要是与他同行，我就愿意一直跟在他身后。就像那个雨天，我可以奔赴几百公里去等他出现，只为悄悄躲在医院狭长的长廊，等着他从病房里，在病号服外边披一件浅蓝色西服走出来。我不作声响跟随在他身后，远远地望着他一步步缓慢地走。他走到医院的亭子里坐下，取下肩上沉重的旧吉他，在细雨中自弹自唱：朋友一生一起走，那些日子不再有，一句话一辈子，一生情，一杯酒……

拨动完最后一个音节，他看了看天，又看了看远方，收起吉他，艰难缓慢地站起来，转身沿着走廊一步步走回病房。

　　远远地、静静地听完他的弹唱，细雨也停了，天空明朗开来。我依然用固执的目光追随他的背影。我听见自己对他说：不虚此行来看你。

广州路 173 号

九月，天色阴沉，忽而电闪雷鸣，大雨却许久未至。殡仪馆告别厅门前，人群如堆砌般，集中着一大群二三十岁的年轻人。站着的、坐着的、靠着墙的，他们统一面向告别厅的大门，全程哀伤地等待着一场不得不来的狂风暴雨！

谢谢……谢谢大家今天来参加莉娅的告别仪式，谢谢……凯乐抑制着内心翻江倒海的情绪，手颤抖着拿起话筒，努力平静地开始了对莉娅告别仪式的致辞。但是话才开头，面前的亲友就纷纷忍不住嘤嘤啜泣。凯乐停下了原本平复好的情绪，将拿话筒的手往下放了放，表情犹疑着，眼睛始终不敢直视大家。每当悲伤情绪翻涌上来的时候，他只能使劲往喉咙里咽一咽唾液。然后，他将话筒缓缓举起靠在干涩的唇边，他挣扎了一下，说：请大家不要难过，不要哭。他的声音越来越低：今天我和莉娅真的很感谢你们能来送她最后一程，真的谢谢你们。我不想隐瞒你们，莉娅走的时候的确很痛苦，很突然。我们才结婚不到一年，我想过迟早有一天我们会面对这样的离别，只是没想到会这么早，这么突然……凯乐的话音还未落地，门外一阵轰隆雷鸣，一场蓄谋已久的瓢泼大雨，连同告别厅内的哀乐与哭声一起倾倒而下，上午十点的天，黑了……

1

狄莉娅和王小米的相识是从聘请家教开始的，她以一名家教老师的身份走进王小米的生活。而这家教老师是王小米自己在招聘网站上寻找的。因为身体不便的原因，只念到中学就毕业的王小米在经历"被辍学"的命运之后，不得不面对长久自学的苦旅。因为爱好文学，她又不甘心向命运屈服，从此只做一个吃饭睡觉看电视的庸碌之人。在狄莉娅到来之前，家里也请了多个大学生或是研究生来给她做专讲文学和历史。然而时间一长，这些家教如铁打的军营流水的兵，随着毕业、工作等原因纷纷离开。而王小米也从几年前，刚刚十六七岁的小女孩长成了十八九岁的大姑娘。找家教这件事，对于精通网络的她也早已经是轻车熟路的小事情。而如今找家教，与其说是找个老师回来与她讨论文学，不如说是以这种方式找一个跟自己年龄相仿的同龄人做朋友，毕竟一个人独自相处的日子真的是太无趣了。

狄莉娅就是她这么盼望的、一个谈得来的家教朋友。两个人第一次见面的时候，莉娅披着齐肩中发，穿一件半旧不新的浅蓝色牛仔外套，身后背着帆布书包，一副文文静静女学生的模样。在王小米滑动轮椅开门的刹那，一张甜甜的笑脸就迎了上来。初次相见，两个女孩就坦诚地交谈。她是南大本科毕业生，目前在等待研究生的考试成绩，这是王小米之前在网上看招聘帖子就了解到的。她也坦然向莉娅表明自己找家教的实际用意：不是为了升学考试，也不是指望能学有所成。文学这东西，纯属是自己爱好，她就是想找一个一起交流的人，可以不时来与她说说话。莉娅听了特别诚恳地点头说：你说的我都明白！之前在网上我们交流的时候，我就大概了解你的意思了。她同样坦诚地说：其实如果抛开家教的原因，我也是抱着想认识你，能跟你成为朋友的心情才决定过来的。莉娅老家在广西的山区，她是本科考到南京来的。她去年就已经本科毕了业，又准备了一年考研。这样一说看上去是不容易的，实则她自小就学习优秀，能考上南大也是意料之中的事。第一次面对面交流，王小米觉得比她之前想象中的要顺畅愉悦，通过交谈可以得知，莉娅是个性格开朗、口吻轻和的女孩子，很合适做朋友的那种。

或许是这两个女孩真的很契合，没过多久她们的关系越来越熟络。莉娅每周来一次，每次来王小米总是有好多话跟她聊。有时莉娅会一周来两次，一次是固定的，一次是她自己主动要来的，她也许真的是担心小米一个人在家太孤单了，毕竟她无法独自出门，或接触其他的朋友。秋高气爽的十月，南京燥热了一季的高温终于消了气焰。天是不热了，窗外却依然弥漫着夏日的气息。这天周五，莉娅又背着她的帆布书包按响了小米家的门铃。一开门，小米自然招呼一句：来啦？说完滑动轮椅转身向房间里去。可莉娅并没有像往常一样随她进来，她在后面叫住了小米：哎，别进去了，走吧。她眼神挑起，示意阳台外。小米转身疑惑，只见她跟着运动鞋跨一大步绕到小米轮椅的后面，双手握着手柄说：难得今天天气好，带你出去走走。小米还没从欣喜中反应过来，只木讷地问：你确定你能推得动？莉娅假装不服气：哼，是骡子是马拉出来遛遛不就知道了！万幸，虽然是头一回推轮椅，但莉娅的技术还是可以的。

小米在轮椅上指着要去的方向，她居然让莉娅带她来到一个看似地下车库的地方的门前。她还故意逗莉娅说：今天这天儿怎么这么热？咱们到地下室凉快凉快。莉娅十分不解她的想法，不是说每天在家晒不到太阳的吗，怎么又要凉快了？还是地下室？等她抬头一看，才明白。哦，原来这是一家书店。Avant-garde Bookstore，广州路 173 号。惊讶之余，莉娅有些犹疑。她们想进去，眼下却是个很陡的下坡，就是能开进汽车的那种下坡，可她推着轮椅上的小米怎么进去呢？看起来有点不太安全……小米灵机一动，教她：你把轮椅倒过来，退着下去就没问题了。这种方法果然不错，轮椅倒着下，人是往后仰的怎么看都很安全。莉娅战战兢兢总算把她弄了进去，一抬头忽然觉得眼前一片明亮，她惊奇地感叹，原来这里面是这样的呀！别有洞天吧？还有更让人惊喜的呢，走……小米激动地指着前面让她向前推。走到书店尽头，小米扭身引她朝左边看去，她小心试探地问：上边，上边才真是别有洞天。你，还有力气推上去吗？莉娅顺着小米说的方向往上一看，顿时有点目瞪口呆，那又是一个非常高的上斜坡，看着真是很难推上去。小米知道她一个瘦弱的女孩要推着一个五六十斤重的人爬那么高的斜坡，是有一些困难的，就对她说：没事，我们就在下边转转吧，上去有点费劲。但是她没想到，这看起来弱不禁风的女孩，这会儿居然撸了撸袖子，深呼一口气，似乎是铆足了劲摆出了要"大干一场"的架势。走，准备冲上去。还没等小米反应，莉娅就前推后踏，屏住呼吸推着轮椅向上攀登。刚开始虽然有些缓慢，但还算顺利。等推到中间，莉娅明显感觉使不上劲，她双腿前后撑着往上蹬，可每蹬两步就感到很难再推上去，紧接着这轮子有一阵就停在原地，莉娅越是想用力向上推就越难挪动。小米不忍心看她费力的样子，就劝她，要不然就算了，倒下去吧。

啊，谢谢！正在她们一筹莫展的时刻，旁边路过一个戴着黑镜框的先生，他伸手帮了一把，让原地不动的车轱辘总算是重新发了力。没事！轮椅被成功地推上来以后，黑镜框先生摆了摆手往前方走去。

太不容易了，把你累着了吧，我们先去咖啡馆那边坐会儿吧。小米看着气喘吁吁的莉娅，用手在她面前扇了扇风。莉娅平静了一会儿说：还真是不太好推。就在她不经意扭身的瞬间，看到了身后悬挂的黑色十字架。她像被惊到一样，情不自禁地赞叹道：哇，这么壮观，太有神圣感了吧！小米笑着仿佛"得逞"一般，笑说：怎么样？被惊着了吧！到咖啡馆坐定后，小米开始如数家珍地向她介绍这家书店。小米突然想起了什么，问她：快放国庆长假了，你回去吗？莉娅手里捧着咖啡，干脆地回答：不回去了。接着她顿了顿说，反正家里除了我母亲还在，其他，也没什么人了。听了这话，小米有点后悔提出这样的话题，可又忍不住小心地问：你说没什么人，是什么意思？只见莉娅低眉浅笑，如此沉重的话题，从莉娅口中说出来，竟显得很淡然。她原本有一个幸福的四口之家，直到十几年前，她的父亲和弟弟都去了天堂。父亲是因为得病离世，弟弟就比较意外了，在一场车祸中丧生。莉娅只有在情绪特别低落的时候，才会问老天：为什么会是我们家？听她说完，小米苦恼地握住她的手问：怎么从来都没有听你说起过这些事？这时她从刚刚的回忆中解脱出来，一脸洒脱：这都是很久以前的事了，我现在在这边，也因为环境的关系，放下了很多。然后，她忽然画风一转，对小米打下伏笔似的道：这斜坡太难推了，下次我再叫一个人来帮忙。

2

春节，莉娅还是没有回家的打算。小米想让她来家里跟他们一家人一起吃年夜饭，莉娅不愿麻烦，几次推辞：这不合适！小米却没有顾忌地反驳：这有什么不合适的，又不是不认识，我都跟家里人说好了。我可不能放着你一个人过年。但光她一个人还说服不了莉娅，那天去小米家的时候，刚巧遇到小米的母亲，她也很热情地邀请莉娅年三十来跟他们一起吃年夜饭。还说：你一个人在这儿，以后就把我们家当成自己的家吧。对于内心一直孤独的女孩来说，别人只要对她有一丝好意，她就会由衷感动。

来年的春天，三月阳光普照角落里的迎春花，满街柳絮随轻柔的风飘飘洒洒，莉娅一头秀发在太阳下显得是那么亮眼且有温度。她们提前在短信里说好，今天要带小米出去走走。莉娅如今推轮椅的技术越来越熟练了，就连从哪个角度让小米坐上轮椅，坐上去后如何帮她调整舒服的位置她都做得非常顺手。小米问她：今天还去书店吗？她点头答应，然后笑了笑说：今天会有人帮忙推轮椅。快要到书店的时候，小米便看见前面有一个戴着眼镜，同样背着书包，个头和莉娅差不多高的男孩，面带露出八颗牙齿的笑容向她们走来。这种场面，不用莉娅多介绍，小米一眼就猜到，这小伙肯定是她的男朋友。

可是当她听说这小伙居然比莉娅年纪小，小米原本高兴的心情掺杂了一种说不清的感觉。后来，三人在咖啡馆坐下，莉娅才腼腆地介绍说，男友叫凯乐，是比她小的学弟，还有一年毕业。看莉娅满是欣喜，小米也就跟在后面与她开玩笑：行啊，莉娅，你这都追上小鲜肉了！莉娅听了"扑哧"一笑，连连摆手。没想到这凯乐也是个自来熟的人，抢话就说：没有没有，是我追的她。小米乘胜追击问他：那我们家莉娅好追吗？哪知道这一问好像恰中了他的下怀，趁机对小米哭诉：我跟你说，你这闺蜜还真难追。我追了几年才答应我，小米，你说我容易吗？莉娅装出生气的模样打了他一胳膊，没好气地说：你说谁难追？

莉娅介绍凯乐认识小米没多久，她的考研成绩下来了。对她而言，考研落榜是遗憾的，毕竟她还是个单纯的女孩，也并不想过早踏入社会。然而现实却打破了她的期待，为了生计，她不得不开始投简历找工作。可是像她这么柔弱的性格能适合什么样的工作呢？她那天迫不及待地把收到应聘回复的消息告诉小米，她说上周末有一家早教中心邀请她去面试了，结果很顺利。她特别欣慰，这份工作很适合自己，因为是跟小孩子打交道，简单纯粹。小米虽然不舍她离开，但又想到如果没有一份像样的工作，她的生活会越来越难维持。在电话里，小米叹了口气说，那好吧：你先去好好工作吧，把自己照顾好就行！莉娅在那头听出了小米垂头丧气的语气，劝慰她说：放心啦，即使我不去你那儿做家教，也不能把你丢了的，等周末，或是假期，我就去找你玩，还有凯乐。这次莉娅不同于别的家教，说不来就不来了。她们反而走得更近了。正如莉娅所说，每个月他们都会抽出时间来小米家"走亲戚"，三个人经常一起出去吃饭，聊聊彼此的近况。莉娅那份早教工作并没有如她当初想得那么顺利，就在她做得正是得心应手的时候，在一堂家长试听课上，因为一时疏忽给孩子教错了一句口语便遭到早教中心的解雇。可事实上，莉娅很清楚他们之所以会为这一点失误就解雇她，真正的原因是他们招来了一名外教，她只能成为那个被淘汰的人。小米给她发信息安慰，说：太现实了！莉娅回了一个微笑表情说：其实我也很现实，当天在公交车上哭了一鼻子，下了车就又重新投简历了。

3

又到一个周末，莉娅说下午来看小米，然后去书店喝杯咖啡。小米以为这次又是他们两个人一起来接她出去，一开门发现只有莉娅一个人。走在路上，小米转过头问：凯乐呢？他今天怎么没来？她无奈地笑了笑，说：我把他给甩了！小米觉得这一听就是玩笑话，便也呵呵一笑，说：甩了好，甩了就没人跟我抢闺蜜了。进了书店，她说好不容易见到莉娅一面，掏出手机要跟她自拍。莉娅拿过小米手上的手机，对着她和小米比划了半天还是觉得角度不够好。

　　我帮你们拍吧。这时在一旁的一位身穿黑色衬衫，戴黑色镜框的先生上来帮忙。莉娅将手机递给他，再走到小米的身后扶着她的肩膀，两人脸上展现出微笑，随着手机照相"咔"一声，黑镜框先生为她们拍下了这美好的一瞬间。拍得真好！谢谢，谢谢！小米和莉娅看着照片，连声道谢。两人在咖啡馆面对面坐着，她的工作重新找到了，还是一家早教中心的工作。可莉娅这会儿看上去并不在状态。话题绕了几个圈，她才说出了心情郁闷的原因。凯乐他们家不同意我们的事，他试图跟家里人沟通，但结果不是很好。莉娅抿嘴笑了一下。其实这应该都是可以预料到的事，原因自然也是明了的，一听说莉娅比凯乐大，还有她的家庭状况，凯乐他们家一下就炸锅了。谁叫凯乐是家里的独生子，哪家不宝贝自己儿子呢？小米问凯乐自己怎么想。莉娅说：他坚持啊，说什么也不听他父母的，可能就是因为他太反抗了，所以我前几天接到他妈妈打来的电话。他妈妈让我跟他分手！那你答应了吗？小米问。她摇摇头：没有。过了几秒吐出一句：他妈妈最后对我说"那你滚吧"就挂了电话。这说的叫什么话呀！是她儿子追的你，也是他死活坚持跟你在一起，他妈这么冲你算哪门子事？小米替莉娅不值。

　　莉娅沉思片刻，说：其实我就是想拥有一个家，家里有爱人，有小孩。下班回家，两个人一起做饭，一起陪孩子。凯乐越来越符合我对终身伴侣的定义。所以，我现在也算是顾不得那么多了，既然凯乐这么笃定我们的事，他下定决心，我就全力以赴陪他。我甚至有时候在想，假如我和凯乐真的可以走到最后，我不会非常怨恨他家人给了我们这么多阻碍。但是以后的日子，我也绝不可能因为生计向他们伸手求助，我必须靠我们自己的能力，把生活过得简单充实，我想有一天要让凯乐的父母知道，他们的儿子即使跟我在一起，我也能让他的人生过得有声有色。这是我目前最想实现的梦想，我也觉得一定能实现。原本还郁郁寡欢的她，现在把心里话说出来觉得好受多了。她拍小米的手，看着她听得入神，说：我想说的都说出来了，该你了。

什么？小米愣了一会儿，甩了一下俏皮的马尾辫接茬道：我的梦想吧，过去呢，想当作家的梦想的确是我活着的一大借口。但是现在呢，我的感觉提档升级了，不仅要成为作家，我感觉迟早我要在哪儿开一场盛大的作品发布会。小米边说边激动地伸出胳膊笔直往右前方指去。后来她猛然一扭头，突然吓了一跳，邻座的黑镜框先生捧着一本书正对着她看，就是刚才帮她和莉娅拍照的那个人。小米吓得赶紧把胳膊收了回来，面对黑镜框先生汗颜一笑迅速把头转了回来。

4

大约又过了半年，莉娅那儿终于传来了好消息，她和凯乐就要准备结婚了。这其实也是很突然的，凯乐跟家里僵持了很久，多次回去说服父母接受莉娅，但还是没能动摇他们。所以，最终逼得凯乐什么也不管不顾，决定自己操办婚礼。莉娅也下定决心，一定要嫁给凯乐。小米虽然以前也劝过她：假如他们家这么不接受你，而你们都承受了不可抗拒的压力，不如趁早放手，这样至少你不会很难堪。但现在看着莉娅要嫁给心爱人幸福的模样，小米也只好祝福。他们已经准备好了一切，选婚期、订场地、租婚纱、写请帖……可往往就在一切就绪的时候，事与愿违。

在婚礼即将举行的前一周，凯乐被他父母突然紧急召回，此后他被家里关了半个月，直到要回学校参加毕业典礼才放他出来。他出门的时候，母亲对凯乐放了狠话：你如果敢私自跟她举行婚礼，那你就永远别进家门。而让他父母没想到的是，从小到大一向听话的乖儿子，这一次是真的没有再听他们的话，临出门时，他抽走了户口本里自己的那一张纸。他像逃窜一样，从早教中心拉莉娅直奔民政局。这似乎是慌乱的，也是必然的。领了证，他们就成了名正言顺的夫妇了，谁也拆不散。那天，他们牵手来看小米。惊奇地发现她的轮椅换成电动的了，再不需要人帮忙推着她走了，小米总算有了属于自己的自由。她和莉娅凯乐三人并排走着，来到书店，刚把电动轮椅开上书店二层，凯乐就向她宣布了他们领证的喜讯。什么？领证了？什么时候的事？小米听了连发三问。再看莉娅脸上羞涩欣喜的表情，她又假装故意刁难他们问：你怎么说娶就娶了？求婚了吗？还有你莉娅，就这么把自己嫁出去了？他们一个腼腆笑着，一个挠挠后脑勺一想：等不及想娶她，真把求婚这事给忘了。莉娅为他解难说：求婚也就是个形式。小姐，一辈子就一次啊，形式很重要好吗？说着小米从包里掏出两本书，送给他们两人。哇，小米你什么时候出的书？他们惊讶地看着。也就在你俩焦头烂额时出的，没想到今天送的还正是时候。瞧见了没，《爱不能等》，你俩也别等了。后面就是十字架，赶紧把婚求了。

听我指挥啊，两个人面对面，牵手，凯乐单膝跪地……小米专注地看着手机里的画面，凯乐牵着莉娅的手，单膝跪地仰望着她。两人在柔和灯光与黑色十字架的映衬下相互对视，这画面真是美极了。我往后倒一点，再来一张哈。保持这个姿势别动……

小米手忙脚乱地控制车上的操纵杆，不想猛然往后一倒车明显感觉撞到了身后的人，她立刻将车转了方向，连声道歉：不好意思不好意思……没想到转过身来才发现，竟然又是之前遇到的黑镜框先生，但是他却笑了起来，随后拿起莉娅他们放在一边的书，用手指点了点封面上的书名对小米说：诗写的不错，找时间来做一场分享会吧！小米突然恍然大悟，不确定地问："你是——"黑镜框先生很简短地告诉她："对，我是这家书店的店主。"

5

　　十一月深秋，莉娅和凯乐的婚礼这一次如期举行。而让双方遗憾的是，他们的父母都没能到场祝福。凯乐父母自然是不会参加的，莉娅也没有让母亲从广西赶来，因为如果只有她母亲一个人在婚礼现场，这会让老人家很难过。他们的婚礼很简约，只是订了一间酒店的会议厅，做了简单布置，请了朋友担任婚礼司仪，这婚就算结了。这一天，莉娅终于穿上洁白无瑕的婚纱和自己所爱的人并肩站到十字架面前，许下深深誓言：

　　李凯乐，我将成为你的妻子，你将成为我的丈夫，走到这里，真的是一个很大的神迹。"爱是恒久忍耐，又有恩慈；爱是不嫉妒，不自夸，不张狂，不做害羞的事，不求自己的益处。凡事包容，凡事相信，凡事盼望，凡事忍耐。爱是永不止息。"这份从神而来的爱让我认识了你，把我带到你的面前。对这一切，我非常非常地感激。来自破碎家庭的我，渴望爱，可是又很悲观消极。我从小成绩优异、个性独立，让我内心骄傲，另一方面，破碎的家庭又让我很自卑。我是这么矛盾的一个人。而你生长在一个那么健康、被父母亲宠爱有加的家庭里，刚认识你的时候，你就是一个简单快乐、无忧无虑的大男孩。在那之后的半年，是时间让我慢慢看清楚你在我生命里面是那么重要、那么独特的一个人。牵手之后，我觉得我们的爱情比我想象的更美好，这是我意想不到的。但是，当我们经历来自家庭的压力，来自父母强烈的反对，以及很多来自现实的压力，让我们的爱情变得更加艰难，我们经历的非常黑暗的那一段时间，几乎都要放弃了。今天，在上帝和人的面前，我狄莉娅承诺，将跟随你，陪伴你，顺服你。你往哪里去，我就往哪里去。你的国就是我的国，你的神就是我的神，即使有一天死亡会把我们分开，我们也会在神那里相聚。我爱你。"

婚后的生活，对于他们来说是不易的。他们在郊区租了一套一居室的房子，凯乐继续读了研究生，莉娅靠一个人的工资维持两个人的生活。日子是艰苦了一些，但莉娅还是坚持不让凯乐向家里人求援。她说，假如将他们的婚姻与凯乐父母之间的僵持看成是一场长久拉锯战，那么他们即使结了婚也不能算是完全的胜利。她必须得为自己，还有他们的小家争一口气。小米也曾多次跟她提出，如果真的很困难，一定让莉娅跟她说，哪怕能帮她的不多，可总归是有办法的。每当听到小米对她说这话，莉娅都会用力抱住小米，感动地说：太好了，幸亏我身边还有你。她总是对小米说，朋友之间陪伴是相互的。莉娅虽然仍然想改变跟凯乐家人的紧张关系，还是一再遭到拒绝。功夫不负有心人，一直到他们结婚半年后，凯乐父母终于抗衡不了他们已经结婚的事实，决定在来年的春节为他们按照家乡的风俗再办一场婚礼。只是人生的意外总在预料之外发生，莉娅最终也没能等到有父母祝福的那场婚礼。

意外发生在她和凯乐新婚的第十个月。之前莉娅一直感到胸口不太舒服，夏天的时候，她连续咳嗽了两个月，凯乐一直说要带她去医院做检查，可当时因为正巧赶上他们俩人工作和学业都处于比较繁忙的时候。所以，并没有把这件事过多地放在心上。直到那天晚上，小米在客厅看电视，手机就放在面前的茶几上。正当电视剧放到最关键的时刻，手机屏幕突然亮了，她稍稍看了一眼是凯乐发来的微信，以为是他们最近又要来约她出去吃饭。她不紧不慢地拿起手机，点开微信对话框，确实是凯乐发来的信息。但是小米怎么也没想到，这条信息只有两行字："莉娅突发疾病住院，因抢救无效，不幸于今早离世！"

莉娅离世了？这怎么可能呢？为什么？小米像个傻子一样两眼发直地死盯着屏幕，反反复复看着凯乐发来的那两行字。当确认了无数遍后，她感觉到自己的脸发烫，眼眶发热手里还死死攥着手机。一旁看电视的父母分明感到她的表情不太对，赶紧问："你怎么了？脸怎么都红了？"

"莉娅死了！"她经过好几分钟的沉默与挣扎，好不容易从嘴里含混不清说出这几个字，之后便放出声音号啕大哭。第二天，小米窝在房间里一整天都没有力气。下午，她的手机屏幕又亮了，发来微信的还是凯乐。她立刻拿起手机，她多想信息上显示的是昨天那个是错误消息，或者是告诉她，莉娅又被救活了。可是，这条信息只是为了使她更加确认莉娅死亡的消息。"莉娅的告别仪式定于明天早上，你来送送她吧。"

第三天上午，小米在家人的陪伴下，在告别厅门口看到凯乐捧着莉娅黑白遗像，他和小米都没有流泪。而他只能对小米说一声：对不起，是我没有照顾好莉娅。小米突然觉得这个世界对莉娅而言竟是这么悲凉又可笑，她在最幸福的时候都没能得到父母的见证与祝福。如今她离开了，她的母亲和公婆却都来了。告别仪式结束，凯乐举起手里攥着的戒指，低头一吻，两眼落泪，将结婚时为她戴上的戒指缓慢放入莉娅的骨灰盒里。他们此生，就此别过……

　　许多年后，广州路 173 号书店里，小米剪短了头发，点了一杯咖啡坐在鲜红的灯罩下，看着眼前人来人往，用一下午时间冥想：如果这只是一个虚构的故事该多好……

课桌上的星巴克

1

晚上十点之后，终日喧嚣的酒店大厅总算安静下来。真正开始热闹的，是一天准备扫尾工作的后厨，七八个油腻大褂，穿梭在洗洁剂和白瓷盘之间。余文霜在最里边，双手泡在水槽里，如机械般一个接一个洗刷着没完没了的白瓷盘。离她两米开外的李勤正自己忙活着手上的事，突然转过身对她大声说了一句什么话，余文霜丝毫没听见。不止她没听见，就算是离他很近的人也不见得能听清他说的每一个字。后厨的环境远比想象中要嘈杂，别说是相互说一句话了，你就是吼起来，别人也不会太过在意。他们必须在十二点前结束所有的工作，快要洗完最后一波时，余文霜还是不小心把水槽里的洗洁剂溅入了眼睛里，她没法用手去擦拭，只好歪头将眼睛在肩膀干净的地方蹭。李勤从两米开外跑过来，托起她的头，掏出一叠干纸巾让她别动。李勤实在不明白，她明明在餐厅替人收盘子收得好好的，最近为什么要主动请缨调来后厨刷盘子？十二点后，后厨的喧闹逐渐散退，其他人纷纷挥去满身油烟与疲惫离开。余文霜动作比他人缓慢一些，这几天都是最后一个离开，李勤其实早就忙好了自己的事，他又套上橡皮手套打算取下余文霜手里的盘子，让她歇会儿。她不肯，说一会儿就弄好了。他斜着身子倚靠在瓷砖柱边，看着她终于关掉水龙头，脱下外冷内热的手套，然后反复搓了搓看起来都有些麻木的手。李勤转着眼珠似乎是想起了什么，有意识地把手揣进裤子口袋里肆意摸索，果然一支护手霜就变了出来。他不解地叹气，问她是怎么想的，在餐厅那么体面舒服的活不做，非到后厨凑热闹。余文霜呼出一口气累坏了，她坐到背靠冰柜的凳子上，眼皮耷拉下来，打了个哈欠说：不早了，回去睡吧。

看她累得没精打采，李勤从旁边冰箱里取出一盒做好的甜品塞给她。她盯着这盒甜品大惊失色，下意识地左右张望着，吓得低声责备李勤：这是干吗呀？让人发现你又偷着藏东西，工作还要不要了？李勤不以为然地露齿一笑，笑她胆小如鼠：怕什么，工作不要就不要了呗，反正也不耽误给你做甜品。她向来拿他这种无赖行为没办法，只说这是最后一次，以后别弄了。只不过，李勤还是没弄明白，她为什么突然要来后厨刷盘子。

"抹茶拿铁"这个名字，早在两年前从某写作网站横空出世，事实上这并不是什么稀奇事。做网络写手，这步骤也就是分分钟的事，注册一个ID可以是一个人，注册几个ID也可以是一个人。如今但凡会打字上网的，谁还没个发言权呢？但是很多网络写手都是从默默无声做起，有的人在这里摸爬滚打了好几年也不过是个无人问津的菜鸟级别。真的，有时候别以为有一腔热忱，有几分文学天赋就能随时随地发光发热，通过网络码字有朝一日名声大振，几乎对于任何人而言都是天方夜谭。当然话是不能说得太满，有些事也会有机缘巧合的时候，往往就是走了天时地利人和的好运气。"抹茶拿铁"不就赶上好运气了吗？尽管连她自己都不知道怎么能这么顺利在茫茫网海中脱颖而出。不仅如此，人家在两年内不仅在网络文学中人气大增，还被作家协会吸收为会员。唯一令人疑惑的是，很少有人见过她本尊，在网络上见不到也属正常，在现实中的文学圈里也没有人知道她的真面目。她几乎不参加文学活动，也不与人打交道，甚至连作家群也不加。她肯定是想，为什么要加群，写作不就是一个人的事吗？这两年作协真正和她有过"密切接触"的也只有一次，作协人要她去领会员证，她在电话里用并不甜美的嗓音回复道：不好意思，老师。我现在不方便去拿证，能不能麻烦您给我快递到家里？

然而，最近她更帖小说的网站，不断有人在下面抱怨：

"抹茶拿铁"最近干吗了？怎么都不准时更新了？

就是，"抹茶拿铁"怎么回事？这是要弃坑断更吗？不带这样的，有没有职业素质了？

这就是网络文学和传统文学的差别，在网上写小说，你假如每天不更新几帖，光是催更就能灌上好几页的水。再说，读者选择追看你的帖，就是因为你写的合胃口，你总不能把别人胃口吊起来又突然不给下文了呀。但是这几年长久追随"抹茶拿铁"的读者应当都明白，她不是随随便便断更的人，否则她这几年的上千万字岂不是白码了？谁还没个特殊事儿。还不错，一连刷了两三页总算有人说了句良心话。万幸，这天半夜两三点钟，"抹茶拿铁"在帖子第八百三十七页更新了最后两帖，并留言：十分抱歉，让各位久等。今日更新最后两帖，此小说已完结。感谢大家长久的追逐与等待。此情可待，江湖再见！

退出界面，关闭电脑，她从巴掌大的床底下拖出半旧不新的行李箱，"呼"一下吹去上面浮着的灰尘，似乎是在为一场并不遥远的旅行而预备。

2

她这一觉睡到了第二天中午，好不容易睁开眼看看时间，吓得一个猛子弹跳着坐了起来，直愣愣想了一会儿，又一阵沉下心喘息：今天不用赶那么早，都还来得及。没错，她今天要拖着那只许久不见光的行李箱出门了。是出门，不是出远门。在这之前她决定好好地梳洗自己。松散开日复一日绑低的马尾，从淘宝特价淘回来囤了半年的化妆包，这会儿是时候拿出来发挥作用了。眉毛画一下，假睫毛也可以接一下，口红就用姨妈色的。她不喜欢太亮太艳的色彩。今天得有仪式感出门，伸手套上浅灰色呢外套时，她下意识从手机翻出短信通知：网络作家培训班，11月8日下午三点国泰会议中心报到。

国泰会议中心？她站在原地显得有些犹豫，没过一会儿就不假思索、翻箱倒柜地找出一副墨镜顺势戴上。至于为什么给自己起"抹茶拿铁"的笔名，这好像也完全是一种特别随意的巧合。几年前的一个下午，当她决定开始在网上码字，注册用户名时，恰巧手边有半杯已经冷掉的星巴克咖啡。她专注地盯着屏幕，抬手喝了一口，味蕾像开了花似的甜蜜，香甜又不腻味，还带着些许清新的口感——抹茶拿铁——这个味道真不错，就叫这个名字好了。

这是她第一次以一个作家的身份，从网络来到现实。这是一件对她来说十分庄重的事情，也许她一亮出"抹茶拿铁"的身份就会有许多慕名者围追堵截她，他们会追着她问这问那，他们会好奇她网络写手背后的身份。想到这些，她突然心头一紧，又潜藏期待。无论怎么说，她现在的身份是一名持证作家。滴滴快车将她一路驰骋送到了会议中心正门口，她正给司机支付路费，酒店门童就提前为她拉开了车门。她被这一举动惊着了，隔着墨镜与门童的满脸笑意对上一眼，迅速撤离，随后尽量避免再与他眼神对视。按照大厅指示牌提示，她找到培训班签到处，根据会务人员指引到酒店前台办理住宿房卡。她在几米开外向前台方向望去，办理入住的人排成了两排，办理房卡的是两个面容青涩的女孩。她推了推脸上的墨镜，行李箱在地面上随从她滚动。排到她的时候，服务生要求出示身份证，她迟疑地点了点头，从单肩包里笨拙地翻出，犹犹豫豫递到服务生手中，她有些生怯，没见过大世面似的低着头。服务生拿身份证做了登记，对她说：请摘下墨镜！摘墨镜？她显得有些诧异，而后看到服务生举着摄像头，才恍惚明白，完事又立刻戴上。都说写作的人喜欢僻静，她有些庆幸，拿到位置较为偏僻，而且只在一层的109房间。走进房间，手还停留在门把上，从里边探出头去看，并没有人。长长舒了一口气往里去，环顾四周，干净宽敞的房间，三点多钟的阳光懒洋洋地洒在两张单人床上。她总算可以放下一切包袱，摘下墨色"面具"了，直到很晚的时候，才从洗手间门缝里发散出具有品牌气息的沐浴露香味。

李勤是酒店专门做糕点的甜品师。无论怎么说，他毕竟是一米八的大高个儿，每天把力气消耗在烘焙上，实在不是一个男人应该追求的。就像在这之前，他从未想过自己今后的工作竟然是做这个，而这只是因为余文霜来到这里工作。这几天，李勤陆续接到余文霜父亲打来的电话，绕来绕去，只想通过李勤问问余文霜元旦回不回家。余文霜耻笑父亲肚里的花花肠子，即使是当李勤面也会不留情面地拆穿自己的父亲：他是想问我元旦能带多少钱回去。余文霜的母亲走得早，起初两年她和父亲生活在一个家里。母亲刚走那会儿，父亲给母亲"烧七"，周年时还请了法师来为母亲念经超度。第二年因为忘了买纸钱，父亲心里愧疚得很。总说，活着的时候没能让母亲享到福……然而没过多久，父亲经常日落出门，到半夜三更才偷摸开门回家。有一天余文霜坐在堂屋等父亲回家，等到天亮了，父亲才蹑手蹑脚进门。她问父亲：这是去干什么了？父亲觉得也没必要隐瞒了，索性全盘托出。他跟北村一个寡妇好上了，也不打算结婚，想就这么好着，做个伴。余文霜要是乐意他就接回来同住，要是不乐意他就两头跑，权当锻炼身体。她对父亲很不屑地一阵冷笑，什么做个伴，也不知道该说这老东西是贼心不死，还是色心不改。她想，你愿意接回来就接回来吧，权当雇个人回来替我照顾你。反正我也不打算在这家待了。

李勤劝慰她别这么胡思乱想，叔这么大年纪了也不容易。夜晚更深露重，后厨不再嘈杂，他想送她回去，余文霜摇头不肯。她脱下袖套，解开黑色塑料围裙，捋了捋挡住视线的碎发。说：你先走吧，我歇会儿就走。李勤又奉劝她：明天去跟领导说说，还是回餐厅吧。她好一会儿没作声，头仰靠后墙冰冷的瓷砖，闭了一会儿眼朝他摆摆手，说：你回去吧，我一会儿就走。

3

第二天培训班正式开班。"抹茶拿铁"没想到开班仪式会这么隆重正式，会场设立在三楼万泉厅，这是一个足以容纳几百号人的大厅，平常是可以用于举行婚宴的宴会厅。而现在容纳的应该也有上百人，因为座位排列很清楚，总共有三列培训班，一列青年读书班，一列高级研修班，还有一列，最靠南边门的就是网络文学培训班。透过深蓝色墨镜，"抹茶拿铁"找到自己的席卡，在倒数第四排靠边第二的位置，她很满意这个位置，因为不是那么显眼。她特别注意了前后左右的名牌，有真名有网名，但她对他们几乎都不熟，她也希望他们对自己也不是那么熟悉。坐到位置上，翻看学员手册，在导师名单中她找到了想找到的名字：吴华星。没错，是他。

开班仪式只进行了一个半小时，三个培训班便各归各位，被分到不同的教室，这样每个班只剩下三十几人，大部分人都有要好的伴，可以自由组合座位。她呢，天生的孤僻人，怎么选择只会靠后选。前座的同学回头与她打招呼，她只得笑笑应对。一想到要在这种大环境里朝九晚五待上七八天，她就感到内心堵得慌。不过，吴华星，她还是蛮期待见到的，为此等上三五天，还是可以忍耐的。至少，她很早就习惯了等待的滋味。至于这个吴华星是谁，她为什么期待见到他，这得从好多年前说起，假如用"抹茶拿铁"自己的话说，这似乎是上辈子的事了，仿佛不可能再见到，又好像迟早都会见到。一天课结束，五点半下课，人人都往餐厅冲。上培训班的好处就是，可以让平时生活不规律的作家借这几天上课时间调整好作息。但是，她下课是坚决不往餐厅冲的，自助餐对她丝毫没有吸引力，这大概是因为下午星巴克咖啡已经喝的足够饱了吧。说来也奇怪，自从开始上课，每天下午她的课桌左上角总会放上一杯星巴克咖啡，而且是大杯的那种。有人问她：咦，附近好像没看到有星巴克门店，你在哪儿买的咖啡？她把杯子盖掀开一个小口，推了推墨镜简单回答：中午散步，顺道坐地铁出去买的。自从几年前喝过不知道是谁留下的半杯冷咖啡，她就一直对抹茶的清香念念不忘。其实也对，没有一个长期彻夜码字的人，会有下午不困的道理，咖啡对他们来说是个白天拿来"续命"的好东西。她一直在思考，过两天等到吴华星来讲课，她该怎么面对他？要不要主动上前跟他握手打声招呼，还是他会主动认出她是谁？他会对自己成为一名所谓的作家感到欣喜，或是惊讶吗？在这之前，她假设过很多种与他再见的场景，这貌似是最意料之外的一种。

余文霜还是坚持每晚十点之后来到后厨刷盘子。李勤边盘点今天没售完的甜品，边盯着余文霜的脸看。旁边一起工作的小伙对李勤痴迷的眼神一直发笑：真是情人眼里出西施啊。天天看都不够啊！还真别说，余文霜虽然最近天天熬夜刷盘子，脸上的气色却是越来越红润亮泽了，一眼看上去两颊粉扑扑的，靠近一些，还会嗅到淡淡的清香。李勤忍不住多看了两眼，面带羞涩地低语问她：你今天是化了妆吗？怎么这么好看。被拧开的水龙头持续直泻而下，"噼里啪啦"砸在白瓷盘上，她压根听不清李勤说了什么，只觉他笑得有些怪异。她有些急躁，奇怪地皱眉，声音高过水冲下来的音量对他说：啊？你说什么？我没听清。李勤没再说更多，只望着她笑笑摇头。

他们正准备收拾东西下班，李勤的手机响了。他递到余文霜面前，给她看一眼，她打算拿过来接，一时又被李勤快速收了回去。他对她做"嘘"的手势：我先接。余文霜用一种既懊恼又厌恶的表情听着李勤和电话那头对话，她心想，这真是个麻烦。接电话两分钟下来，只听得李勤态度温和地对电话里说：挺好的挺好的，您放心吧。您别着急，回头把您卡的号码告诉我，我给您打一些过去……余文霜看出他的表情几度尴尬，她知道电话那头说的准没好事，实在没法再控制住情绪，从李勤耳朵边果断抽出手机。忍无可忍地对电话那头嚷道：你老给人家李勤打电话算怎么回事？跟我要不到钱，都开始伸手向李勤要了！你怎么开得了口？她紧锁眉头，满心的不爽真是不言而喻。电话那头当然也不服输，以老子的口吻数落已经一年多不回家的余文霜：我怎么开不了口，李勤也不是外人。你在外边挣了钱快活，就不管不顾你老子的死活了？家家你不回，电话电话不接，钱钱你也不给，你还养不养你老子了？她实在不想再说下去，一提到钱她这老子是永远挂不了电话的，除非她答应给钱。不是没给过，只不过给了钱他不但开销了自己的吃喝拉撒，还得管跟他同居的寡妇的吃喝拉撒。要真是这样，她也就认了。最令余文霜愤恨的一点是，他喜欢去赌钱，赌一次输一次，赌十次输十次，他是越赌越输，越输越想赌，好像就图个心里快活。开始余文霜也想不明白，后来她一想也对，反正老子赌的是她给的钱，他自己那点低保也够他存到老了。原本指望找回个寡妇能替她把老子收了，结果人家儿女一召唤，寡妇二话不说抬腿走人。这不能怪人家，寡妇毕竟不是余文霜她妈，到死都能忍受他的恶习。

她老子话没说完，余文霜瞬间就把电话挂了。不仅如此，也没经过李勤允许，她手指利索地把这串号码从他手机里拉黑了。李勤一时间被这父女俩搞得很无语，半天才憋出一句：其实没事，叔就是要点钱，我能给……

你能给多少？你以为你那点工资能赔得上他欠的赌债？她满口火气说着，以后不许你跟他联系，他的事跟你扯不上关系。

怎么扯不上关系，以后总归要成为一家人的。李勤说话声逐渐变小，害怕余文霜听见。

4

"抹茶拿铁"今天换上一件黑色带豹纹边的卫衣，脸颊雪白粉嫩，两片嘴唇依然是颜色暗淡的姨妈红。除了墨镜外，她今天还戴了一顶与卫衣搭配好的豹纹鸭舌帽，帽舌被压得很低。她坐在教室最后，双手交叉握紧，握到双手青筋都已暴露在外。桌角上的咖啡还没喝一口，就很快凉了。她的眼球在墨镜内焦虑地打转，最不安分的是她今天的心脏，从坐下那一刻起就锣鼓喧天般在身体里狂跳不止。是的，她期待已久的吴华星，还有几分钟就要出现了。

中午她坐了八九站地铁去买咖啡，地下的黑暗扫过她忧虑的神情。李勤突然在这个时候打来了电话，告诉她说：我今天感觉有点不太舒服，所以调成了下午的班，晚上就不能陪你了。他停顿了几秒，又说了一句：我刚刚经过酒店大厅看到一个戴鸭舌帽的女孩，似乎很像是你，就是穿着打扮跟你不是一个风格。她握紧手机，眉头微皱，心头猛然一紧，结巴地说：怎……怎么可能是我呢，我这会儿还没出门呢。李勤在电话里控制不住地咳嗽了一声，自嘲说：对啊，我想也不可能是你。看来我今天真是头晕眼花了，不仅把你看错了，还看错另外一个。她松了口气问：谁啊？李勤歇了半晌才出声：有点像那个衣冠楚楚的"禽兽"！但是应该不可能会是他，没那么巧的事情。余文霜知道他说的是谁，是他那个快十年没见面的父亲。李勤的父母在十多年前就分开了，他父亲当年为了奔更好的前程，不惜抛妻弃子一个人去了大城市，李勤懂事开始就暗自发誓，这辈子绝不认他这个父亲。

很快一个声音从教室最前方传来：让我们欢迎吴华星教授为大家授课。随之，掌声四起。没有人注意到此刻那副墨镜后面，一汪泉水正在沸腾。那一下午的课，是她这几天以来听得最入神的课，换句话来说，这是她回忆最入神的一下午。

那年，还是她扎着两束乌黑羊角辫的时候，有一天上课铃打了许久，教室里鸦雀无声，只有她在教室门外徘徊，因为和家里发生了矛盾，挨了父亲的打，以至于上课迟到。她不敢走到教室门口喊报告，却又没地方可以去，只能可怜兮兮地蹲在窗户下面等待老师下课。这时候隔壁班的青年老师吴华星正巧经过，看到这么一个小女孩蹲在那里，以为是犯了错，被老师撵出来罚站。她眼睛红红地对他说：我迟到了，不敢喊报告进班，害怕老师批评我。吴华星说：你这样旷课就不怕老师批评你了？他问她叫什么名字，她说叫余文霜。他想起这个名字好像最近在哪儿才听过，这下让他原本严肃的脸变得温和了一些，他把她带回办公室。她也不知道怎么就跟着他来了办公室，但是学校老师的话她总不敢不听，站在办公桌前不敢动弹。他指了指对面的椅子，叫她搬过来坐下。接着从一摞作业本里翻出一本作文本，她认得很清楚，那是她上周交的作文本。他翻开本子，递到她面前，突然展开笑颜说：你的作文写得不错，你们语文老师给我看了，我正准备拿到我们班上去借鉴一下。然后他问：你今天是怎么了？她的脸一下子就红了。

黄昏中，他们交往多了一些。他觉得，十五六岁的孩子作文里能写出一些有关哲理的东西是不简单的，一个人的悟性如果能体现在她的文字语言里，那必然是不可多得的。吴华星对她的态度越发亲切温柔，似乎已经超出了对他自己班学生的关怀。放学路上，吴华星推着自行车，余文霜小心翼翼地走在他身边。她会问吴华星：老师，您觉得我以后能考上大学吗？他特别笃定回答她：能啊！你怎么会考不上大学呢？如果你以后成为一名作家就更好了。她放慢脚步害羞地笑了笑，小声呢喃着：我要是在您的课堂上就好了。十几年前，置身黄昏斜阳中的她却莫名感觉前方的天空遍布朝霞，充满无限希望。她的脸又一次被照得透红。

5

她坐在最后一排，望着吴华星在讲台后面讲解分析欧·亨利的《最后一片叶子》，说这是圆形写作手法。她悄声拿起桌角上冷掉的咖啡，想他说的没错，万物其实都是圆形的轮回。然而，她那年终究没能考上大学。人生往往总是祸不单行的，她没考上大学，除了她自己，家里并不觉得可惜。将来出去打工是父亲早就给她定好的命运，用她父亲的话说：你就这命，考大学，还想当作家，你数数脚指头也明白是痴人说梦。母亲去世后，余文霜大笑父亲还知道痴人说梦这么文雅的词。余文霜说，她未必是痴人，可父亲必然是做梦。

她和吴华星最后一次见面是在毕业典礼上，她坐在礼堂最后一排，吴华星发言结束后，绕场半圈坐到她旁边。真的就这么放弃了？他问。她眼神发痴，不一会儿泪眼婆娑。他把手谨小慎微、一点点地移到她的手背上，不到一刻工夫，余文霜冰凉凉的眼泪一滴滴落到了吴华星的手背。

此刻，她正痴痴望着吴华星在仅离自己数米的讲台上侃侃而谈。他老了，眼袋下垂了，还有些许白发。一阵热烈答谢的掌声后，前面的那些人悉数散去。她缓缓起身，桌角上留下大半杯没喝完的咖啡。她取下鸭舌帽，摘下墨镜，悄悄迈出庄重的步伐，向低头收拾讲义的吴华星走去。他缓缓抬头注意到她豹纹边的卫衣，她终于与他四目相对，两行热泪眼看就要溢出。

这时，外面一阵推车闲杂声逐步逼近，李勤和一起打扫教室的服务生说笑着走了进来。忽然之间，他们几人面面相觑，李勤睁大眼睛吃惊不已叫道：文霜？另一边吴华星喜出望外地脱口而出：儿子！

乘风破浪女骑手

每天早晨五六点钟，当窗外的天空还沉浸在半梦半醒中，罗莎的生物钟已经自动开启了循规蹈矩、周而复始的生活模式。她睁眼醒来，屋里仍是黑暗，哪怕是从窗帘缝隙投射进来一丝丝光亮，也是迷离的。其实更多时候她也并不需要这一丝丝的光亮，仿佛只要睁眼一键开启，接下来的动作都是机械的。

掀开散发着淡淡体香的被子，一把拿起床头柜放好的干净衣服，脚下随意摸索着拖鞋，摸黑走出房间，穿过四面不透光的客厅，径直走进卫生间关上门，她才打开了镜子上的日光灯。一清早将自己从头到脚冲一把热水澡，是罗莎一天中最快意的事。套上干净的蓝色 T 恤走出卫生间刚好是六点半，这时候她还是没有打开客厅的灯，外面的天逐渐亮起来，她彻底推开房间半掩的门，让窗外的光尽量照进家。接着当然是去厨房，早餐虽然简单到只要把冰箱里储备好的早点拿出来装盘，但是她还是会取出两枚鸡蛋放进平底锅里煎两个荷包蛋。等把荷包蛋盛好端上桌，墙上的钟不偏不倚正好指向七点，这会儿天已经完全亮了。"琪琪，琪琪。起床了宝贝……"罗莎边往女儿房里走边叫着。女儿是个很听话的孩子，刚四岁。七点到八点是罗莎照顾女儿和收拾家的时间，琪琪乖巧地自己坐在桌边吃早饭，罗莎随手拿起一片面包塞进嘴里，转身奔向房间、卫生间和厨房开始迅速打扫。"妈妈，快八点啦，要走啦！"罗莎有很好把控时间的能力，她在房间忙着理被子，应了一声女儿的话："还有十五分钟呢，你再吃点，吃饱了再走。"她知道只要琪琪一催她要走，其实是吃不下早饭了。又过了五分钟她走了出来，看到桌上只剩下小半杯牛奶，盘子里还有一个荷包蛋，她便站在女儿边上快速把那一个荷包蛋夹起一口塞到嘴里，然后再"咕噜咕噜"喝下女儿剩下的小半杯牛奶，时间正好是七点五十。"去背包，准备走。"琪琪"哧溜"一下从椅子上滑下地，小跑去自己的房间里拿背包，罗莎同时把碗筷速速摞起送进厨房里的水槽。

戴上蓝头盔，骑上电瓶车，罗莎做的是当下比较热门的行业——蓝骑手，外卖小哥。在她来说，应该是"外卖大姐"才对。这不仅在外卖小哥当中"鹤立鸡群"，电瓶车的前踏板上还附带了一个"小蓝帽"，这就更是一道鲜艳的风景了。她就是这样每天带着女儿在城市走街串巷般"游荡"。骑车上路没多久，手机上就接到了今天的第一单外卖，去一家粥店取餐送到久安里小区。这城市里不吃早餐的人太多，大街上一眼望去全是行色匆匆的人影，有时候罗莎也想不通，一早上有那么忙吗？有人怎么连吃顿早饭的时间都没有？把取到的餐送到久安里，车停在单元门口，她一手拿着外卖，一手牵着女儿上楼将早餐送到了点餐人的手上。开门的是一个头发凌乱、身着睡衣的男子，张口一句"好，谢谢"便喷出满口的火气味。睡衣男子注意到跟在罗莎身边的"小蓝帽"，伸手接过外卖如同看到了西洋景一样，嗤笑着说："还有带着孩子送外卖的？我还以为点外卖赠送小孩呢！"罗莎自然只是笑了笑不应答，倒是琪琪在后面"哼"了一声，没好气地说："你就花这么点钱，能点到这么可爱的小孩吗？"睡衣男子哈哈笑了两声，罗莎直打圆场说这孩子淘气了。

罗莎有些欣喜，刚从久安里出来没一会儿，就接到了第二个订单。这个订单是女儿最喜欢的，去超市帮人"采购"，因为她和女儿都觉得与其说是帮人买东西，不如可以将它看成是娘儿俩自己购物。而每次在超市看着女儿天真的脸庞，她感到这孩子真有点懂事过了头，在超市她竟然没问自己要过一样东西。就像她从三岁之后从来就没问过爸爸去哪儿了，也许她大概知道爸爸去哪儿了。

是啊，孩子的爸爸去哪儿了呢？每次当她们和同行集聚的时候，那些真正的外卖小哥都不免逗孩子一句："星罗棋布，你爸呢？"每次听到别人这么问，琪琪总是像没听见一样跑到别处玩去，罗莎朝后别了一下头发，也只是轻描淡写地说一句："他在外地工作，难得回来。"没有人知道琪琪的大名，那些外卖小哥总是开玩笑般叫她"星罗棋布"。

她们从超市采购了两大袋蔬菜水果，还有一块五花肉，看样子这一定是不想出门买菜的人发出的订单。罗莎两手费力拎着塑料袋，叮嘱身后的女儿一定要拽着她的衣角千万别松手。从负一层乘电梯上来，正要赶着配送，天公偏偏不作美，雷声突然轰鸣，天色逐渐暗下来，眼看一场瓢泼大雨即将来临。琪琪听着这么大的雷声，吓得直往罗莎怀里躲。罗莎用两手拎的塑料袋将孩子包裹着，安慰说："没事没事，这可能只是雷阵雨，你先上车，妈妈给你穿上雨衣，一会儿就好了。"罗莎一边顾着女儿一边又盯着手机上的配送时间。现在已经九点二十三了，手机上显示必须九点四十五送达。老天爷既然变了脸，必然是做好了冲刷大地的准备。果不其然，电瓶车开出去没一会儿天空好似开了阀门的淋浴头，"哗啦"冲下了倾盆大雨。罗莎开着车，自己没来得及穿上后备箱里另一件雨衣，瞬间就被淋得湿透了，这把冷水澡洗得远不如早上的热水澡舒服。这场突如其来的大雨迷糊了母女两人的双眼，琪琪想转身对罗莎说些什么，她却阻拦琪琪说："雨太大，你低下头，别说话。"而罗莎全身像洗了冷水澡一样冲在电闪雷鸣里。母女俩总算赶到了这家人的楼梯口，幸好配送地址上写的是101室。停好了车，刚好还有一分钟配送时间，她立刻拿上在超市采购的食品，拖上琪琪朝门里跑去。罗莎急不可耐地敲门，并喊着："有人吗？您订的外卖到了，开一下门。"然而她敲了好多下还是没有人开门，手机上的时间已经超过配送时间，这意味着这一单她将拿不到一分配送费。就在她准备把东西放在门口，打电话联系收货人时，面前的门打开了，是一位六十多岁拄着拐杖步履蹒跚的老人。老人开了门就埋怨罗莎送迟了，说自己腿脚不好，好不容易学会了用手机订外卖，手机上明明显示的是准时送达，没想到居然这么迟才送到。

罗莎将湿漉漉的塑料袋递给老人，也只好道歉，说路上下大雨所以车开得慢了一些，正常情况应该早就到了。当然她也想说明，因为您腿脚不方便开门慢了一点，要不然也就不会超时。老人一听这话自然是不乐意了，她不快活地说："你送迟了就是你自己的问题，我是付了配送费的。"老人又注意到了依偎在罗莎身旁的孩子，便更有借口说道："你送个外卖还带着小孩，这能专心吗？难怪会迟到。"罗莎不想再与老人争辩，女儿踩着湿透的鞋子狠狠跺脚，伸出冷飕飕的小手指着老人吵："你没看我妈妈为了给你送外卖都被大雨淋湿了吗？你为什么要凶我妈妈，你道歉！"罗莎虽然生气，但也赶忙阻拦下女儿的行为，只好又对老人表示歉意。老人"哼"的一声关上了门。

罗莎最初也只在固定的范围内接单，可是时间久了，她又觉得这样的配送范围太有局限性，每天最多只能接到十几份订单，就算每单按最多六七块钱算，一天做完也不过才挣到百十来块钱，更何况距离远近算有些运送费仅仅只有几块钱。有人问她："星罗棋布"都四岁了，怎么不送去幼儿园？至少孩子上幼儿园，你送外卖也能轻松一些。罗莎当然想过白天把孩子送去幼儿园，但是这孩子从小就有哮喘的毛病，她老是想再等等，等孩子大一些，懂事一些再送去学校。七月份的天气燥热起来，每天离天黑越来越迟，时间开始拉长。罗莎决定扩大派送的范围，她每天尽量在市中心商业圈人多的地方接单。这果然不出她所料，在商场和写字楼多的地方，手机上的订单就像室外的高温一样"噌噌"递进。特别是到了中午，正是接单的黄金时间。罗莎常常一接单就是满满两个小时，要知道一个人一旦打了鸡血充满干劲，是不会觉得饿的，哪怕是正值饭点。"星罗棋布"呢，她好像也跟着罗莎习惯了这样不规律的生活，只管被她牵着"上蹿下跳"来回奔波。然而最让罗莎觉得纠结和对女儿愧疚的是，孩子有哮喘病，事实上并不适宜跟着她如此折腾。而如果不带着她，又能把她放哪儿呢？

有一回，女儿跟着她跑了大半天实在累得不行，一直咳嗽，有些喘起来。女儿说："妈妈，我真的是跑不动了。今天能不能就送到这儿了？"罗莎当然明白女儿的身体状况，但是手机上已经接了好几个订单。她很懊恼让孩子跟着自己受累，但又无法取消订单，忽然急中生智，对女儿说："乖孩子，你能不能一个人坐在车上休息，妈妈把接到的几个单子送完，我们就回家，好不好？"女儿咬着小嘴唇点头同意。罗莎提着外卖一步三回头望着无精打采趴在车前的女儿，再三叮咛："你坐车上千万别动，不要乱跑，也别跟任何人说话，妈妈送完马上就下来……"女儿听了又重重地点头。罗莎从进了写字楼大厅门看不见女儿开始，心就是悬着的，把一个四岁的孩子单独放在外面车上，就像是做了一件风险极大的事，她的脑海里不由自主地闪现出各种可怕画面。等电梯的时间实在太漫长，写字楼的电梯恨不能到每一层都停一下，罗莎越是担心，就越是感到恐惧。她实在等不了那么久，眼看着电梯才到十层，她一个转身反冲向门外。看到女儿还安稳地坐在车上，她便对女儿笑了笑，刚要开口叮嘱她，却没想到这个小机灵鬼对她说："妈妈，我跑不了，你快去吧！"有了一次成功的"实验"，在后来长久的日子里，她逐渐让女儿带着漫画书坐在车上等她。这样这般，一来，不用让孩子跟着她来来回回地奔波；二来，她一个人送餐的速度也加快了许多。为了让女儿生活地更有规律，罗莎每天给自己定下了只送到晚上六点半就收工的规矩。

偶尔晚上收工时，正巧在肯德基附近，罗莎提出带女儿吃了肯德基再回家。但是琪琪却回答说："我可不想吃，天天闻这味道都腻了！"这话可真不像四岁孩子说的，哪有小孩天天闻着味不想吃的道理。罗莎摸摸她的头问："那你想吃什么？妈妈带你去吃。"琪琪想了半天，趁罗莎不注意扫了一眼旁边的蛋糕店，又将渴望的小眼神迅速收回。而妈妈是怎么样都看到了女儿对蛋糕的渴望，不止这一次，几乎每次去蛋糕店替人取餐，琪琪都是这样趴在巧克力蛋糕玻璃面上，望梅止渴般拿舌头舔舔嘴唇，又咽下了小小的欲望。她问："吃蛋糕吗？我们去买一个！"琪琪摇摇头，说："蛋糕太小了吃不饱，回家吃发糕，也是甜的。"罗莎其实从来没有对女儿说过她不能吃蛋糕店里的蛋糕，也没说过不能给她买任何一样替别人送去的东西。但是琪琪似乎天生就明白了，蛋糕店里的蛋糕是送给别人的，妈妈只有把好吃的送到别人手中，她们才能拿到钱回家吃米饭或发糕，的确，一块提拉米苏要二十到三十块钱，罗莎忙一天也才挣了不到二百块。蛋糕可以解馋却并不能填饱肚子。周末看着别人家孩子都能捧着几十块的饮料，坐在书店里看书，自己的女儿只能陪着自己东奔西颠送外卖，罗莎的心里除了愧疚，还有不甘。

琪琪很少问起爸爸去哪儿了。因为家里只有一张一家三口的照片，在孩子的记忆里，妈妈只告诉过她一次有关爸爸的事情。妈妈说："爸爸在一个神秘的地方，做一件很神奇的事情，他会跟很多不一样的人交往，然后给予他们帮助。"琪琪说："那爸爸做的事不就是跟你做的一样吗？难道说爸爸和妈妈都是很神奇的人？"妈妈说："爸爸做的事比妈妈还要神奇、不容易。等爸爸把那些不容易的事做完了就会回家了，到时候我们一家人就可以天天在一起了。"

琪琪渐渐和罗莎有了更好的配合，罗莎去送外卖，她就乖乖地坐在车上看看漫画书。但事情总有个万一，再听话的孩子，也会有出现"意外"的时候。一天傍晚，罗莎接到一个送咖啡的订单，琪琪也像往常一样坐在车上等妈妈。这天是周末，咖啡店里的客人特别多，吧台前点咖啡的人排起了长队，罗莎进去等了有十分钟还没领到客人点的咖啡。或许是出于职业的原因，罗莎一直都有着掐表赶时间的习惯，更何况一想到女儿一个人还坐在车上，她更是着急。不仅仅是这一次，几乎每次把女儿一个人放在外面，她的内心都是惴惴不安的，每回总像是与距离和时间赛跑，一取到或送完外卖便分秒必争撒腿往回跑。时间拖得越久她越是觉得心慌。直到进店二十分钟左右才拿到了客人的外卖，她拎着咖啡袋就往外跑。然而事实证明罗莎今天的心慌是准确的，一出门她就看到琪琪的漫画书丢在车篓里，人却不见了！

霎时间，罗莎恐慌的泪水夺眶而出，吓得六神无主扔下了咖啡，满面煞白地在奔跑中慌乱嘶喊着女儿的名字。她也并不知道该往哪个方向找女儿，只觉得四面八方都看不到琪琪。罗莎是真的慌了，她一直害怕有一天会发生这样的事情，但终于还是来了。她真像发了疯一样在大马路上边跑边叫，边叫边哭，可是无论她如何声嘶力竭地呼喊，就是看不到女儿的影子。在找得近乎要崩溃的时候，她跌倒在了路边，瘫坐在烤炉似的路面上，疯狂地拍打咒骂自己："我就是个混球，怎么能把孩子一个人放外面呢，罗莎你个混球，为了挣几个钱把孩子都弄丢了。琪琪……你去哪儿了？妈妈错了，把你丢了我今后怎么活？你爸爸有一天回来，我怎么向他交代……"

罗莎瘫坐在路边放肆哭泣，这引起了路人热切的围观，围着罗莎看的人越来越多，叽叽喳喳的猜测不绝于耳，但是并没有人愿意上前伸出援手。这大概就是人间的另一种烟火气，谁都乐意凑上前去看一眼热闹，真正愿意过问真相并施以援助的人寥寥无几。这时候的罗莎已经顾不得自己的职业形象了，她颤颤巍巍地站起来，无所适从地跑到围观的人面前，情绪失控地抓住每个人问："你们看到我女儿没有？我女儿丢了！她肯定是被人贩子拐跑了，你们有谁看到我的孩子……"她哭得披头散发，充血的双眼里满是惊恐。路人说："孩子丢了报警啊，哭有什么用？"对！报警！罗莎听了这话忽然有些清醒过来，她全身上下胡乱摸索找手机，掏出手机哆哆嗦嗦拨通了110，电话那头刚出声，罗莎又失控地哇哇大哭，只对着电话断断续续说孩子丢了，肯定是被人贩子拐跑了。直到电话通了好一会儿工夫警察才听懂了孩子走丢的过程，围观的人群一点点地散去。警察让罗莎在哪儿丢的孩子，现在还回哪儿去等待，他们会派人立刻赶到事发地点帮助处理。在人群散去之后，走上来一位好心的大妈，搀扶起魂飞魄散的罗莎向咖啡店方向走去。丢了孩子的母亲是无助的，这比遭受狂风暴雨还要令人窒息千万倍。罗莎脚下已经失去了知觉，走到咖啡店门前她的身体都是飘忽不定的。"孩子，那是你的孩子吗？"搀扶她的大妈惊奇地问。还在一路啜泣的罗莎抬头一看，女儿捧着漫画书居然端端正正地坐在车上，好像从未离开一样。罗莎一看到女儿，心里的悲痛瞬间消失了，此刻只有一团火直冲上头。她突然变得面目狰狞，咬牙切齿地甩开大妈的臂膀，跌跌撞撞冲到电瓶车那儿，不由分说地一把将孩子从车上薅了下来，拼命揪住孩子摇晃着骂道："你这死孩子瞎跑去哪儿了？怎么这么不让人省心？你长多大本事了，一声不响就跑！我怎么生了你这么个倒霉孩子……"罗莎口无遮拦地骂着，挥动巴掌没有轻重地对女儿的后背不断拍打。琪琪先是被打骂得目瞪口呆，反应过来后便号啕大哭，哭得上气不接下气。罗莎也是攒了一肚子怒火和委屈，依旧不停对女儿打骂，一旁劝阻的大妈拉了半天也没能控制住罗莎激动的情绪，这时民警也赶来了，把琪琪从罗莎的手里拉出来。民警看到这种局面，一时也不明所以："不是说报警找孩子吗？"怎么变成打孩子了？罗莎由愤怒再次转向了蒙脸大哭，孩子最后也被她一把推在地上狼狈号啕。民警一边和大妈一起慢慢抚平了母女俩激动难过的情绪，一边从那位大妈那里问清楚了事情发生的经过。作为任何一个普通人都能理解母亲找不到孩子的焦急心情，再看看罗莎全身上下都是一套送外卖的装备，就更能理解罗莎带孩子的不易。可是琪琪在刚才那段时间里到底去哪儿了呢？为什么后来又会安然无恙地回到了原地？在民警的安抚下，琪琪啜泣着说："我是一直在车上等妈妈的，后来……妈妈很久都没出来，我……真的憋不住了，想上厕所，我就去旁边找厕所了……"琪琪依旧哭得喘不上气，毕竟她也很委屈，但是看着罗莎满脸泪痕、头发凌乱如此痛苦的样子，她还是哭着对罗莎解释说："妈妈，我真的没有瞎跑，我一直都在等你出来……"

听清楚琪琪走丢的原因后，罗莎的泪水再一次决堤，她跑上去用力将琪琪搂在怀里，摸着琪琪刚刚被她拍打的后背心痛万分地说："是妈妈不好，我错了，琪琪对不起，妈妈不该那样对你。可是你不见了，太让妈妈害怕了，我不知道该怎么办了！对不起对不起，孩子，都是妈妈的错，是我没照顾好你，竟然连上厕所这样的事都没能顾上你，我更不该让你跟着我东奔西颠……琪琪，妈妈打疼你了对不对？你别怪妈妈好不好？"此刻，罗莎和琪琪的眼泪如两条不绝的长河止不住地奔涌。

虽然，咖啡店走丢事件只是虚惊一场，但让罗莎心有余悸。夏天总算熬了过去，罗莎为了保证孩子的安全，这次是下定了决心要送孩子去幼儿园。最初琪琪必然是不情愿的，她觉得每天跟着妈妈心里才踏实。无奈罗莎又是劝又是哄的，才把琪琪说通了去上幼儿园。

罗莎成为一名女骑手是偶然的，几年前她与琪琪爸结婚后，就辞去了一份很理想的工作，那时候的她一心想做一个相夫教子的家庭主妇。琪琪爸必然也是优秀的，但是太优秀的人性格也是孤傲的。明明有一份理想多薪的工作，却因一时冲动放弃了前程似锦的事业。在琪琪两岁的时候，他还是因为生活所迫，抱着非要出去"闯天下"的决定，独自去国外打工。无论如何，罗莎始终无法理解琪琪爸当初的决定。她在成为妈妈前，也是一个小女孩，当遇到心目中的终身伴侣时，她对于往后余生都怀有美好的憧憬。后来女儿的诞生更是为生活增添了色彩。每当看着英俊的丈夫和天使模样的女儿，她就觉得上天是多么眷顾平凡的她。而丈夫的决定，让她一度陷入迷茫与无可奈何中，尽管丈夫一再对她承诺，最多两年，他一定能在国外挣到大钱，让她们母女过上好日子。但是他不明白，自己要的好日子只是一家人完完整整在一起。在团聚面前，好日子苦日子真的有那么重要吗？罗莎觉得时间和距离的遥远，使得他们之间越来越遥不可及。其实，离婚的念头在她脑海里闪现过无数次，但一想到他们共同的女儿还这么小，罗莎就瓦解了所有自私的心思。她也并没有告诉琪琪爸，在他离开不久后自己就做了送外卖的工作。平日里他们都很忙，偶尔时间碰到一起可以视频通话，她总会跟女儿说好，不能告诉爸爸，妈妈送外卖的事，这样会让爸爸不安心工作的。琪琪爸以前每月都会寄钱给她们母女俩，后来有了微信，时不时转钱成了最快速便捷的联络方式。可是罗莎这两年几乎是将琪琪爸给的钱都存了起来，她想这钱不到万不得已不能随便用，假如有一天遇到急事再花也不迟。所以，她们母女俩平日的开销，她尽量也只花自己赚到的钱。

琪琪上了幼儿园之后，罗莎白天送外卖的工作自然就比过去轻松方便了很多。倒是有些被罗莎送过外卖的老顾客，偶然遇到她一个人竟然会好奇地问："咦，现在怎么就你自己送外卖了，跟着你的'小蓝帽'呢？""小蓝帽"周末还是会出现的，她也在一天天长大。有一天她问罗莎："妈妈，如果爸爸回来了，你是不是可以不送外卖了？"罗莎笑笑点点头："嗯，爸爸回来了，妈妈就不送外卖了。"没料到小家伙跟着后面接一句："那到时候我们也能点外卖啦！"

母女俩说着话，琪琪一蹦一跳地跟在罗莎后面又来到那家经常替人取外卖的蛋糕店。店员将蛋糕打包好拎袋递给罗莎，她正打算提起拎袋赶往配送地点时，蛋糕店内的店员叫住了她："等等，这份外卖有点特别。你看一下贴在拎袋上的标签。"罗莎定神一看，又转过脸对站在身边的女儿笑着流下了欣慰的泪水。那便签上留言：这份蛋糕送给"小蓝帽"，祝福你们一切都好！

站在桥上看风景

1

"你今天的状况怎么样？有没有好一些？"

"放心吧！已经好很多了。你那儿有方便面吧？今天记得一定要吃面呀！"

"今天为什么让我吃面？到时间会有人送盒饭的。"

"傻瓜，你都忘了今天是自己生日了吗？我这会儿不能在你身边，是你说的，生活要有仪式感。今年只能委屈你吃顿方便面了。等我回来一定给你好好补过生日。咳咳咳咳……"

"你怎么把呼吸罩拿下来了？快来人，病人呼吸衰竭，立即抢救！"

视频画面随手机掉落瞬间黑屏，司琪在视频这头哭得死去活来，在昏天黑地中晕厥……

半个月前，司琪和男友徐文天从南京提前休假打算来武汉旅行过年。为了这趟旅行，他们两人从半年前就制订了春节旅行的计划。徐文天和司琪从大学开始相爱相恋，虽然两个人都不是南京人，却都对长江大桥情有独钟。虽然这世上的桥有很多，但是能跟心爱的人在几座有意义的桥上走一趟，以后不论时光如何变迁，那些百年历史的桥上就都会永远存留下他们曾经一起走过的足迹。南京长江大桥，他们曾无数次牵手走过。某一天司琪突发奇想：我们去一趟武汉吧，我想和你再去武汉的长江大桥上走一走。于是刚过完元旦没多久，徐文天便带司琪来到了武汉。

他们原本想把长江大桥作为抵达武汉的第一站，去桥上看日落，然后沿着桥边一路牵手走下去。但不巧，那天傍晚突然下起了雨，所以只好将这一计划顺延。司琪还记得，那天她和文天坐在酒店花园里看雨，她靠在他的肩膀上，与他十指相扣，除了雨声风声，她觉得身边格外地宁静。她微微闭起眼睛，耳畔有文天均匀的呼吸，时不时传来他轻轻哼唱的他们都喜欢的歌曲，那一刻，仿佛是逃离了喧嚣，全世界就只有他们两个人。司琪依偎在文天的肩上，念道：你在桥上看风景，看风景的人在楼上看你，明月装饰了你的窗子，你装饰了别人的梦。文天笑了笑说：我只愿装饰你的窗子，还有你的梦。两个毕业于中文系的年轻人，一直盼望着将未来的人生过得像诗一般。他们在雨中坐了一下午，直到天黑。如果雨不停，他们想一直坐下去。司琪牵着他的手问：明天天气能放晴吗？文天肯定地点头说：会的。

然而，第二天依然是阴雨绵绵的天气。文天建议，要不然先去别的地方转转，等天气转晴了，再去桥上看夕阳。司琪却侧身卧在床上，托着头慵懒地不愿出门。她总觉得下雨天出门没劲，到处都是阴沉沉的，压根配不上出门游玩的好心情。她又强调说，其实城市跟城市之间差不多，南京有玄武湖武汉有东湖，南京有紫金山武汉有珞珈山，南京有阅江楼武汉有黄鹤楼，有时就连樱花开放的时间都差不多。如果不是为了来看武汉的长江大桥，根本不想费时费力多跑一趟。文天说她太爱搞形式主义。她却矫情地说，生活需要仪式感。又过了半天，下午雨停了，只是没有太阳。吃了午餐之后，午休的困意促使司琪再次躺上了床。文天感觉这样天天窝在酒店里的旅行根本毫无意义，他拍拍困意十足的司琪哄着说：小琪，外面雨停了，起来，咱们出去转转吧。见她没吱声，他索性强拉硬拽司琪的胳膊，假装命令式地叫道：赶紧起来，出去走走，别就知道睡……

　　司琪却懒得动弹呢喃着：不要，我现在好困啊，不想出门。文天以为她在撒娇，就故意想将她拉起来，又反复使劲拉了几次，大概是不小心把她拽疼了，突然就把原本闭着眼的司琪惹火了。她不耐烦地一甩他的手吵道：你烦不烦啊？出去干吗？要去你自己去！她恼怒地吼完，两个人冷下脸僵持了好一会儿，徐文天什么话也没说，拿起外套就跑了出去。司琪以为他只是想出去冷静一会儿，没好气地嘟囔了一句"真烦"，便裹上被子继续睡去。那一下午司琪睡得很沉，也是她在武汉唯一睡过的踏实觉。等一觉醒来发现窗外天都黑了，再看时间已经快到晚上七点了。她起床烧水，随手拿起徐文天买的零食，打开电视机又等了一会儿。八点了，他居然还没有回来。什么意思？在这儿闹"离家出走"？司琪狠狠咬了一口饼干心里愤愤地想，随你去玩吧，我就不给你打电话，看把你能耐的。最近《想见你》正在热播，她一直舍不得开通会员，这一气之下手指猛一戳付了三个月的会员费。电视开着，手机视频也开着，戴上耳机开始认真追剧。不知不觉就半夜十二点了，她摘下耳机，把电视音量调低，侧耳一听觉得门外有动静，门地缝外似乎是有鞋子遮住了走道上的灯光。她起身走到门口伸手迅速打开门，刚想张口训斥：都这么晚了你还知道回来……却不想是一个同徐文天差不多高的背影向走道里边走过去，并不是他回来了。司琪突然心里一阵空落，一想这是在外地，不是在熟悉的城市，这么晚了徐文天还不回来，她有点慌了神。发微信给他：你去哪儿了？怎么不回来？微信发出去二十多分钟，没有回音。刷朋友圈，他今天一条内容也没发。打电话，关机！开什么玩笑，他想干什么？她拿着手机双手抱臂，不安地在房间里踱步。就这么的，这一夜手机被她握在手里捂得发烫，通话记录里几十条给文天打不通的电话，微信里好话狠话发了近百条语音和文字。凌晨四点，接着拨打徐文天的电话，听筒里再次传来关机的提示音。她终于忍不住怒火，气得举起手机愤恨地摔在沙发上，喃喃骂道：你个死徐文天，居然把我一个人丢这儿了，有本事以后都别找我。一夜没睡的她，天不亮就带着心中的愤恨开始收拾行李，既然他能把自己丢下不管，难道自己还要在这儿继续等他吗？好像谁离了谁不能活似的！司琪把带来准备旅行拍照的漂亮衣服胡乱塞进箱子里，旁边还有徐文天的行李箱，准备离开房间的时候抬起腿朝他的箱子"咣当"踢了一脚，愤恨咒骂：男人都是大猪蹄子！

2

"酒店封了？要关十四天？这怎么可能！"司琪还沉浸在对徐文天一夜未归的恼怒中，来到酒店大堂，却发现这里已经被封了，住在酒店里的客人都将进行十四天的隔离。司琪虽然没能走成，可她对酒店提出给自己换一个房间，因为她真不想让徐文天再找到自己，她也不想再看到有关他的任何一件东西，她认定了这个男人就是小肚鸡肠不负责的人。但结果并不是这么简单，酒店前台说，现在不可能给任何客人换房间，"新冠"肺炎已经在武汉肆虐，封闭酒店是保护酒店客人的安全，并且将对店内顾客

——排查，看是否有感染病毒的人，假如随便给客人换房间相互传染了怎么办？她没办法，只好像一阵带着火药味的风一样边往回走边咬牙切齿、絮絮叨叨：都是徐文天惹的祸，要不是他带我来这儿，我能被关在酒店吗？他倒是甩脸提鞋一走了之，害我陷在这儿回不去，十四天，你看我回去不找你算账……回到房间，一开门，光线再次投射到徐文天的行李箱上，攒了一肚子气的她上去又是一脚。

被关在房间的时间逐渐漫长起来，拉开窗帘向下望去，她开始怀疑自己的眼睛。大马路上，高架桥上，居然一辆车、一个人也没有，这是怎么回事？到底怎么了？房间里的电话忽然响起来，铃声震得司琪一激灵，啊，一定是徐文天打来的……她有些激动，三步并作两步跑到床头，兴奋地接起电话。听筒里传来的却是前台小姐确认身份的询问，之后一再对她强调：在没有接到酒店通知解封前请您一定不要离开自己的房间，在酒店封闭期间一日三餐将由酒店专人负责送到房间给您。挂掉电话，司琪真的感到了恐慌，原来这病毒已经这么严重了。那徐文天呢？他为什么还不打电话来，他是真的生气丢下她不管了吗？司琪已经一天一夜没有睡觉了，黑眼圈下挂着泪珠，她又像疯了似的给徐文天打电话，手机电量从百分之八十打到不足二十，电话依旧打不通。当听到电话里第一百次传来对方关机的提示音，司琪倒在床上彻底崩溃大哭。她至今没弄明白徐文天怎么会平白无故消失了，不就是吵了一架吗？又不是没吵过，可是这一次他怎么能一声不吭就走了呢！

到了第三天，横躺在床上的她，不知道自己是什么时候睡去的，也可能是哭昏了过去。在这天的早晨，始终被她攥在掌心的手机总算有了动静，她披头散发地猛然醒来，似乎是本能的反应举起手机按下绿色按钮。她也不看是谁的名字，接起来就喊：徐文天，你说话！

司琪冲着电话急切地喊着，之后觉得有一种熟悉的气息自听筒里传来，随后一声微弱的憨笑灌进耳朵。徐文天这时就像是一个犯了错的小孩对着又气又急的"家长"认错：小琪，我错了，我错了。急坏了吧？是我不好，我没想把你丢下……那你到底去哪儿了？你快回来啊！这几天面对接二连三的"打击"，在听到徐文天的声音之后，她抱着手机哭得稀里哗啦，也像个走丢的孩子终于找到了家人。司琪在这头的哭声掩盖了徐文天电话里所有的声音，她顾不上他在说什么，只想叫他赶紧回来，她要赶紧见到他。司琪在电话里哭闹了好半天，徐文天才将她的情绪安抚下来。他只告诉她说，他没有离开武汉，也不可能把她一个人扔下不管，只是他现在还回不来，因为医院还不让走……

真实情况是这样的：那天徐文天之所以想带司琪出去转转是因为他已经察觉到自己身体有些不适，起初他也并没有在意这件事，还以为是舟车劳顿闹的，也许出去转转就能把这些疲倦遗忘了。谁知那天跟司琪闹了别扭跑出去以后，才发现自己身体越来越不舒服，浑身乏力，脸烧得通红，像是感冒发烧的症状。他独自沿着街边一路小跑，经过一家商场进去转了一圈，当他正预备返回酒店时，却恰巧走到了一家医院的门口。他一想，没准这会儿司琪还在睡着，自己不如顺道去医院开点感冒药带回去，但是怎么也没想到，他这一进去就再也没能出来。一听他说在医院，司琪又跳起脚没头没脑吵着要去找他。他在电话里安慰司琪：没事，你先别来！我就是不小心碰着流感了，医生让留下来再观察一下，过两天就能回来了。前两天手机没电了，想给你打电话也没能问人借着，医院里的人都在相互隔离，今天好不容易在护士站蹭了一根充电线充上电。你急坏了吧，别怕，我在呢，很快就来找你！

3

听到徐文天的声音，司琪悬着的一颗心总算有了着落，她这才反应过来啜泣着告诉徐文天说，自己也被关在酒店了，现在也出不去。还没等司琪把话说完，电话那头就传来迫切的叮嘱：千万不能出去，你就在房间里待着，如果房费不够了我就把微信里的钱都转给你。徐文天的话音刚落，司琪又惊慌失措地哭了，她说：可是见不到你，我怎么办？我要看到你啊！她定了定神说：我们开视频，你现在回不来，开视频我就能看到你了。徐文天很无奈，只能又哄着说：我现在在护士站给手机充着电呢，等充好了就给你打视频好不好？你乖乖的，我在这儿呢，别害怕。等晚上我们就视频。

其实情况远比他们想象中的严重，徐文天在医院的这两天当然明白自己感染上的病毒远不止像他对司琪所说的只是流感那么简单，他的体温也一直在高烧中没有降低。司琪原本无暇关注病毒的事，酒店封锁的时候她也没有意识到问题的严重性，直到接到徐文天的电话，她才清醒过来。这让本就手足无措的她变得更加担惊受怕，她一想到徐文天被留在医院出不来，就忍不住翻看有关"新冠"病毒的新闻，等看遍了手机里铺天盖地的消息，她只有一种强烈的恐惧感，就是这种病已经死人了。她止不住地掉眼泪，空荡的房间太寂静了。徐文天答应晚上跟她视频，可是这时间过得太慢，黑夜还是比约定的钟点提前来了，她一直握着手机一刻也不能放下，她默念，手机快点响呀，徐文天快点出现啊！她哭得喉咙干涸，水就在手边，她却不敢喝。晚上七点半，外边走廊上有人走过，在房间门口停下按响门铃，她吓得一激灵，只听门外有人说是来送晚餐的，她打开门接过打包好的餐食，赶紧关门，然后下意识地看了一眼手机，视频电话终于响了！徐文天出现在视频里那一刻，她又控制不住哭成泪人，一句话都说不出。而视频里的徐文天依旧是笑着，像哄孩子一般说：好啦好啦，不哭不哭，我在这儿呢，没走，别怕！不哭了，我们好好说会儿话。司琪向来都是这样，只要一看到徐文天，就算遇到天大的事，她都像是个乳臭未干的孩子，哭一哭便好了。总算平静下来，她看着徐文天视频里穿着病号服、躺在病床上的样子，耐不住性子就问：这到底怎么回事？你怎么会生这种病？徐文天还是坚持说自己只是得了感冒，传染上轻微的流感，却不想司琪早就在网上查明白了这种病毒，她吵着闹着叫徐文天跟她说清楚现在到底是什么情况？他不得不向司琪坦白自己的现状，他笑着对哭丧着脸的她说：咱俩吵架出来的那天，我就有点不太舒服。当时以为是有点着凉，没想到……然而他们都感到纳闷的是，来到武汉的那几天并没有出门，都是待在酒店里，怎么就能感染上了呢？而且怎么就只有徐文天一个人感染了，司琪却一点感觉都没有。尽管徐文天乐观地百般安慰司琪自己的状况没有像网络新闻里传播得那么严重，可是面对隔屏相见的恋人独自在医院，她的心里还是七上八下地弹跳。一通视频打了不到一个小时，徐文天在那头强装镇定，对着慌张的女友始终保持笑容，多次抑制住想咳嗽的冲动。因为他每咳一下，司琪就会皱起眉，仿若恶魔来临，随时要将她心爱之人夺去。

　　两个来武汉旅行的恋人，就这样一个进了医院出不来，一个在酒店出不去。他们只能约定每天至少通一次视频，哪怕只是看对方一眼也是好的。虽然躺在病床上的是徐文天，而他对司琪的关心好像生病的人不是自己。总是担心她吃不好、睡不安，却没考虑过自己接下来会怎么样！徐文天总是要在司琪吃饭前跟她视频连线，假如这天身体状况还不错，他便会看着司琪在视频里把饭吃下去。有时他还故意拿出一张餐巾纸对着视频说，吃完了？拿去，把嘴擦了。司琪常常被这样的小举动逗得破涕为笑，恐慌的心也渐渐松弛下来。

4

这天早晨九十点钟的阳光大好，透过玻璃窗直射在地毯上，司琪走到窗前，这么好的天儿，他们应该是要手牵手去长江大桥的，可现在……不过眼看每天徐文天都给她传来身体慢慢恢复的好消息，她就觉得离和他在阳光里牵手的日子不远了。她想等他出院回来了，他们就去大桥上好好走一走，看看美丽的日落。她下定决心，以后就算遇到再大的事，自己绝对不会再对徐文天耍小孩子脾气，他说什么她都会听。她甚至想到多少年后，当他们再来武汉，今天正在经历的一切都将是难忘的回忆。而空旷的街道上，陡然有一辆黑色灵车从她眼下缓缓开过，足以令人全身发麻的是，有一个矮小的身影一路追着黑色灵车在后面跑。灵车开远了，小身影倒在了空旷的街上，身体抽搐起伏着。她住在八楼无法打开窗户，听不到外面一丝声音，眼前的场景仿佛是一幕哑剧，一幕绝望的哑剧。阳光是真的好，如果不向下看一眼，这绝对不会是一个沉浸在悲伤之中的城市。是真是幻？她有些分不清。

中午时分，约定的视频如期而至。司琪被刚才的一幕所影响，内心突然也隐约有了一种不太好的感觉，直到视频里又见到徐文天，她才缓过神来。每天相见，她都要问上一些必备的问题。徐文天反而时常岔开这些话题。今天刚巧是司琪二十五岁的生日，如果不是因为碰上这样的病毒，徐文天早就想好了怎么给司琪安排特别的一天，可是现在隔屏相望的两人只能遥遥对视。

司琪翻出房间里仅有的一桶方便面，按徐文天说的给自己泡上热气腾腾的生日面。坐在视频面前，看着徐文天脸色发黄，声音有些虚弱地对她说：委屈你了，等我回来一定给你补过生日……然后他说话的力气就接不上来了，两个全副武装的医生冲进病房，徐文天的手机从手中滑落，画面里瞬间黑屏。那一瞬间，晴朗的天空突然黑下来，司琪在崩溃茫然中冲着手机呼叫徐文天，之后也昏厥倒地。

司琪醒来的时候，她已经躺在床上了，旁边坐着酒店一个服务人员。她猛然翻腾坐起，脑海里全是徐文天在视频里奄奄一息的样子。事实上，徐文天的身体状况一直比她在视频里看到的还要差，在他住院的第三天就已经转为重症，在这个过程中好几次都面临呼吸衰竭的危险，呼吸罩是必须戴上的"续命器"。只不过他实在不忍心让司琪担心，每回视频的时候，他都得背着医生悄悄把呼吸罩摘下来，强装出自己一天比一天好起来的模样。司琪越想越绝望，她连滚带爬滚下床，号啕大哭开门直冲出去。守在她身边的服务人员追着喊着将她拉了回来，边拉边劝着她：孩子，你冷静一些，冷静一些，我在这儿陪你。司琪克制不住崩溃绝望的情绪，蓬头垢面地哭吼着：徐文天，我去找你，我去找你，你不能死，不能死……一路追她的服务人员是一位五十多岁的保洁阿姨，她抱着中途绊倒在走廊的司琪，不断拍着她的后背说道：我们都是可怜人。

5

司琪不哭了，整个人如同呆掉一般坐在那里。不一会儿，躺在床头的手机又发出了响声，她骤然惊醒，一个猛子冲过去，一把抓起手机慌乱点开。这次传来的不是视频，也不是徐文天手机打来的电话，是一封定时发送来的邮件。邮件的内容也并不是写给司琪的，而是徐文天写给另一个男人的：

你好！

我不知道该怎么称呼你，也不知道你是哪里人，做什么样的职业。但我希望你是一个只对司琪一生挚爱的人，我相信你是这样的人，你也必须是。真的要恭喜你能遇到这么好的一个姑娘，也许你的这辈子会让我羡慕嫉妒，但我没有恨，我只有请求和感谢。好吧，兄弟，在这样特殊情况下，我就长话短说了。有些话我要交代给你：

司琪是一个内心十分简单的女孩，她不懂得算计，常常心里有话想到什么就说什么。她有时候是有点任性，爱耍小脾气，但是等她冷静下来，一切就都好了。前提是，你必须要包容她、将就她，无条件的那种。最重要的是，你不能让她哭，因为她哭多半是舍不得你。这一点我做得不够好，但愿你能做到。

司琪有严重的颈椎病，你要记得经常提醒她，不要保持一种姿势很久不动，要时常带她出去做做运动，必要的时候给她捏一捏。我想到时候，你应该会知道，她不喜欢阴雨天出去，因为她就是这样一个阳光的、多愁的女孩。说到这儿，我得先跟你道个歉。可能因为我的关系，她今后会在很长一段时间内，不能全然淡忘过去和我离去带给她的伤痛，拜托你多给她一点时间，往后余生为她创造更多新的记忆。

另外我想再跟你说一声，司琪她有一个，我觉得不是很好的习惯，她总喜欢晚上熬夜看书或是看电影，三餐不太规律，这点需要你多花一些时间纠正她。

　　该说的，我差不多只能对你说这么多了。总之，在以后会跟她度过几十年的人是你，我相信当你们天长日久相处之后，你一定能比我更好地照顾她、包容她、陪伴她。所以，我先谢谢你！我们在武汉的时候，我背着司琪偷偷买过一枚戒指，是她还不知道的，这原本是我准备在长江大桥上向她求婚用的。你知道，我可能让她承受了这一生中最大的悲哀，但是请容许我最后的自私，给她留下最后的纪念。

　　爱上一个人不容易，作为一个曾经和你一样爱她的人，真心地祝福你们！

徐文天

2020.1.23

　　这是徐文天在意识到自己身体一天不如一天的情况下写的。他一直都在坚强支撑着，为的就是陪司琪度过她二十五岁生日。那天，徐文天在视频里问过她：假如，我说的只是假如。假如我这次一不小心得了阎王的"召唤"，你要怎么办？她当时气得直拍手机骂他乌鸦嘴！还警告他：你要是回不来，我就像电视剧里的黄雨萱去找王全胜那样穿越时空去找你，然后花几辈子时间折磨你，反正你休想甩了我！

　　终于，隔离酒店解封了，酒店大门顷刻间敞开。远处传来江汉关大楼的整点钟声，一束明媚的阳光刺破了黎明后的天际。成百上千被隔离的人蜂拥而出，就像暂停很久的电影忽然又重新开启了播放。各种表情，各类姿态，各色声音，喜极而泣和悲痛欲绝竞相上演。在人群迁徙之间，司琪梳洗干净面色苍白，两手各拖着一个行李箱一步一步走出酒店。路边停了一排接人出隔离酒店的出租车，司机帮她把行李搬上后备厢，他们戴着口罩，始终保持一米以上的距离。司机问她去哪儿。在她身后冒出一个声音：去长江大桥！司琪闻声落泪。一转身，这个被口罩遮住一半脸，依然满眼笑意的男人，举着戒指向她问好说：你好！我是从另一个时空穿越回来的徐文天，你愿意让我成为你这座桥上一生的风景吗？

七楼那女人

1

　　夏日的清晨，京都里二栋七楼，那个四十多岁的女人一大早醒来，穿着睡衣，蓬松着头发，嘴里叼着半根细烟，打着赤脚在一百二十平方米的房子里踱步。她上了一趟厕所，又去厨房里烧了一壶热水。水壶里的水是什么时候烧好的，她也不管。她从客厅晃荡到卧室，顺手理了理床上的被子，嘴里叼着的烟眼看将要吸完，烟丝成灰，她尽量噘着嘴把烟灰卷维持在半空中，又拿起床头柜上的水杯准备去接水。转身走到客厅，她自然而然地将嘴里的烟头迅速抽出，连同燃尽的烟灰一起掐灭到烟灰缸里。接着又重新拿起茶几上的烟盒，熟练地打开，用嘴唇衔出一支新的烟，顺手拾起一旁的打火机，用大拇指摩擦两下便点燃。与此同时，她好巧不巧抬眼朝阳台一望，与阳光一同泻下的居然还有几滴清水，她知道，这肯定又是楼上晒的衣服没拧干，把水滴到她家衣架上了。而窗外衣架上偏偏就有昨晚忘记收回的衣服。女人内心的怒火"腾"一下地就上来了，嘴里猛吸几口，就把烟掐死在烟灰缸中，骂骂咧咧地冲到阳台，"唰"一下推开窗户，上半身直伸出去，脸向上仰着破口大骂道："真是恬不知耻，说了多少次了，洗个衣服不拧干就拿出来晾，水都滴到别人家干衣服上，真好意思？不知廉耻的，你家狗四五点就在楼上'笃笃笃'地跑，有没有考虑到人家的感受？败类！人和狗一样的败类，一家子不知悔改的二百五！"

楼上的人不是没有听到，只是不敢出声与她对抗。对于这个四十多岁依然单身的女人，住在这儿的绝大多数居民都对她的骂街有所耳闻，他们都对她敬而远之。因为没有人知道，会在什么时候，说了什么话就得罪了她，进而惹来一场大骂。有关这女人的故事，在小区里亦是众说纷纭。她是死了丈夫，又没有生育才落得中年孤家寡人，这是一个版本；她压根就没结过婚，自己年轻时赚了一笔横财才有了今天的生活，这是另一个版本。准确地说，这女人看上去的确是个富足的人，不仅住着几百万的房子，开着七八十万的宝马，还常年花着靡贵的钱去国外整容和塑形，看她那张脸，估计肉毒素、玻尿酸这些东西没少打。

一个人的故事就这样日积月累从闲言碎语中拼凑起来，要是真正叙述起来大概是这样的：女人叫许莉文，芳龄四十几，单身，膝下无儿无女，喜欢独来独往。与人交流方式固定两种，一是炫耀，二是吵架。她不喜欢人对自己指名道姓的称呼，大伙便在背后给她一个相对合适的称谓：七楼那女人。

2

听说七楼那女的老家是大别山的，十几岁就出来闯荡，她自称是在这儿扎根二十多年的老南京人，当然南京话与外地人相比说得也算地道。她最早也是从底层做起，九十年代末，一个初中都没上完的女孩子，没有任何一技之长就跟着父母出来打工。她能做什么？其实也很简单，从头开始学，干什么就学什么。在包子铺就学包包子，在理发店就学理发，这其中她还做过哪些其他工作就不得而知了。

到南京两年后，她又做了好几年的家政工作。那会儿还没有"家政"这么文雅的词，只说是做保姆，给人家带孩子的。可许莉文却生性高傲，就是刻在骨子里的那种骄傲。之所以年纪轻轻从事自己认为"下贱"的职业，完全是被父母和生活所迫。那个年代的打工者，就跟批发市场里的货物一般，成批成批地从偏远地方到城市里来谋出路，他们往往都租住在城市中的犄角旮旯，那种不透风的平房里。后来，她又接了一个替人家接送小孩上学的活。可这小孩不像她之前带过的婴幼儿，这是一个小学五六年级的孩子。偏不巧的是这小女孩性格内向，不爱多说话。而在接女孩上学放学的路上，许莉文并不想让人以为自己是女孩的保姆，所以她常常以"姐姐"的名义自居。她时常对女孩说，"放学了，姐姐来接你。""有什么不会的，姐姐教你。"或者说，"姐姐今天可以带你出去玩……"小女孩却很难开口叫她姐姐，只是直呼她的大名。

唯一让她感到欣慰的是，跟小女孩一家人相处久了，这一家对她的确很好。在她做了一年多保姆之后，这家女主人见她还算手脚麻利、头脑灵活，又得知她是为了跟父母出来打工才耽误了学习，而且还不到二十岁，便好心资助她去读书，替她报名上夜大学习班。有一年过年还带她出去买了新衣服。天长日久，她的虚荣心在这样的照顾中膨胀起来，甚至从内心以为自己也是这个家庭的一分子。于是，她越来越肆无忌惮地把这个家当成了自己家。经常与小女孩开玩笑说："把你的家分我一半好了，还有你爸妈也分给我。"小女孩听了很是气愤,可她偏偏还不识趣地对小女孩说:"我和你妈妈逛街时,我还挽了她的胳膊,这要碰到熟人,人家一定会认为我们是母女。"说着她脸上泛起幸福的笑容。小女孩的脸霎时阴沉起来,丢下一句:"你做梦!"有一天,有陌生电话打到家里来,听声音差不多是个二十几岁的小伙子。电话是女主人接起的。这男的一听是个中年妇女的声音,立刻在电话那头带着笑并有礼貌地说:"伯母您好!请问这是莉文的家吧?我是她的朋友,可不可以麻烦您叫她接一下电话?"女主人觉得奇怪,为什么那男孩叫自己伯母叫得这么亲切?还有就是她怎么能把家里电话号码随便告诉陌生人?这一家人坐在沙发上看电视,小女孩用余光扫射接电话的她,只见她用手掩着听筒,窃窃私语地和电话里的人说说笑笑,大约有五分钟的时间,她边听电话里的声音边抬头看看坐在沙发上的一家人,觉得说得差不多了,就跟电话里的人互道"再见",挂了电话,然后若无其事地坐到单人沙发上,继续同这家人一起看电视。

3

一两年后,许莉文长成了二十岁的大姑娘。听说,那时她长得的确很标致,站出来落落大方。兴许是她身材长相底子都不赖的缘故,所以即便穿几十块钱的牛仔外套,简单涂抹一点口红,也显得有几分城市女孩姿色。这要不说,也是绝对看不出她是做保姆的。当然,年纪轻轻的她也很会玩,溜冰场、迪厅、酒吧……这些娱乐场所,她无一不涉足。但是钱从哪里来?当然不是从在菜场摆摊的父母那儿拿,自己挣的那点钱也不够,好在,她喜好交朋友。她交朋友的层次也并不低,可又没有到高不可攀的地步。朋友一多,带着她玩的人也就多了,在光鲜自信的外表下，没人意识到她是来自农民家庭的女孩。别人要真正问起她父母或她做什么的，她也会面不改色地回答，父母都是双职工，还有个妹妹。自己一边读书，一边帮家里分担着照顾妹妹。可事实上，她有个弟弟，跟她一样随父母在南京打工。刚满二十岁的她性格爽朗，不像现在那么怪异。她身边总有形形色色的男孩女孩愿意跟她交往。初来乍到，她相信女孩之间有真正的友谊，与此同时她也相信，男女之间会有真正的爱情。于是在二十岁那年，她遇到了人生中第一个男人。

那是在夏天的傍晚，许莉文跟一帮朋友去溜冰场溜冰。刚学会溜冰的她，认为自己已经溜得非常熟练，便放开了朋友的手，独自从边缘往中央溜。场内人一多，音乐一响，她和同伴就冲散了。正当她感觉溜得很顺的时候，一旁三四个类似小混混的人其实早就注意她很久了，待到只剩她一个人时便有意溜到她身边搭讪。其中染着红发领头的，趁着她在原地打转的工夫，一把上去拉住她的手腕，使得她一趔趄就栽倒在他的怀里。这正中他的下怀，红发男子奸笑着，不怀好意地搂着她肩膀说："哎哟哟，小妹妹，会不会溜冰啊？不会溜我来教你呀！"她和红发男子眼神一对，加上周围人发出的不怀好意的笑声，她瞬间意识到，这拨人肯定不是什么善茬。于是身体微颤又灵活一跃，双手揪着红发男子胳膊一抻再一推，双脚即刻站稳，从几人中钻了个空，嘟囔一句"神经病"，就逃离了这群人的范围。可那群小混混怎么可能罢休，她刚走几步，就发现他们不紧不慢又跟在了她的身后，红发领头的那个两步一滑就绕到了她的面前，还有三个跟班随即打劫般前后左右将她围拢。红发男子大概是被她揪疼了胳膊，冲到她面前也毫不留情地揪着她的两只胳膊说："你个小丫头片子，老子刚刚好心好意扶了你一把，你竟然不识抬举，今天你必须给我赔礼道歉，否则哪儿你也别想去！"许莉文见这几个小混混团团将她围住，尽管内心是恐慌的，但依然尽量镇定地朝四周观望，努力想挣脱被抓住的两只胳膊并大声地警告这群人："你们少惹我，我不是一个人，你们再这样，我喊人了。"

红发男子呵呵一笑，瞪着眼看着她，不屑一顾："你喊啊，音乐声这么大，谁听得见，你的那几个朋友早就不知道去哪儿了。这是我的地盘，你喊一个，看看谁敢搭理你。走，今天你就跟老子玩了！"说着红发男子拉着她就往门口搜，后面三个人也跟着顺势把她向门口推。她知道自己一个人对付不了这些人，干脆趁他们又推又拉的瞬间一屁股赖到了地上，大喊救命。不料惹来红发男子恼羞成怒的蛮横，他命令几个混混将她在地上连拖带拉开始撕扯。她不断尖叫"救命"，环顾四周，却没有人敢站出来救她。就在她和这群混混纠缠之时，突然，一个穿着皮夹克，高个子、气场十足的青年男子出现了，英雄救美的故事总是如此。同样，青年男子的身后也带着几个男男女女，趁这群人没有防备，同时从红发男子背后狠狠地踹了他几脚，红发男子一个狗吃屎跌在地上。他的三个同伴也被这样的阵仗着实吓了一跳，都蒙了，搞不清这帮人是从哪里冒出来的。一个留着短发的女孩随即上去就把瘫在地上的许莉文扶起来，对红头发一伙吼了一声："一群流氓，趁天黑对人家一个小姑娘下手，你们还是人吗？"等红发男子回过神站起来，凶神恶煞般要反击的时候，青年男子早就掏出了手机按下了110，但没有拨通，只是把大拇指点在了拨号键上。他一只手使劲抓着红发男子的衣领，一只手将手机举到他的眼前，吐了口唾沫回应刚刚那女孩的话说："他们哪长得像人了？"红发男子想反扑，被青年男子闪身躲过，一脚踢了回去，并且警告："再闹，我就拨通电话，让警察今晚给你安排安排。"红发男子见这阵仗也识了时务，使劲甩开青年男子的手，狠狠瞪了瞪眼给自己找了个台阶，丢下一句："为了个小丫头片子蹲一夜局子不值。"说完便转身带着同伴灰溜溜地走了。

许莉文刚从虎口逃脱，惊魂未定，只听到有个磁性的声音对着她忠告：女孩子一个人出来玩要小心。后来，他们自然就熟起来了。青年男子叫罗敬平。至于罗敬平，敢在溜冰场跟小混混动手，自然也不是什么等闲之辈，但总归还是个正派人，并且在一家公司有着体面的职业。认识了罗敬平，对许莉文来说就相当于在这座城市拥有了一把保护伞。罗敬平不仅常常带着她一起出入各种公开场所，甚至后来把她带回了家，就连罗敬平装修新房子的时候都给她留了一间房，理由是这是她另一个家。她总是天真地以为只要喊了人家哥哥，罗敬平就真把她当妹妹了。可男女之间怎么可能只有单纯的友情呢？所以，在罗敬平跟她表白心意的时候，她知道罗敬平是真心待她好，这一回她没有隐藏自己的真实家庭情况。面对罗敬平对她的好，她更多的似乎是委屈，一种因为她出身不好的自我委屈。她承认自己只是从农村到城里的打工妹，家庭跟罗敬平的家庭有着巨大的差距，现实让她在这个男人面前变得卑微，这样卑微的真实原因是动心。她抱着他，哭着拒绝说自己配不上他。然而终归她是抱着他的，他最终也没有嫌弃她的身份，他告诉她这跟爱情半毛钱关系都没有。跟罗敬平在一起之后，她也越来越有自信，本身就不认为自己是下等人，这一回更是有了预备彻底翻身的心理。

而在与罗敬平交往期间他们总是聚少离多，罗敬平有很长一段时间因为工作出差在外，身边又有女同事经常陪同，时间一久女同事就对罗敬平心生好感，各种照顾和表白。罗敬平虽然婉言拒绝，说自己有女朋友，但女同事执意表示不在乎，说："只要你们一天没结婚，我就可以等到你们分手。"也不知道通过什么路子，这女同事打听到罗敬平的女朋友居然是个外来的打工妹。在一次公司年会中，罗敬平带着衣着朴素的许莉文到场参会，心机颇深的女同事自然不会放过这样羞辱她的机会。她举着酒杯，拖着长摆的礼服裙迎面向他们走去。罗敬平自然明白她来敬酒不是什么好意，但顾及公司年会和自己的颜面，还是给两个女人做了简单的介绍，然后就要离开。这女同事必然是不能那么容易让他们走的，她拉着许莉文先是热情地招呼，然后眼睛上下打量："罗总出差时总是提起你，今天一见果然是不同凡响，怪不得啊，我那天晚上送他回房间还一直拉着我叫你名字。"然后她顺便又朝罗敬平瞟了一眼，故意提醒："哎，你还记不记得了？就你喝醉的那晚啊，怎么说你都不放我走！"

罗敬平立刻反应过来，把话锋一转，笑了笑看看身边的女朋友说："是啊，那天跟客户把合作的事谈妥了，一高兴就喝多了。幸好有她和其他同事一起照顾了我，要不然啊，我都不知道怎么回酒店了。"说罢罗敬平又要带着女友离开，这女同事还是不罢休地拉着她抢话说道："罗总，别急嘛，你好不容易才把美女从金屋里带出来，怎么着也得让我们这普通的小白领向她取取经，到底是如何做到让我们罗总这么专一又痴心的？"

听到她这么说，周围的同事也跟着起哄："对啊，像罗总这么优秀的人，一定是遇到了不一般的人才会这么痴迷。不知道这位小姐在哪里高就？"

"呃……我……"她微微一笑却有些支吾。

"哦，她啊，大学毕业以后就在家做做烘焙，女孩子嘛，其实不用太辛苦的。这样以后我在外面忙，有她顾着家我也能踏实工作，是吧？"罗敬平搂着她。听到身边的男友这么维护自己，她也便敷衍地对着众人微笑点头。

年会结束后，罗敬平开车送她回去。一路上她都阴沉着脸。罗敬平跟她说话她也不理，一直目视着前方。罗敬平当然知道她此刻心里是不悦的，在等红灯时，罗敬平腾出在方向盘上的手，握着副驾驶座上她的手，亲了亲安慰道："今天回家好好休息，明天我再来接你，带你去金鹰买两件漂亮衣服。"

"什么意思？你是觉得我今天穿得太土，配不上你？"她依旧目视前方不看罗敬平，面容冷峻。罗敬平刚要解释，她淡定地说："绿灯了！"

直到罗敬平把车停到她每次指定的位置，一座高档小区的门口，她告诉罗敬平她家就住在这附近，这里停车方便。罗敬平把车熄了火，摇下车窗，两人静坐车内又是半晌没说话。终于她开了口："你为什么当你同事面那么高抬我？大学毕业，在家做烘焙，呵……"她一阵冷笑。

"不是！今天那种情况你也看到了，人家分明就是故意找你茬，我不这么说，他们会让你多为难？以后你还怎么跟我一起参加这些活动？"

"所以你就替我撒谎？哦，我明白了，你这样不是抬高我，是不想让你自己太难堪吧！我是什么样人就是什么样人，你要嫌弃就直说！"

这件事以后，罗敬平并没有因为赌气而不理她。反而想起那天她在车上说的话，让他觉得自己亏欠了她。周五傍晚，他特地买了一大束玫瑰花，订好了酒店，约好了一些朋友，想要给她一个惊喜，甚至是一个承诺。他开着车，依然停在小区门口等她。他坐在车里，不时地看看手表，又美滋滋地看看后座的玫瑰花。时针将近走到半点，他理了理身上的西服，抱着花下车。他站在车门旁边，远远地，看着一小点黄色的影子慢慢走近。当时还是少女模样的她，只是穿了一件黄色的连衣裙，披着一头没有做任何打理的长发，从西边背对着夕阳一点点向罗敬平走近。罗敬平望着一脸无精打采的她，加快脚步朝她走去。待走到只有一米距离的时候，她才抬起眼睛看到了抱着玫瑰花的罗敬平，瞬间愣了一下，还没等她反应过来，罗敬平就微笑着一把牵起她的手。

"去哪里？"

"去给你幸福的地方！"

丑媳妇总是要见公婆的，很快罗敬平把她带回了父母家，关于她的家庭与职业，罗敬平大概早就预料到，如果第一次就全盘托出，必然是会遭到父母的强烈反对。他们反复商量后，决定先隐藏她真实的情况，等罗敬平的父母完全认可她这个媳妇，再慢慢告诉他们。罗敬平又郑重地告诉她，这样做绝对不是嫌弃她，其实自己根本不在乎她的出身和职业，而且以他的能力，未来的妻子只要在家做个家庭主妇就足够了，学历、职业这些并不重要。他只想跟她一直走下去。与罗敬平父母第一次见完面后，他们说对这女孩印象还是挺好的，可罗敬平的父母也注意到了一些细节问题，问起来许莉文的父母，或她自己是做什么的，这两个人总是遮遮掩掩的，说得不是很详细。最终，罗敬平的母亲通过一些人打听到了一个有关她的地址。

这天，罗敬平母亲盘着贵妇的头，身穿貂皮大衣，拎着几盒礼品在一个小区单元门口徘徊了很长时间。单元楼的门被进来出去的人一次次地打开又关上，最后她跟着一个从外边开门的老大爷一起进去。她敲响二楼一户人家的门，给她开门的是这家的女主人。在与女主人攀谈后，她才恍然大悟，原来那天儿子介绍女孩的家庭，其实并不是她真正的家，她的父母也不是他们嘴里含混不清的双职工，她只是在这户人家长期打工的保姆。在了解清楚情况之后，罗敬平母亲面对女主人一脸尴尬，又暗自庆幸，幸好一开始没有直接表明自己的真实身份和来意，只是说自己是许莉文一个朋友的母亲想来看看她。

没过多久，许莉文从外面接回了这家放学回来的孩子。一进门，见罗敬平母亲正坐在沙发上，脸色一下子煞白，整个人被惊得魂飞魄散，她知道一切都完了。

4

这件事过后，她变得颓废不堪，原本憧憬的一切被现实猛然一击，然而她对命运终究是不服的。她不明白自己为什么会与城市里的女孩不同，为什么同样是女儿，别人能一家三口住在三居室的套房，而自己却只能和父母弟弟挤在一间只有十平方米的平房里？接送小女孩上学放学，她也不再有原先的热情，她知道小女孩不可能叫她姐姐，于是每次送完小女孩，道别的时候，她只是敷衍地说句"放学来接你"，就匆匆离开。她始终不认为，做保姆就该是她要做的事情。和罗敬平之间经过来回几次折腾，最终还是分手了。她一下子又从天堂跌回了地狱，没有了男友的嘘寒问暖，没有了富足的零花钱，周末不能进高档的餐厅，没有了车接车送的待遇。她又一次骑上了破自行车在街上转悠着。正当她觉得日子看不到希望的时候，网上聊天突然兴起，她没有去酒吧迪厅消费的能力，就换了方向，每天下班后花十几块钱去网吧上网聊天。而她用电脑打字的本事，还是跟着主人学会的。

很快她被网络这个虚拟世界冲昏了头，在 QQ 上不知不觉加了近百个好友。每天最盼望的时刻就是去网吧。一下班仿佛挣脱牢笼一样，飞奔到网吧登录 QQ。她也并不甘于只停留在网络上的虚拟世界，所以见网友就成了必然。她在网上认识了跟自己同龄的吴乃明。吴乃明是留学回来的大学生，在海外待了四年，鼻梁上架着一副无框眼镜，每次出门总会背着一个书包，看上去一副斯斯文文的模样，目前正待业在家。一个周末，两人约在湖南路的步行街相见。为了见吴乃明，她特意花了一个月工资买了化妆品和一套白色连衣裙，这又是一个夏天。一到夏天走在街上，荡漾的何止是连衣裙，还有这该死的春心。一切似乎都在她的掌握之中，果不其然吴乃明喜欢上了她，她也很高兴，因为自己又恋爱了。吴乃明是一个很绅士，很有魅力，很注意与女孩交往细节的男人。他的背景也不用多说，虽然不比罗敬平那么富有，但跟她在一起也是绰绰有余。这一次，许莉文还是没有暴露太多自己的家庭和职业。每次约会结束，吴乃明也只把她送到小区门口，等看着吴乃明走后，她才放心地绕到小区背后，沿着一条漆黑的小路走回自己家的平房。

有一天晚上，吴乃明带她去游戏厅玩。两个人一直玩到深夜十二点多钟，吴乃明牵着向站台走的她，突然间停住不走了。他一使劲将她拉进怀里，紧紧地拥着她，抚摸着她的头发呢喃不舍："亲爱的，今天太晚了，我真的不想跟你分开。我们都别回家了好吗？"

"不好吧？"她有些胆怯，轻轻地挣脱吴乃明的怀抱，"我爸妈还在家等我呢！"

"可是，我真的舍不得跟你分开了，我好想好想跟你永远都在一起！"吴乃明说着又把她拥入怀里，这一次抱得更紧了，让她觉得快要喘不过气来。一个晚上，一场星辰的集聚，两颗滚烫的心"嘭"的一声相撞。

四周后，她哭着在电话亭打电话给吴乃明，问他该怎么办。吴乃明一改以往的温柔，在电话那头咒骂着说："妈的！怎么运气这么背！就一次也能中？"接着很不耐烦地问她要多少钱能解决。这对吴乃明来说简直就是一场游戏。

解决问题的时候，吴乃明并不在场，丢下五百块就算了事，并且很不客气地告诉她，其实自己很早就知道她的家庭背景，也知道她父母只是卖菜的农民工。有一回送她回家，他假装先离开，然后悄悄尾随在她后面，一直跟着走到她家房子外面。这才明白原来她压根不是住在那个高档小区里。许莉文明白了，吴乃明根本没有打算对她的将来负责。说到底这都是你情我愿的事情，最后留下她一个人胆战心惊躺在手术台上，病历上赫然写着"许莉文""21 岁"。

问题解决了，这段"恋情"也结束了。她把做完手术的病历和报告书私藏在 LV 包里，这包还是当初情人节罗敬平送给她的，她一直不敢拿出来背，生怕父母会问出这包的来历。这段日子，她经历了死一般的境地，她不是没想过一死了之。可转念一想，就算选择了自杀，吴乃明这个渣男也根本不会在意。反正分手的时候，他已经很清楚地表明："我们之间最多只是谈过一场恋爱，我没有强迫你去做那件事，这都是彼此自愿的结果。如果你想去告，我赔偿便是。"

而纸天生是包不住火的，在她仅有一米的床里面放着一个多月未拆开的卫生巾，还有术后连续几天惨白的脸色，彻底败露了她这件足以令父母五雷轰顶的丑事！黑漆的晚上，十平方米的平房里，一个昏暗的白炽灯泡在头顶上吊着晃荡，许莉文和父母面对面坐在各自的床上。母亲哭得泣不成声，父亲的脸色比死人还难看。她面对年过半百的父母强忍着眼泪，故作镇定地说："事情都解决了，没什么大不了的。"

"没什么大不了？"做了一天活计的父亲黑黝黝的脸上抬起阴森的眼，突然猛地站起来吼道，"不要脸的东西，你才 21 岁啊，就未婚先孕！你把我的老脸都丢尽了！"边说边连扇女儿耳光。

"你一个姑娘家一生的清白都没有了，还在这儿轻飘飘跟我说没什么大不了，你到底要不要脸？"

"我家虽然穷，但我们是怎么把你养育长大的？你出了这样的事，让我们以后还怎么见人？"父亲含着泪指着她鼻子骂。

"对！我不知廉耻！我不要脸！"许莉文涨红着脸放声大哭，同样从床边跳起来跟自己的父亲对峙着，"你以为我想这样吗？出了这样的事，我想过一死了之，可是就算那样能改变结果吗？"

许莉文捂着被打肿的脸："说到底，还不是怪你们没有用，我如果生在一个好的家庭，别人能这么糟蹋我吗？就因为我是农村来的，跟你们住在这种地方，别人谁能瞧得起我？"

"你……你个混账东西，自己做了丑事还怪我们。去死！去死！你死了都不足惜！"父亲青筋乱蹦，胳膊颤抖地指着她。一旁的母亲哭着阻拦父亲滔滔不绝的咒骂，却怎么也拦不住。

"好！"许莉文听着父亲怒发冲冠的呵斥，大喊一声便冲出了家门，消失在茫茫的雨夜中。

5

许莉文一口气跑到长江大桥上，盯着滚滚东去的江水看了好久。她是不打算再回家了，更不打算回到出生的老家大别山。事实上，当初她之所以选择跟父母来南京打工，就是想离开那样一个贫穷的地方，她渴望城市，渴望成为城市的一分子。后来的日子里，她有很长一段时间没有联系父母。她很快想明白自己接下来的打算：保姆的活儿，因为这件事，说什么也不能继续做了。拿着手里仅有的几千块钱在外面给自己单独租了一间房子。而这几千块钱的来处也是一言难尽，有这几年自己挣的工资，也有前两年罗敬平每个月给她的零用钱剩下的。在租下房子的那一刻，她毅然决定要重新开始自己的生活，这次是只属于她自己一个人的生活。一场大风大浪席卷过后，如果没能淹没躯体和信心，那就只好选择重生。许莉文开始疯狂地找工作，无论能做不能做的，她都想去尝试，但有一点，就是永远不可能再做伺候人的"下贱"职业。因为之前跟一个在美容院打工的小姐妹连玩带学了一些技术，她找到一份做美容师的工作，自己的面容也跟着转变。

一个人独居的日子，自由也放荡。她还是很喜欢结交各类朋友，迪厅、酒吧再次成为她跟一群朋友厮混的地方。有一回，在KTV里一个女性朋友看她还是单身一个人，便哄闹着把坐在左边的陆亚介绍给右边的她。那女性朋友半真半假地说："你们看看这全场就你俩还单着，干脆你俩凑一对得了。"许莉文这也不是第一次见到陆亚，之前跟朋友一起玩，有两次在不同场合都见过，可要说真正认识今天还是头一回。陆亚当时三十五岁，比许莉文整整大十岁，是做房地产工作的。他之前交往过一个六年的女朋友，可临到要结婚的时候不知道什么原因吹了。陆亚不是没有注意过许莉文，开始觉得她很腼腆，跟陌生人很少说话，但是跟熟悉的人却又一直讲个不停。陆亚觉得这个女孩其实很有意思，长得也挺漂亮。有一次他们在酒吧喝酒，许莉文喝醉了，第二天醒来都不知道昨晚是怎么回家的，其实那次就是陆亚开车和几个朋友一起把她送回了家。那次经朋友正式介绍后，他俩都发现对对方有好感，又陆续接触几次之后，陆亚真的向许莉文提出了正式交往的请求。时间过了不到一年，许莉文发现自己又怀孕了。

这一次她没有慌张，她坐在江景房客厅的沙发上，平静地问陆亚："这孩子我们要吗？"陆亚双手紧握，抬头看看她的肚子，又低头沉思一会儿。许莉文见他好一会儿都没有回应，失望地站起身说："那我明天就去医院做掉好了！"陆亚听了一怔，立刻反应过来说："我们结婚吧！"

26岁的许莉文，在这一年的秋天和陆亚举行了婚礼。婚后，陆亚对她非常地体贴跟包容。他让许莉文辞去了工作，专心在家养胎。只要是她想要的，陆亚都会尽所能地满足她。他对许莉文说，他知道她在遇到自己之前吃了很多苦，如今嫁给他了，就不会让许莉文再走回头路，他一定要好好对她、珍惜她，因为她是要和自己过一辈子的人。许莉文终于过上了她少女时代想象中的生活。丈夫优秀，自己住上了一百六十平方米的大套房，家里还请了阿姨给她做饭，照顾她日常起居。她终于不再是那个白天去给别人做保姆，晚上出去还要装作有家庭背景的女孩。现在的她，每天只要在家翻翻杂志，听听音乐，做等丈夫下班回家的好太太。

悲剧总在意料之外发生，当莉文怀孕到七个月的时候，一次偶然的滑倒让她失去了这个和陆亚共同的孩子。孩子没了，陆亚并没有过多去责怪她，而是一直向她道歉，说是都怪自己平时工作太忙了，没有空出时间陪她才会这样。许莉文流产在家休息，陆亚放下手头的工作回家陪伴照顾她，他搂着静卧在床的许莉文安慰说："别难过了，孩子我们以后还会有的。到时候，我一定放下所有的事情陪着你！"许莉文听了丈夫的自责和安慰感到难过又幸福，她觉得自己嫁对了人。

6

时间就这样一年年地过去，转眼他们结婚三年了，许莉文的肚子再也没有动静。夫妻俩都感到很纳闷，按理说不应该这样。陆亚的母亲这两年因为孩子的事情，每回见面总要在许莉文面前嘀咕两句。许莉文自己也弄不明白为什么越是想要越是没有，突然之间她好像想到了什么，难道……这个想法着实把自己吓出一身冷汗！某天她独自来到妇产医院做了检查，医生在问清楚她总共怀过几次孕、流过几次产后，又让她做了一堆检查，最后得出了她不孕不育的结论。医生说，那两次不同的流产给她的身体造成了很大的伤害，也许今后很难再有孩子。她面色苍白地询问医生，有没有其他办法可以让她怀上孩子，她说自己的丈夫很喜欢孩子，她不能没有孩子。医生建议她尝试做一次试管婴儿，不过这过程会很痛苦。

　　许莉文知道无法怀孕的事长期瞒不住陆亚，她告诉了他这个诊断结果。陆亚心里根本接受不了，但表面上还是装出一副没大事的样子，只是说，两个人都还年轻，说不定哪天把身体调养好了，孩子自然也就有了。后来，许莉文去尝试做试管婴儿，陆亚最初反对，最后看她始终坚持，也只好顺从她的想法。试管婴儿显然不是那么容易做成的，许莉文每一次尝试都满怀希望，跟陆亚说一定能成，可结果总是令他们大失所望。许莉文不甘心，不到两年的时间里她连续做了三次。每回失败后，她都如同大病一场，躺在床上几天不得动弹。她的脸色越来越难看，脾气也越来越大。但凡陆亚有一点做得让她不满意，她便立即跟他抱怨、怒骂，严重时手边有什么就砸什么！假如陆亚在外应酬回家晚了，她就会披头散发坐在客厅里关上所有的灯，等陆亚拿钥匙开门踏进家，她再随手一开旁边的台灯，幽幽地说一句："又喝了多少马尿才回来？"陆亚每回都被她吓个半死，哪怕喝醉了酒，这一吓也清醒了。

　　有一回真把陆亚惹急了，仗着酒劲，他对着阴沉的许莉文嘲笑着问："脸色这么难看，是不是这次的试管婴儿又做失败了？"他一摇一晃走到许莉文身边，弯下身子伸出滚烫的手摸着她的脸，满口喷出酒气劝道："我早就告诉过你，这种东西失败了就别做了，因为你是生不出来的。"

　　"你给我滚蛋！"许莉文拍打开陆亚放在她脸上的手，凶神恶煞地踢开面前的茶几，顺手拿起一只茶杯"哐啷"往地上一摔，她用双手揪着陆亚的衣领骂道："陆亚你还是个人吗？我为了给你生个孩子吃了那么多苦，每次做完人像被榨干了一样，这种痛苦你体会过吗？你还有脸在这儿说这些风凉话！"

陆亚也火透了，表情扭曲狰狞，借着酒两只手抓住许莉文的肩膀，把她的身体前后使劲晃动几下，最后将她一把推倒，使得她整个人仰在沙发上，接着脱下自己的外套狠狠朝许莉文脸上一摔，怒吼道："生不出孩子是你的毛病，还不让我说？我辛苦挣钱供你吃供你喝，让你过上这么好的日子，你还想怎么样！"这样的争吵从此变成了许莉文和陆亚之间常态化的沟通方式。家里最平静的时候，是陆亚出差的时候。

7

两人撕破脸以后，许莉文决定再也不去做试管婴儿了，她认了没有孩子的命。她想试着改变自己尖锐的个性，缓和与陆亚之间紧张的关系，毕竟日子总还是得过下去。某天，她去商场准备给自己添几件新衣裳，晚上好打电话让陆亚回来吃饭。正当她在服装店看中一件紫色连衣裙，买完单要出门时，却在隔壁的孕妇装专卖店看到一个熟到不能再熟的身影。是陆亚，旁边还有一个挺着大肚子的长卷发的女人。许莉文一步步悄悄走近丈夫，隐隐约约听到他和旁边女人有说有笑地给孩子选衣服。"陆亚！"许莉文在他背后轻轻喊了一声。陆亚一听声音下意识地抖了一下，收起刚才的笑容，转身望着妻子的脸愣了半天。许莉文却丝毫没看旁边女人的模样，保持镇定地对陆亚说："晚上记得回家吃饭。"

晚上，许莉文准备了一桌的菜，点上蜡烛，化了艳丽的妆，换上下午新买的紫色连衣裙。他们面对面坐着，各自吃着碗里的菜，整个过程很平静，他们之间已经好久都没有如此平静地在一块儿吃一顿饭了。饭吃完了，许莉文又拿出一瓶红酒给陆亚和自己倒上，喝下一口后许莉文开口了："那肚子里的孩子是你的？"陆亚眉头紧锁点头默认。"什么时候的事？"许莉文吞着眼泪又问。

"去年的事！"此话一出，两人又沉默了许久。陆亚端着酒杯一饮而尽，然后深深地凝视着许莉文："小文，我……"他顿了顿，仿佛难以启齿又不得不说，"小文，我还是想好好跟你过日子，你能不能……"

许莉文红着眼眶，含着泪："能不能什么？"她以为陆亚会说要她原谅的话！

不料他说的是："我们能不能一起养这个孩子，就当是我和你的孩子！"许莉文做梦都没想到，他在犯了错之后还能说出这么滑稽的话，说得好像是替她生了一个孩子。

许莉文觉得这世界太荒谬了，她发出了一阵空洞的笑声，拿起桌上的酒瓶猛地灌了几口，接着把酒瓶往桌上一掼，掷地有声地对陆亚说："离婚！"

那年是他们结婚的第九年，陆亚知道是自己对不起许莉文，在办理离婚手续时，他把名下京都里的一套三居室房子、一辆宝马车和一笔存款分给了许莉文。离婚后许莉文又在这座城市里过上了独居的生活，与过去不同的是，因为有了房子，她有了些许的安全感。她先是去给别人的美容店打工，随后又拿着自己的积蓄和陆亚给的存款开了属于自己的店面。这也算是实现了自我价值，在这座城市落了地，生了根。

从跟父母自大别山里来到南京打工算起，一转眼时间已经过了二十多年。她才探出身子怒掼了楼上滴水的人家，又听到门外过道里"丁零咣啷"地响，她越发恼火地趿着拖鞋走到门口，躬下身对准门上的猫眼一看，正有搬家公司往对门搬东西，那声音真是嘈杂，不仅是搬东西的动静大，搬家公司工人嗓门也大，这更是往她的心里又添了一把堵。她干脆利落地打开了家门，放开嗓门大吼道："这都是什么人搬进来了，谁让你们这么吵，一大早影响别人休息了知不知道！"听到许莉文扯开嗓子在门外吼着，对门刚搬来的新邻居，还没见着面就立马从房子里面侧着身挤出来，边走边道歉："抱歉，抱歉……"在两个人对视两三秒的过程中，许莉文忽然意识到了什么，她慌张地即刻转身如同逃窜般跑回自己的屋里，惊慌失措地关上门，背靠着大门眼睛发直，从嘴里不由自主地冒出三个字："罗敬平……"

过　户

过

户

　　洪玲是典型外强内弱的女人，五十多岁的她，在外总是把自己捯饬得光鲜亮丽，见谁都一脸笑，跟她打过交道的人，没有谁能看出她是个守寡多年的妇人。即便有人知道，洪玲也只是像打了个哈欠一样，风轻云淡地说道：没事，都过去了，我现在过得也挺自在的。她这话说得是没错，自从丈夫老张八年前死了之后，她过得确实比从前自在，至少不用每天为了他操心一天三顿饭怎么吃，每顿饭烧什么菜才能合他胃口。老张在世的时候他们俩就经常为饭菜不合口拌嘴，有一回老张因为红烧鱼烧咸了，把好大一块鱼肉嚼都没嚼就"呸"一声吐在地上，又将筷子使劲往桌上一摔，嘴里骂骂咧咧地说：你一把年纪整天正事不干，净会捯饬自己。洪玲在老张面前也不是什么言听计从的贤妻，一股火直窜上头，索性一不做二不休把整盘红烧鱼"哗啦"一声倒扣在桌上，她对他吼着：爱吃不吃！老张死后，洪玲也没有改嫁，其实按照她的自身条件真想改嫁也不是一件难事。但她总说：得了吧，都快是五十几岁的小老太太了，我可不想遭二茬罪。有这工

099

夫，我不如等我儿子结了婚，给他带带孩子。洪玲和老张有一个儿子，原本以为没几年儿子就能成家有孩子，但没承想这儿子一晃快三十了还没个正儿八经的对象，这让洪玲十分焦虑。

去年春节前，洪玲总算盼来了好消息，儿子带了一个漂亮媳妇回来。见了面才知道，这么多年哪里是儿子一直没有女朋友，其实人家俩人早在高中的时候就好上了，只不过这女孩从大学开始作为交换生去了国外，儿子一直在等她回来罢了。儿媳妇是带回来了，洪玲和对方父母都很满意这桩婚事，没过半年两家人就进入了商量婚礼和房子的步骤。婚礼两家人一起办，各拿一部分资金。可房子终归是男方家的事，洪玲又当爹又当妈的，愁了好几夜没睡好。她想，自己现在住的房子是一套两居，儿子媳妇结婚后回来够住是够住，但是自己也是个识趣的人，婆媳住时间长了总会有摩擦，到时候为难的不还是儿子吗？她翻来覆去，眼皮耷拉就是睡不着。不能让他们住家里，得想办法给他们弄套自己的房子。可是买房子花的不是小钱，死鬼老张临走时统共留下几万块钱，这钱作彩礼她都觉得少了，买房子更是连塞牙缝都不够。而自己每个月就那么两三千块的退休金，现在全掏出去，以后怎么办？她又翻了个身，要不把住的房子卖掉，换两个小套的？也不行，儿子一辈子就结一次婚，房子太小太蹩脚，会让女方看不起。对了，老太太！洪玲突然一骨碌坐起来，脑瓜一激灵，眼睛瞪得发亮。是啊，老太太有房子，一百平方米的三居室不是正适合儿子结婚嘛！

第二天一早，洪玲就精神抖擞地来到了老太太家。虽然她和老张吵吵闹闹大半辈子，但是跟老太太关系还算不错，这些年就算是老张走了，她逢年过节也不忘来看看自己的婆婆。老太太今年七十多了，身子骨还算硬朗，这么几年下来除了请了个保姆照顾日常生活，其他很少麻烦别人。虽然儿子走得比老公都早两年，但是老太太那几年如同身经百战的铁娘子，愣是扛过来了，这一点洪玲倒有点更像是她亲生的。洪玲每回来都先从超市买了各种荤菜素菜把老太太家里的冰箱塞得满满的，这次买得就更多了。老太太牙口不好，能嚼的东西不多，十分喜欢吃水果，夏天尤为爱吃西瓜。毕竟做了几十年的儿媳妇，洪玲买的东西老太太总是没得挑。家里雇用的保姆是半天钟点工，见洪玲来了，保姆麻利地烧好了午饭便走了。婆媳二人吃着午饭，洪玲明白不能直接跟老太太提房子的事，就兴高采烈地告诉她，她孙子给她找了一个特漂亮能干的孙媳妇。老太太听了自然很乐呵，自己儿子死得早，就这么一个大孙子，当然盼着他早点成家，自己还"痴心妄想"在有生之年能看见重孙子呢。老太太迫切地问：他们婚期定了没有？别拖了，让他们赶紧把婚结了。洪玲见老太太热情高涨，嘴边一滑溜，迫不及待地把想说的话说了出来：定了定了，两家人什么都准备好了，现在就差房子了。此话一出，老太太一下就听明白了洪玲今天的来意。老太太把筷子上的菜放进嘴里没再接话，洪玲也吃了一口饭漫不经心地瞥了老太太一眼。不一会儿听见老太太小声问道：你那儿不是有房子吗？

洪玲干脆放下碗筷，郑重其事地跟老太太开了口：我那房子不是太小了嘛，他们小两口结了婚，媳妇不会愿意总跟我这婆婆住一块儿，再说他们以后有了孩子，那么小的房子肯定不够住呀！

那你是什么意思？老太太也是个爽快人。

您儿子走得早，您孙子都三十一二岁了，可算盼到他要结婚了。我这也是当妈的可怜心，总想让孩子体体面面地娶个媳妇，一定不能让人家女方因为房子瞧不起他。她还是没能把话直接挑明。

我懂了，你想要我这房，是吧？老太太就是这么直爽。

是……是这么个意思！洪玲终于把来的目的说明了。那我住哪儿？老太太问。您搬到我那儿去，跟我住就行了。为了彻底打消老太太的顾虑，她没喘气又接着说道：您毕竟是孩子的奶奶，哪怕老张不在了，我还是你们张家的儿媳，我除了一门心思替我儿子着想，您这个婆婆我也照样服侍到老，跟我住，您还有什么可担心的？话虽是这么说，可是毕竟儿子不在了，老太太心里对洪玲的提议还是有些打鼓，一顿饭婆媳二人没吃多少，事情也没商量出结果。回到家，洪玲辗转反侧，一心想怎么才能说通老太太把房子给儿子结婚。

没过两天，她又去看老太太了。天气越来越热，入夏的气温稳步增高。她问保姆：老太太几天没洗澡了？保姆说：我都是上午来干活，我哪知道老太太几天没洗澡了。洪玲跑到阳台一看，晾衣架上果然一件洗过的衣服都没有。她又问老太太：这么热的天，您几天没洗澡了？老太太说：还好，不热！洪玲一听就知道她少说也有三五天没洗了。于是，她一边走进房间整理床上的被子，一边冲着外面说道：今天正好趁我在这儿，吃完饭我帮您洗个澡。免得您一个人洗起来不方便。老太太淡笑一声：你洗一把澡，我就能干净了？过几天还不是又脏了！隔着一堵墙，洪玲还是听到老太太坐在沙发上对她的"嘲讽"。她也头都不抬回应一句：那我以后隔三差五就来，至少这个夏天保您干净。洪玲虽然性子刚烈，但自从年轻时嫁到张家对公婆一向还算孝敬，这会儿帮老太太洗个澡当然也不在话下。午后阳光充足，淋浴房里热气沸腾，洪玲手上裹着毛巾为老太太搓背。有洪玲这么帮忙，老太太果然感到很舒服。洪玲将手上毛巾取下，伸到老太太眼前说：瞧瞧，这身上多少脏灰被我搓下来了。老人洗澡总体来说是个体力活，被洗的人累，帮洗的人更是不轻松。从蒸汽腾腾的淋浴房出来，两人坐在沙发上吹着电风扇，喝了一壶冷却的凉白开。老太太大概是为之动容，便问：我要是搬到你那儿去住，洗澡是不是方便一些？洪玲将埋在茶缸里的半截脸迅速抽出，往喉咙里使劲吞咽，涨红的脸颊突然喜悦起来：那当然方便了，住我那儿天天给您洗都不是事。

老太太终于答应把房子让出来给孙子结婚住，这让洪玲喜出望外。她跟老太太约好，今天就回家把房间收拾出来，最迟下周就来接她回去住。洪玲在家哼着小曲收拾出平常堆放杂物的小房间，最大的问题迎刃而解了，她着实喜上眉梢。周六收拾好房间，周一上午她便准备去接老太太。临出门前，儿子打来了电话。提醒她：去接老太太别忘了跟她要房产证，结婚前最好能把房子过户到我的名下。洪玲也觉得老太太既然都答应把房子给儿子结婚了，肯定是想好了把户过给他。

等快替老太太打包好行李了，她理所应当地问了一句：房产证呢？孩子想在结婚前把过户办了。什么？过户？老太太眉头锁了锁，纳闷地脱口而出：我没说把房子过户给他呀。洪玲一下子被老太太说蒙了。不对呀老太太，您那天不是跟我说得好好的把房子给孩子结婚住的吗？老太太也觉得自己说的话没问题呀，是答应把房子让给孙子结婚住的，但又没说把房子彻底过户给他！

洪玲瞬间泄了气，一屁股坐到了床边。但她还是不放弃地说道：他是你们张家的孙子，现在要结婚了，你们张家就该给他支持。老太太试图劝慰洪玲：是我孙子没错，但是房子想过户，没你说得那么容易。这房产证上是我和老头儿两个人的名字，我一人说了也不算。洪玲觉得老太太说这话就是在故意搪塞她，傻子都知道，老头儿死了房产第一继承人就是老太太，她怎么可能一个人说了不算。老太太耐心地把事情给她捋了一遍，这房子是当年老头儿单位分的，房产证上是她和老头儿两个人的名字。可老头儿虽然死了，但是老头临走前把属于他的那一份单独立了遗嘱。

老头儿临走还立了遗嘱？这事她和儿子居然一点都不知道，看来老张一死，他们是真把他娘儿俩当外人了。她问老太太：老头儿遗嘱里写什么了？老太太说：老头儿说等我以后也归天了，就把这房子卖了，把他的那份钱给二儿子。凭什么给他？他们夫妻双全，身体康健，一个闺女嫁了人，又把他们夫妻俩都接到了上海去住，一家人日子过得一点负担都没有。老头儿怎么想得起来把一份钱专门留给他？洪玲很不服气。老太太叹了口气，眼袋下垂：老二当年十几岁就下放到农村，有那么好的底子却没能让他去考大学，一辈子在机械厂上班，三十多岁就被绞掉两根手指头，老头儿也是觉得亏欠他了。老太太似乎是在自说自话。洪玲一脸不以为然，顾不上听老太太讲这些陈年旧事，直接抛出自己的观点：那也不行，这要说起来老张也没上过大学，年轻时也吃了不少的苦。他还早死了，就留下这么一个儿子，谁还能比我们更难？老太太看洪玲这么蛮横的样子，也只能叹气。顺手解开收拾好的帆布包说：我住哪儿都无所谓，今天还是住家里吧，明天保姆还来。

从老太太那儿出来，洪玲立刻给儿子打了电话。儿子一听这话就急了：开什么玩笑，我都要结婚了，怎么冒出这么个事？居然还有遗嘱这回事？老太太现在是说什么都不肯把房产证拿出来，一口咬定这不是她一个人就能做主的事。洪玲一时间也说不过老太太，她问儿子这该怎么办。儿子在电话那头叫她先不要着急，他觉得这事一定还有回旋余地。他说：妈，我这会儿在外地，几天内也回不来，但是这事越往后拖也就越难。您明天先去趟房产交易中心详细咨询一下我们家的情况，看看人家怎么说，有没有更便捷的方法能直接过户到我名下，然后再想办法说服老太太。洪玲听了儿子的话，觉得还是年轻人有头脑，这种事不能用"强买强卖"的方法解决。第二天她便去了房产交易中心找人咨询这件事，工作人员告诉她，让爷爷奶奶把房产直接过户给孙子辈不是不可以，但如果房产证上死亡一方生前留下遗嘱给他别的子女，那过户的程序就很麻烦了。不仅需要让健在的一方签字同意过户，还要遗嘱上继承房产的一方到公证处确认放弃所得的部分房产。工作人员虽然为洪玲分析了半天，弄得她头昏脑涨，但是重要的两点她是听明白了。一是要老太太自己同意过户给她的孙子，二是要上海的老二确认放弃老头留给他的那一份房产。还没走出交易中心，她便刻不容缓地给上海的老二拨通电话。

老二倒是个明事理的人，洪玲把情况跟他一说，没想到老二不仅满口答应，还在电话里安慰她说：大嫂子，我大哥走得早，这么多年也苦了你和我侄子了。孩子终于要成家了，我们张家人应当支持。老二答应把上海家里事处理完就回来帮他们到公证处办放弃房产的事情。与老二通完电话，洪玲上火的心总算是涌上了一股清流，被交易中心大厅的空调吹得十分凉爽。老二很快便从上海赶了回来，他们提前预约好办理的时间，去公证和过户那天，洪玲也向老二承诺，房子过户给了她儿子，老太太今后的生活全由她来照顾。洪玲的承诺让老二反而觉得有些歉意，对洪玲抱歉地说：今后也只能辛苦大嫂了。而老太太在厨房里磨蹭半天不出来，在楼下叫好车的孙子等急了，跨着大步上楼叫唤着：都好了吧？赶紧走吧！老二走到厨房叫出老太太，就听孙子一个劲的催促，老太太拄着拐杖，胳膊肘上还挎了一个大包被洪玲和老二搀扶下楼。在车上，孙子都计划好了，说：我们先去公证处给二叔办公证，再去房产交易中心给我和奶奶办房产过户。洪玲和二叔都觉得这样安排得挺好，只有老太太夹他们中间嘟囔一声说：房子的事什么时候不能办？老二难得回来一趟，我还打算带他去看看三丫头呢。洪玲明显觉着老太太不乐意，但是都到万事俱备的份儿上了，她当然不想在这个时候惹恼了老太太。便哄着说：老二就因为孩子房子的事才好不容易回来一趟，想着赶紧把事办了，我们也不敢多耽误他的时间。你们要是想去看小妹，明天，明天我全天陪着你们去。老太太听后并没有把洪玲的话当回事，直把搁在腿上的包又往怀里搂了搂，像是要捂住什么重要东西一样。身边的老二也看出老太太不太高兴的表情，只好顺着洪玲的话接着说下去：妈，没事。我这回在这儿多待几天，等今天给孩子办完事，我就陪您去看小妹。老太太反而冷笑一声：我住哪儿都无所谓，你准备在哪儿多待几天啊？老太太靠在车椅背上闭起眼睛，叹了一口长气念叨：可怜的三丫头哟！

　　三丫头确实是可怜的，从小就有智力低下的毛病，活到几十岁行为智商还只是个三五岁的孩子。最初老两口一直把她带在身边照顾，后来他们年纪越来越老，三丫头也越来越难照顾。在老头儿走之前，托了好多人才把当时只有四十多岁的女儿送进了郊区的养老院。

　　给二叔办完了放弃继承房产的公证，洪玲他们又马不停蹄地拖着老太太赶到了房产交易中心。出来办事前，洪玲和儿子就怕老太太忘了带房产证、身份证和户口本，前一天晚上就打电话再三提醒她今天一定要带齐所有证件。在办理过户手续的时候，洪玲的儿子特意对工作人员说：这是我奶奶，我是她孙子，我们是过户给自己家里人。洪玲帮老太太在包里翻，翻了好半天才从一大包东西里找齐证件。奇怪的是，他们是来办房产过户的，从包里翻出来的第一样东西居然是个很有分量的保温瓶。而洪玲他们现在哪还顾得上这些。办理的工作人员问：那你奶奶有没有写过户公证同意书？这倒把他问住了：人都来了还要这个吗？老太太还没等大伙儿反应过来，就说道：我字都不会写，哪会写这个。工作人员一想也没错，确实有很多老人不会写这东西，但是无论过户给谁，本人都要留下相关同意证明。孙子急了：按手印行不行？老太太睁大眼瞪着孙子：什么按手印，你把我当什么了？犯人吗？按手印画押。洪玲和老二赶忙解释，不是这个意思，这只是一种确认的方式。工作人员再提示，现在的确不用这么传统的方法了，只要让老太太在这儿对着摄像头录个像，说一句同意把房子过户给她孙子就能生效。大家都感到这个方法很好，就是两句话的事。他们让老太太坐下，正当摄像头对准她时，老太太眉眼低垂，伸出手摩挲着肚子，洪玲似乎隐约听到她在说肚子饿了。你说什么？这个时候肚子饿？顿时觉得心里一团火"腾"地烧了起来：她在大庭广众之下突然提高了声音，对着老太太嚷起来：老太太，你是怎么意思？不就过个户嘛，至于这么折腾？

老太太也丝毫不让，提高了比洪玲更高分贝的嗓音：我什么时候说肚子饿了？我说肚子疼。说着她拎起台面上的保温瓶，挂着拐杖便朝洗手间方向走去。大约不到两分钟，只听得洗手间里"轰隆"一声，保温瓶摔碎在地，热汤在老太太倒下的地方，弯成了一道奶白色的湖泊。老太太被抬上急救车时，那长满皱纹的手仍然攥紧保温瓶盖，瓶盖底部在闷热雨天里飘散着热腾腾的香味。她舌头打结费力地说：三丫头想喝鱼汤……

金　花

1

在城市二十一楼的行政酒廊上，金花身穿枣红色大衣，盘着栗色的头，两边耳垂下悬着一对价值不菲的耳坠，手中红酒杯随着优雅的语气自信地微微摇晃。她不过是个二十七八岁的 90 后，相貌和整体气质看上去却如三四十岁的女人一样沧桑。

她自小生长在四川绵阳，一个只有百十来人的村子里。她是家里的独生女，父亲老金曾经是当地赫赫有名的钢材厂老板。二十年前，她父亲的工厂每年都能盈利上百万，绝对的财大气粗。她的母亲梅丽当年是方圆百里数一数二的大美人。在金花出生后的几年时间里，家里就盖起了两层楼房。父亲老金在家里排行老大，有三个兄弟姊妹，除了大妹妹嫁给了一个车间主任，过得还算富足；剩下的两个弟弟妹妹一个因做生意亏了钱四处游荡，一个又因下了岗赋闲在家，他们的日子都过得不富裕。每到周末或是过节，小姑姑会拎着自家田里长的芹菜来他们家里帮着做饭，而叔叔三十好几了也没有成家。他一张黑黝黝的脸，中等身材，白色发黄的衬衫外边套着一件父亲淘汰给他的藏青色夹克。他也总会在周末或是过节没饭吃的时候，一摇一晃地从桥那头走上十几分钟来到金花的家。晚饭时刻，一大家四五口人围坐在一张圆桌上吃饭，东拉西扯谈天。几乎每回，金花的母亲看着叔叔一口塞着猪肉，一口喝着茅台酒，活脱脱一副"饿死鬼投胎"的模样，就觉得食难下咽。吃了饭，姑姑起身要帮她母亲收拾碗筷，母亲直摆手，略带客气地说：你们吃好就好，不用帮忙，不用帮忙。有时，等到叔叔和姑姑要回去了，老金会以出门遛弯的借口送他们到桥口，然后从衣服口袋里掏出两沓十张的百元钞票，卷成手掌那么大分别塞到弟弟和妹妹手里。每次给弟弟的时候，都要一再叮嘱他，省着点花，有合适的就赶紧找个工作。弟弟每次都会答应得好好的：知道了，我尽快找工作。事实上，这样的话不知道已经说了多少遍。回到家里，母亲收拾好桌上的残局，拿着抹布进行最后的扫尾，听到丈夫进门的动静，没抬眼看他就问了一句：今天又塞了多少啊？父亲没脾气，嘟囔一声：没多少！随后便冲着坐在沙发上玩玩具的金花走去，问她：乖乖，今晚吃饱没？

金花十岁之前的生活要比同龄的孩子幸福得多。作为父母的掌上明珠，她从来都是小伙伴之中最受追捧的一个，她也会把家里好吃的、好玩的拿出来分给小伙伴们。有一回父母带她去公园游玩，才出了公园大门，迎面就遇上一个跌跌撞撞衣衫褴褛的乞丐，乞丐手上搪瓷缸里有几枚几分钱的钢镚随着颠簸"嘎达嘎达"作响。乞丐行走江湖多年必然有一双识人的眼睛，还有一米多的距离，乞丐干瘪的嘴里朝他们一家人喊着：好心的有钱人给点钱吧，我几天没吃饭了，再不吃就要饿死了……母亲一脸嫌弃，一只戴着羊皮手套的手捂着鼻子，另一只手拖着金花迅速逃走，边走边说：太恶心了！浑身脏兮兮的，看一眼都受不了。一旁的金花眨巴眼睛看看妈妈，又看看爸爸，小声说着：那个人看着好可怜啊，他说都好几天没吃饭了，如果他饿死了可怎么办？趁着母亲去公园旁厕所的工夫，父亲悄么声地领着女儿找到蹲在路边摇晃着搪瓷缸的乞丐，把包里的一袋面包叫女儿送给他。乞丐接下了面包点头致谢，父女俩转身离开。金花问父亲为什么不给他钱，父亲说：现在帮他填饱肚子是关键。孩子做了好事一蹦一跳地扬起纯真的笑脸，而身后的那个乞丐大口啃着面包，嘀咕着：真是的，看起来挺有钱的人，居然给一袋面包就把我打发了，真当我真是穷要饭的吗！

那些年父亲的生意做得风生水起，而母亲不需要工作，除了做好家庭妇女以外，平日里最大的爱好就是去打打麻将。直到金花上初二时，父亲在一次体检中查出患上了尿毒症。父亲明白尿毒症还不算是一个不治之症，所以刚开始，他劝慰妻子这不会妨碍正常的工作和生活。而妻子也以为这不算是个什么大病，她认为只要不是癌症也就算不上是太严重的问题。或许就像他自己说的那样，人还能照样挣钱，日子还是一样过，顶多往医院多跑几次。每天吃了中午饭，妻子照例坐上麻将桌，眉飞色舞地开始她的爱好，一下午的麻将输赢个五六百块钱是家常便饭。麻友李姐摸着牌不经心地问她：哎，我昨儿听我们那口子说在医院见着你家老金了，说他好像躺床上做什么……什么透析？这是个什么病啊？她满不在意地回答：没事！就是个尿毒症，每个星期去一次！当时很多人对尿毒症这种病还不了解，坐在梅丽对面的刘宝根听了这些话，不怀好意笑着对她瞅了一眼。

日复一日，家里的日子看上去变化并没有多大。老金的弟弟妹妹还是逢年过节来蹭饭蹭钱，老金不愿把自己的状况同家里人多说，然而身体却越来越不行，去医院的次数每月增加。他意识到自己没有太多精力再去经营钢材厂，所以瞒着妻子将厂子里大部分的事情全都交给弟弟小金处理。在决定交给弟弟之前，老金也反复斟酌过一段时间，他知道弟弟这些年一直浑浑噩噩。他总是说，自己一天没有出人头地，就一天不成家。老金思来想去，如果把钢材厂暂且交给小金打理，既能给他一份正经事干，又能帮自己照顾厂子，这是两全其美的事。老金把想法跟弟弟一说，小金保证，一定会替大哥把钢材厂好好经营下去。

2

一直到这年的冬天，老金在家里卧床养病，一群债主突然找上门来要债。老金十分不解，自己压根没在外面欠钱，哪里来这么多债主呢？老金从床上爬起来走出去打开门，这三五个债主不由分说就闯进来，后面跟着进来的几个人手上还抄着家伙，前边一个领头的对他嚷嚷：赶紧还钱！老金不明白这是让他还什么钱。那个肥头大耳的领头的说：你弟弟小金在我们那儿赌博输了钱，现在找不着他人了，只好找你要了。老金一想不对，明明前天晚上弟弟还来吃饭，但是只字未提欠钱的事，只是要了他的签名章去跟人家签合同。对于小金会赌博，老金更是从未听说。还没等他把事情的来龙去脉捋明白，那个领头的从衣服口袋里掏出一张借条，在他面前展开，一张白纸上有三行草字：本人金××于1998年至2004年因麻将赌博欠乐悠麻将馆二百八十万！如不能如期归还，将用××钢材厂抵押债务！再看欠债人的落款，不止签了他本人的名字，居然还盖了老金的签名章。六七年的时间欠了二百来万？这怎么可能？老金气得大口喘气扶着墙。债主呵呵笑了一下，告诉他：小金是我们那儿的老顾客，去打麻将早就是好多年前的事了，以前也赢过，可惜他不懂得见好就收，越玩越大。前段时间跟我们吹牛，说自己是钢材厂的老板了，有的是资本玩。这才几天呀，自己就跑路了。老金愤怒得眼冒金星，站在那儿半天没能开口说话，领头的把脸凑到他眼前，指着白纸黑字的欠条警告道：这上面可盖了你的签名章呢，小金跑了，你可跑不了。你要是跑了，你那庙还在那儿。还不了钱，那我兄弟们手里的这些家伙可不答应，到时候别怪我去砸了你的厂子。老金听了这般恐吓，使劲攥紧拳头，咬紧牙挤出一句：这钱我还。老金跟麻将馆的人好说歹说，那帮人才答应让他分三个月还上二百来万的债务。钢材厂是保住了，可这二百来万的债也是从老金家里拿出来的，弟弟小金从此杳无音讯。

妻子梅丽因为这件事，不顾老金身体状况，隔三差五对着日渐消瘦的他破口大骂：你看看你们家都是些什么人，你脑袋让驴踢了吗？居然瞒着我把厂子交给这种好吃懒做的混蛋，你就是随便交给一个外人看管都比给这个混蛋强。还有，你是不是得病得糊涂了，他欠麻将馆的钱凭什么要你帮他还，你怎么会有这么心怀鬼胎的兄弟？他这么多年吃我们的喝我们的，最后还捅这么大个窟窿要我们替他擦屁股，要不要脸？我就问问你，弄成今天这样是他心怀鬼胎，还是你脑子也有毛病？然而任凭妻子怎么骂，老金都忍着脾气不还嘴。他只能在背后唉声叹气，只怪当初选错了人，现在自己身体又是这副模样。"祸不单行"这话有时就是这么灵验，正当老金眉头紧锁时，就听见有人从外面进了自家院子，边走边喊着妻子的名字：梅丽，在家吗？是我！老金闻声前去一看，来的是刘宝根。

刘宝根见是老金出来了，先是一激灵，接着有些惊奇地说：哟，老金你今天在家呀！不是说你住院去了吗？他说着话就自顾自地往屋里走。

老金没心思搭他话，随口问了一句：你来干吗？

刘宝根在屋里晃了晃，转着眼珠朝楼上看了看说：我来找梅丽打麻将啊。紧接着他看到老金一副颓废的模样，不怀好意地凑到跟前，盯着老金蜡黄干瘪的脸嘿嘿一乐挑衅道：老金，这些日子不好过吧？你家的那些事我都听说了，你兄弟欠钱逃跑，你身体又是这个样子，尿毒症能活多久你自己心里有数没有？真是可惜了梅丽，那么好的一个女人跟着你可受罪咯。要是跟了我……

你！你什么意思？老金猛吸一口气，满脸发青一把揪住刘宝根的衣领，你讲这话什么意思？你给我讲清楚。

3

刘宝根仰着头，一副恬不知耻的德行：你说什么意思？意思是你没用了，我看上梅丽了！手都没劲，还想揪着我？他一把就将老金的手掰开甩向一边，老金被他这一甩，后退两步打了个趔趄。刘宝根对里屋嚷嚷：梅丽！出来！

楼上的梅丽一听这声不对，外套还没全穿好就慌里慌张跑了下来，她一眼看见老金的脸青得发黑，恍惚已经明白发生了什么，她问刘宝根：你来干什么？你跟老金胡说什么了？刘宝根看着死命瞪着他的老金，不以为然地丢下一句：没说什么。就是把该说的都告诉他了。转身他就大步跨出门外走了，梅丽下意识跟上去两步，又突然停住。愣了半天转过身来，就听到老金发出一声撕裂般的怒吼，冲上来就给她一记耳光。老金倒下了，等他再次醒来已经是在三天后的医院里。身旁陪着他的不是梅丽，也不是他的姊妹，而是趴在床边拉着他手睡着的女儿。

老金后来才知道，自己倒下那天梅丽把他送进了医院，然后回家等到金花放学，告诉她：你爸爸住院了，你这几天请假去陪陪他，妈妈要出去一段时间。金花问她去哪儿，她说：家里没钱给你爸看病了，我跟别人去外地打工给你爸挣看病的钱。金花问她什么时候回来，可她什么也没说就背着包匆匆出了家门，似乎走得很决绝，一点也不打算回头看一眼身后的家和女儿。她带走了家里一半的存款。半个月后老金出院回家，一打开大门，迎面扑来一阵冷风，天阴沉沉的，角落里一片盆栽不知何时已成枯枝败叶。金花帮父亲背着从医院拿回来的行李走向客厅，一推开门，风一吹，尘土在一股霉味中凌乱，父女俩顿时呛得睁不开眼。她正打算跟父亲解释母亲的去向，老金将手挥了挥说：你去把东西放下吧。再看看家里有什么吃的，爸爸歇会儿给你做。老金不打算问梅丽去了哪里，住院的半个月，从睁开眼到现在他都没有再提起妻子，他其实早已想明白以后的日子是要自己带着女儿过。

老金拖着疲惫的身子给他和女儿做了晚饭，小米粥就着一包涪陵榨菜。金花没有作声，一直低头喝粥，老金端着碗一脸苍凉地看着女儿，过了好一会儿，金花忽然抬头和他对视着，眼神里充满胆怯。她问父亲：您怎么了？老金回过神来，眨巴几下干涩的眼睛说：没事，你吃饱了没有？没吃饱锅里还有！金花不由自主地摇摇头，又点点头结结巴巴回答：吃……吃饱了。

老金放下碗筷说：花儿，你十四岁了，爸爸想和你认真地谈一次。金花这些日子早有了一些不好的预感：好，您说嘛。你妈妈走了，家里就剩我和你两个人了，爸爸身体不好，从今以后你要学着照顾自己，要好好读书，你妈妈……她应该不会回来了……老金虽然很难说出这些话，但又必须跟女儿说明白。妈妈为什么不会回来？她就是出去给你挣钱看病了，她会回来的！金花从椅子上跳起来反驳道。金花的反应让原本病态憔悴的老金心里瞬间重燃对妻子出轨的怒火，他举起拳头使出全身的劲狠狠地捶在桌子上，扯着嗓子对女儿吼道：你妈给我挣个屁钱，她那是看我没用了，跟野男人跑了，你晓不晓得？她不会回来了，你就死了心吧。

金花怎么也不能相信母亲居然跟别的男人跑了。在之后的日子里，金花每天上学放学的路上总是感到时不时有人在她背后指指点点小声嘀咕。她们在说什么？她背着书包走几步有意停下，然后皱着眉头慢慢转身，见身后有两个妇女在不远处，看着她回头还照样指着她嘀嘀咕咕地说：这家人完了，她爸病了，她妈跟刘宝根那东西跑了。另一个妇女接茬说：就是就是！我就说嘛，以前打麻将我就觉得不对劲，你说这刘宝根光棍一条什么也没有，哪来的钱天天打麻将，肯定是她妈给的……

来到学校，从前那些跟她玩得好的小伙伴也渐渐疏远，似乎大家都在用异样的眼神瞟着她。她妈跟人跑了，你看她身上衣服脏兮兮的样，都几天没换了，离她远点。金花听到这些话居然也不敢上前反驳，虽然一直不想承认母亲跟人跑了的事实，但是她身上的衣服确实几天没换了，自己举起袖子靠着鼻子一闻，果然有一股子奇怪的味道。放学后，她揣着一肚子的气一路小跑回了家，父亲最近身体逐渐恢复稳定，又重新去厂里工作。趁他还没回来，金花扔下书包跑上楼，冲到房间里打开衣橱，上下扫了几眼翻腾出几件干净的衣服，立马转身飞奔到洗手间，就听莲蓬的水"哗啦啦"往下冲，金花站在喷头下打着香皂使劲搓全身。她突然觉得整个身体被掏空了，想着父亲对她说的话、邻居和同学对她的指指点点，弱小而无助的她犹如顶着瓢泼大雨，抱着双腿蹲了下来。自己才十四岁，在所有事情发生之前她明明可以幸福地长大，为什么会在她毫不知情的情况下什么都没了？她想不通，干脆就不想了。洗完澡后，她将换下来的那堆散发着酸臭的衣服胡乱卷成一团扔进了垃圾堆里，觉得这堆脏衣服就像那些人的眼神一样恶心。

好像扔掉那团旧衣服就扔掉了所有晦气和不幸，慢慢地，日子一点点恢复了原状。父亲的钢材厂虽不比从前兴旺，但总归是在他拖着病体打理下又回到了正常的轨道。金花的两个姑姑时不时来看望这父女俩，嫁给车间主任的大姑姑每回来都得给上一些脸色让她不好受：你这丫头都这么大了，也不知道帮你爸把家里收拾收拾，你看看这家糟的。真不知道你爸养你干什么的，到现在连饭都不会做，你能干吗？学你妈啊，打扮得花枝招展的勾引男人啊？大姑姑一边口水直往她脸上喷，一边用手指戳她的脑袋。有时候金花被她戳疼了，伸手就抓起大姑姑戳她脑袋的食指用力一掰甩到旁边，然后以同样的音量对大姑姑嚷道：我妈不是那样，我也不是我妈！说完她拔腿就跑。就听大姑姑在后面不依不饶地骂：小兔崽子，跟我凶。丫头片子养大了也是赔钱货！而没有工作的小姑姑每回去都不太说话，见她家里有什么需要帮忙洗的擦的会顺手帮上一把，但她并不关心这个没妈的侄女平时需不需要有人照顾。她只是每周来给他们做一顿晚饭，然后一定要等到老金回来她才回去，老金明白这个妹妹每回都等他回来再走，是因为她又没钱了。以前老金都是一千一千地塞给她，自从家里出了事，就少给五百。小姑姑也不嫌弃钱多钱少，反正只要能有钱带回去也就心满意足了。有一回老金也向她开了口，说：你平时要是有空就常来家里帮我照应照应花儿，她妈走了，我也顾不上她。小姑姑听了这话应声道：我这不是来帮你们做饭了嘛！

六年后，金花长大了，这是一段不算很长也并不短的时间。但对金花而言，这六年来她人生的改变是翻天覆地的。金花没想到自己初中还没念完就辍学了，不上学也是她自己决定的。可在当时的情况下，她不得不决定辍学这件"人生大事"。那年父亲不仅因为尿毒症一直虚弱无力，还在一次出差与人谈生意的路途中又突然发生了车祸，小腿粉碎性骨折。为了给父亲做小腿截肢手术，花光了家里剩下的不到十万块的存款。父亲被送进手术室的那天，金花又被大姑姑凶恶地拎出来大骂：你个死丫头，都是因为你，你爸才会这样。一个女孩子上学有什么用，什么都不会做，你个赔钱货，别在这假惺惺哭了，有本事去找你妈去……而就在那段时间，有一天傍晚，她刚准备开门进家，邻居打麻将的胖大嫂抖搂着一身一百五十斤的肥肉跑来告诉她：我今天去镇上买衣服看见你妈了，你妈回来了！

4

什么？我妈回来了？她现在在哪儿？金花听上去有些慌张，也有些兴奋！没错，走了两年的妈回来了！她当初出去说是给父亲挣钱看病，现在回来为什么不回家？金花带着满脑子的疑问和不确定的期待，从胖大嫂那儿打听到母亲的具体地址。父亲刚做完手术还躺在医院，她一摸口袋只有十块钱，这还是父亲出差前留给她的伙食费，一共三十块，每天用十块，父亲说只去三天。可第三天最后一张十块她还没来得及买饭，就接到父亲出了车祸被送进医院的消息。她胸口堵着一口气往村口跑去，半路拦下一辆去镇上的电动三轮，她对着开电动三轮的大洲急不可待地叫道：带我一段，去镇上！大洲哼了一声说：你去什么镇上，没妈的就是野！金花懒得跟他废话，没等他答应直接跳上三轮的后座，一下子掏出钱给他：十块，走不走？大洲见了钱也无可奈何，假装好心提醒：去了别瞎玩，回头别跟你爸说是搭我车去的。

三轮一路"突突突"开到镇上，金花顺着胖大嫂给的地址拐弯抹角找到了母亲现在住的地方，是一套砖房，只不过房子在大铁门里面，看起来是独门独院的样子。金花站在门口刚轻轻地敲了几下门，就听到门里面一只大狼狗吼叫着朝大门奔了过来，狼狗在门里撑着后腿立了起来一边叫着，一边前爪不断挠门，吓得金花猛然抱紧双臂，两条腿不自觉地直往后撤。大铁门里的女主人闻声出来，她怀里抱着刚满百天的孩子，边走边大吼着趴在铁门上的狼狗：去去……别叫了，孩子刚睡着就被你吵醒了。真是的，这谁啊……说着话女主人梅丽一只手护着怀里的孩子，一只手拉开了大门。她抬眼一看，不由愣了一下，还没等她反应过来，门外的金花眼泪簌簌地就下来了，金花一头扎进她的怀里，放声哭喊道：妈！你终于回来了！梅丽眼睛发直，直愣愣地站着不动，直到她怀里的孩子被金花的拥抱压哭了。这时她本能地将面前的金花一把推开，然后双臂紧紧抱住自己怀里的孩子，身子左右晃悠地哄着：不怕不怕！金花脸上挂着眼泪，她再次试探性叫了一声：妈。可梅丽还是顾着哄孩子不理她。这下金花急了，她跳起脚大声喊道：妈！是我啊！你怎么不理我！她没有想到她的迫切却惹来了梅丽的怒气。她皱起眉头，凶巴巴地对金花呵斥：叫什么叫，听得见！金花被母亲吓了一跳，这时她才明显觉察到眼前的母亲对她的态度十分不对。她大声吼了起来：妈，你不是说去给我爸挣钱看病的吗？怎么这么久都没回家？现在爸爸在医院里，你为什么还不回家啊？她留意到母亲怀里的孩子，感觉很不好地质问：你抱着的是谁的孩子？

　　然而眼前的母亲仍然不愿搭理她的话，只是转了个身，还是只顾着摇晃着哄怀里的孩子。这使金花恼羞成怒，她一把抹去脸上的泪，跟着跨上两步又绕到母亲面前，她刚准备开口接着说话，却被母亲及时打住：你在这儿等着……说着她就抱孩子进了屋，金花只得呆呆地站在原地等她出来。不一会儿，母亲一个人走了出来，她仿佛是鼓了一口子气走到金花面前，然后将手里攥着的几百块钱塞到金花的手里，毫不客气地说：拿着钱就走吧，别再来找我了！金花的泪水再一次夺眶而出，她不明白母亲为什么对她说出这样的话，甚至从见面到现在她喊了无数声妈，而母亲却连她的名字都没有叫！她"啪"地一下就把母亲手里的钱打散在地上。

我不要钱！我要你回家！金花终于抑制不住内心汹涌的委屈和抱怨，号啕大哭地对母亲吼道：你为什么不回家，你看看你走后家变成什么样了？你去看看爸爸，你去看看呀，他出车祸……够了！闭嘴！母亲不想再听她吼下去，她上前双手抓住金花的肩膀将她转了个身直往外推，边推边说：你看到了我有我的儿子了，你赶紧回去，回去！别来了！你爸和你家都跟我没关系，赶紧给我走……

你……你……金花气得想把她用力推回去，但怎么也使不上劲。这时候一个满脸胡茬的男人从门外走进来，看到这俩人正僵持不下，不问青红皂白一把上去从背后揪住她的胳膊往后一拉，一看竟然是金花的脸，便瞬间撒手将其摔倒在地。紧接着男人就对梅丽嚷道：是你叫她来的？

我哪有叫她来，是她自己找来的，你没看我正要撵她走吗！梅丽也恶狠狠向男人解释道。刘宝根，就是你！就是你抢走我妈，让我家变成这个样子！金花一见到刘宝根就像变了一个人，风吹干了她的眼泪，她阴沉着脸从地上爬着站起来，然后咬紧牙关，像一只小兽一般冲了上去，不由分说便狠狠向刘宝根的肚子踢了一脚，又乘他不备高举双手按住他的头，再两手一起揪住他的头发，面目狰狞胡乱揪住他拼命摇晃。刘宝根被她揪得头皮发麻，头晕目眩。母亲在身后拉着她的外套并扬起巴掌拍打她臂膀：死丫头，你给我把手松开，谁让你来的，赶紧滚回去……你拉我扯，三个人就这么原地打转纠缠着，可一个女孩子怎么能够拉扯过两个大人，刘宝根用力将被金花摁住的头猛然抬起，并且用双手迅速拦腰把她抱起，跨上两三大步将她扔到门外的地上，就听"咣当"一声，金花的后脑勺重重地撞在了背后红砖墙上，她只觉脑袋"嗡"的一下，瘫软的身体顺着墙面慢慢往下滑，一抹如同绸带宽的鲜血痕迹也自上而下地淌。看到这一幕，门里的母亲张开嘴巴，大惊失色，她的腿不自觉地跨出一步，就被刘宝根一把给拽了回来，接着立刻关紧自家的铁门。刘宝根指着梅丽，喘着粗气咬着牙警告：你少给我惹事，如果再让我发现你跟那个老不死的，和这个丫头还有联系，我就要你好看！

金花被刘宝根摔出来之后就晕了过去，等她再醒来的时候人已经躺在镇上的医院急诊室里，头上裹着纱布。她不记得是什么人将自己送到医院，身边空无一人。她想撑着床沿坐起来，然而摔破的后脑勺撕裂般疼痛。这时一个护士掀开帘子走进来，连忙上去扶起她，语气中带着怜悯：小姑娘你醒啦？放心吧，你没什么大事，就是后脑勺伤口摔得有一些深。你家里人呢？

5

此刻金花的头脑是空的，她根本就没听见护士在说什么，摔倒前的一幕幕在脑海里清晰重现，她一双眼睛发愣地看着前方，两手死死抓着被子，痛恨得咬牙切齿。护士看她的脸色发白，眼神里充满怒火的样子，小心翼翼拍了拍她肩膀问：你还有哪儿不舒服？她知道不可能是那两个坏人送她来的医院，回过神抬头问这护士：您知道是谁送我来的医院吗？护士说，是一个男的，但是没说他是谁，交完医药费他就走了。头上缠一圈纱布的她有一周没有去病房看父亲，后来去了也只是躲在门外，透过门缝偷偷地看一眼做完手术躺在病床上的父亲。她看到两个姑姑各自站在床的两边，父亲躺着还没有醒。就听大姑姑没好气地说：你看看他过的这是什么日子，女人跟野男人跑了，养个丫头片子也没了踪影，自己现在半死不活地躺在这儿，这叫个什么事！另一边小姑姑叹了口气，直摇头：这能怎么办？都是命，没人能替他受啊！大姑姑又哼了一声道：天灾人祸说的就是他，本来我还以为梅丽那个臭女人跑了，他还能再找一个好女人，这下彻底完了，一辈子只能瘫在床上了。金花在门外一字一句听着，每句话都像刀子割在她的心上，心里鲜血流得比头上还要多。她眼前又一次闪现母亲和那个男人对她恶语相加的场景。都是因为她，如果不是她跟人家跑了，家里就不会发生这么多的事情，父亲也不可能遭遇车祸，金花自己也就不会沦落到被人随意欺辱的境地。她越想越恨，越想越觉得不能再坐以待毙，她决定自己一定要做出一些什么事来，才能和这不公平的命运抗争。

　　一个月后，老金从医院出院回到家。在医院的时间每天度日如年，一开始他根本就无法接受截肢的事实。每当他从昏睡中清醒过来，都觉得自己是做了一场噩梦，可是这个噩梦每天都在延长，从黑夜延续到白天，再从白天拖进黑夜，这个梦始终是醒不来的。老金曾无数次去抚摸还剩下一半的腿，摸到膝盖处，他粗糙的手掌不由自主地就去抓住膝盖前面被截断的那部分，而他的手背随着全身的力量暴出一根根鲜明的青筋。这种负面情绪持续了有大半个月，直到有一天金花头上的纱布拆了，她才敢进到父亲的病房去看他。那是一个下午，窗外夕阳正浓，一阵微微的风吹得浅蓝色窗帘徐徐摆动。这是老金做完手术第一次头脑清晰地看到女儿，他坐着靠在床头，眼睛微微睁开，依旧没有太多体力。他问：这么久了，你都在哪儿？也没见你来！

　　我来过，您睡着的时候我都来过，您不知道而已。金花看父亲一眼，又怕父亲看出什么，时不时低下头避免与他眼神对视。你最近都吃饱没？老金说着话便控制不住眼皮耷拉下来，爸爸现在没用了，成了废人了，如果有一天爸爸不在了，你自己要好好的……

金花听着这话，泪水一下子从眼睛里喷了出来，"扑通"一声双腿跪下，拼命摇头，抓住父亲的手说：不是！不是！爸爸不是废人，一定会好起来的！我已经没有妈妈了，我不能再没有爸爸啊！求求您不要放弃。我们会过好的，只要有我和您在，我们的家就在，您不要丢下我一个人不管，行不行？

6

老金出院的时候正是九月份开学季，本该开学升初三的金花，这一天却没有到学校报到。她没有告诉任何人自己做了退学的决定，就这样开始了早出晚归去打工的日子。她在县城的一家酒店找到一份服务员的工作。那年她十四岁，长了一米六的个子，穿上红色的工作服还算看得过去。这是一家私人开的酒店，一共两层，楼下是大厅，能摆上十几个圆桌，楼上有五六个小包间。金花通常都在一楼大厅给客人服务，每天早上十点上班，中午酒店开始营业，一直到晚上八点下班才能返回家去。有时候天黑搭不到电动三轮，她就只能在漆黑的晚上顺着路灯一路跑回家。可这一跑时间就浪费在路上了。有时回家晚，父亲就会开着房间的灯一直等她到家。父亲坐在床上发出一声：回来了！金花刚摸着黑蹑手蹑脚上楼，想迅速窜回自己房间，又心惊胆战地推开父亲的房门，做贼心虚地"嗯"了一声，说：我去睡了，便想赶紧溜走。但是这一回她却被父亲叫住了：你过来。他理了理床边的被子叫女儿坐下。金花只好乖乖地坐到床边，就是不太敢直视父亲的眼睛，怕他是不是知道了自己出去打工的事。果然父亲神色严肃地问她：最近怎么都这么晚才回家？都快十一点了！

金花一脸慌张，两只手紧紧握在一起低头小声撒谎说：最近作业多，老师让上完晚自修才回来……她两手揪着，眉眼一点都不敢往上抬。父亲忽然用两只胳膊撑着两边把身体向上挪了挪，金花以为他发现了自己说了谎，准备要骂她。可下一秒，她两只冰冷的手感到了一阵温暖，父亲伸出他捂在被子里的大手握住了女儿两只在腿上磨蹭不安的小手。他放低声拍拍女儿说：这段时间苦了你了，家里出了这么多的事，我又变成这样，没人管你喝没人管你吃，天很快就冷了，换季的衣服也没给你准备。说着话父亲长长地叹了一口气，金花心头一块石头一下子落了地，她抿着嘴摇摇头。父亲又说：今天工厂里的李叔来看我了，我前几天拜托他帮我找的东西找到了。

您要找什么东西？金花转过身面向父亲问。喏！父亲伸出胳膊指着立在墙角的一副拐杖给金花看，就是这个东西。

拐杖？金花几乎惊讶地瞪大了眼，又怀疑地问：您能用吗？现在拄拐是不是太早了，能行吗？

父亲撇嘴一笑：能行，慢慢来就好了……金花真的已经太久没有看见父亲脸上露出笑容了，上次父亲笑是什么时候？几年前过年的时候？还是一家人去公园拍照的时候？真的太久了，久到连金花自己都要忘了微笑。可是接着，父亲盯着她的脸问：你妈回来了，你知道不？

金花听到"你妈"两个字顿时心又提了起来，她再次低下眉眼嗯了一声。父亲深吸了一口气，同样点点头说：我猜到你已经知道了这件事……我没有去找她！还没等父亲说完，金花便情绪激动地回应。你怎么了？我又没说你去找她了！即使你想去，爸爸也不会阻拦你，毕竟那是你妈……我不可能去找她，更不会再认她，我这一辈子都不想再见到她。金花提到母亲从内心到外表都非常愤怒，她瞪眼诅咒母亲，这个女人就是个蛇蝎，她不会有好下场。我们以后都不要再提她了，就当这个人已经死掉了，我就不信没有她，我们就过不了了。

7

半年后，老金经过反复练习已经能挂着拐杖慢慢往前挪步了。尿毒症经过药物治疗也得到了很好的控制。他也想通了，为了孩子，他一个大男人必须重新站起来。腊月寒冬，老金终于能够挂起拐杖稳稳地站在镜子面前，整理身上的衣裳，理了理逐渐花白的头发，他想让自己看上去显得精神一些。楼下传来一阵电动三轮车声，老金知道是厂里的张会计来了，他一步步地向阳台走去，朝下面响亮地喊了一声：老张！上来吧！楼下的人一听老金吆喝，抬头笑着回应：好嘞，我这就上去。老张一路小跑上楼，别在裤腰带上的钥匙串发出了欢快的声响。还没进房间门，他就兴致勃勃地对老金说：太好了，大伙都盼着您回去呢！老金已经很久没有回钢材厂了，他真的想过放弃这一切。当时别说是管理工厂了，他连自己都管不了。然而，就像女儿说的那样，不管怎样，只要自己和金花还在，这个家就还在。所以，他不能放弃自己，他决定为了自己跟女儿的将来重整旗鼓。如今厂里的情况远比老金想象中要好很多，之前云南的应付款，虽然是因为临时周转不开拖延了时间，好在对方是合作多次的老客户，还是很有诚信地把款项打了进来，这才让工厂在一片慌乱的情况下能继续运营。老金当初也有意栽培了几个得力助手，就在他生病住院期间，这几个人多多少少又接了几单生意，使得工厂如今逐渐恢复了正常运营。用老张的话说，现在虽然比不上十多年前那么兴旺，但是只要金老板回来带着我们接着干，就不怕没有东山再起的一天。就这么的，老金越来越适应了单腿挂拐杖的生活，每天由老张用电动三轮接送，他又重新开始了工作。至于金花，依然在那家酒店继续打工。直到有一天，老金去县城办事，他正坐在三轮上等进超市买东西的老张，一抬头恰好看见金花的班主任拎着几袋东西从超市里出来。班主任热情地与老金寒暄：金花爸爸，好长时间没见到你了，今天在这儿碰到了，你现在怎么样了？说着话班主任眼睛上下打量着他。老金无奈笑笑，摸着拐杖说：没事了，都好了。班主任也害怕聊得尴尬，就笑了笑说：好了就好！接着脱口问了一句，金花现在在家做什么？我都好久没看到她了？这句话把老金问蒙了：金花？金花不是在学校，最近要考试了吗？周末也要去学校补课，你怎么说好久没看到她了？听到老金这样说，班主任眨巴着眼睛莫名其妙地问：金花这学期没来上学，您不晓得吗？她秋天开学的时候就退学了！

　　这怎么可能，她退学了？这么大的事，我居然一点都不晓得！老金全身打战，满脸的皱纹纠结在一起。他追问为什么在她退学的时候，学校不找家长核实。班主任也很无奈地告诉他，当时金花向学校申请退学的时候，前前后后折腾了一周。老师们要上门找家长问清楚情况，可金花死活不让他们去跟家里人见面。说，家里现在根本没有人。她知道家里的情况已经在方圆十里传遍了，索性下狠心跟学校老师说：我妈跟人跑了，我爸腿轧断了，反正这学我肯定是上不下去了。即便是继续读下去，我成绩也不会好了。如果你们非要去找我家里人核实退学的事，那就是在逼我彻底消失在这个世上。班主任说，当时金花说这些话的时候眼神充满了绝望和决绝，令他们这些大人都感到很诧异。最后，老师们好说歹说才说服她不要有这么极端的想法。他们暂且答应她不去找家长，但前提条件是让她写下一份保证书，保证她本人对退学负全责，一切后果与学校无关。班主任在向老金说明金花退学的经过后，又反过来劝他，其实退学这件事理论上孩子做得是不对，也没经过家长同意，但是情况的确很特殊，这孩子内外受委屈，你们家里肯定也顾不上她。我们问她，退学以后准备做什么，她说她要回家帮爸爸……

8

尽管班主任的劝慰不无道理，但老金还是难以接受，他拍着那条断腿咬着牙愤愤地说：这孩子怎么这么不让人省心，家里出再大的事跟她上不上学有什么关系？老张在前面驾驶着三轮，回头也劝老金：您别气了，孩子大了有自己的想法了。我带您去饭店吃点饭，消消气！老张带着老金来到了酒店，在一楼大厅点了一些菜，开玩笑地对他说：金老板，咱今天就吃点菜，等您身体好了，下次我请您好好喝一顿酒。说着老张拿着菜单扭头吆喝道：服务员点菜！随即一个身穿工作服的服务员从不远处拿着笔和本子走到了他们的桌边，她习惯性地问：请问要点一些什么？老张只顾低头看着菜单，压根没注意到面前的服务员是谁，就听桌上的碗筷猛然一震，老张吓得手一抖菜单就掉下了地。他抬头看了一眼，这服务员看上去似乎很眼熟，他下意识地张开了嘴，不确定地叫了声：金花。这才转头看向坐在旁边的老金，就看着老金脸色发青，一条腿在桌子下面直颤，两只手抓住桌边好像随时都能把桌子掀了。再看面前的金花，同样是被吓得脸色发白，手足无措，又不能走掉，只能像一根火柴一样木讷地立在原地。她和老金两个人互相对视着，却谁也不开口说话。晚上，老张把老金送回家后，一直都没有走。他小声提醒老金：有什么话，孩子回来后好好跟她说，千万别动气。老金从饭店回来脸上一直阴沉着，一句话都没说。老张更是恐慌得连饭都没吃就把老金从县城拖了回来。老金把拐杖扔到一边，俩人就这样一直在楼下客厅坐着。一直到时针指向十点的方向，才听到院里大门被推开的声音。金花回来了？老张走到院里去迎接她，他拉着金花的胳膊说：你爸在等你，你进去好好跟他解释解释就好了。还没等老张跟金花说完，老金在里面提高了声音，说：老张，你走吧。金花无力地看一眼老张，努力稳定情绪说：没事张叔，这事我爸迟早要知道，我进去跟他说。老张看这父女俩的状况，实在是放心不下，但又不得不顾及老金的面子，便一直待在门外观察着动态。

虽然老金心里明白，金花之所以这么坚决地选择退学必然是有非如此不可的原因，可是他一想到这么大的事，她居然没跟自己说一声就办了，这么久每天还装得像真在学校上自习一样，他忽然觉得这个孩子的心思太可怕了，她怎么能面不改色心不跳地欺骗自己呢？金花从外边走进了屋里，不用等老金开口盘问她，自己就把退学的事情前后经过交代出来。老金一直克制着自己，语气平静地问她，那为什么不跟自己商量再做决定？她说我的事自己做主就够了。

自己做主就够了！这句话终于让老金按捺不住性子了，他抬起胳膊连续"啪啪啪"地猛拍桌子：你能做什么主？你才多大个人，什么时候轮到你做主了？你是看我腿断了，管不了你了是吧？老金颤抖着胳膊，在昏暗的灯光下声嘶力竭地对金花吼着。她被父亲责骂得低头一声不吭。就听父亲接着说：你……你明天就给我回学校上课，我去找你们校长说。

我不去！金花抬起头看着父亲的眼睛，语气是那么坚定。父亲气得想去扇她一巴掌，伸出去的胳膊却停在半空中，他怒火冲天地又拍桌子，骂道：你个没出息的东西，不上学你能干吗？你怎么就这么不知好歹！老金骂着骂着就老泪纵横，最后竟直打自己的腿。金花一直强忍的泪水，随着"扑通"一声和双腿一起落到地面。她跪在地上，泪流满面地说：爸，我不能让人天天看我笑话。我骗了您，我不上学是因为我去找过梅丽那个女人，我以为她会回家跟我们在一起，可是她连同刘宝根那个混蛋把我赶出来了，还说她已经有了自己的孩子，不要我了……事实上，老金早就预料到金花迟早都会去找梅丽，他知道没有一个孩子听说妈妈回来了不想见的。甚至有一度他很希望女儿能去找自己的母亲，依照他当时被车祸轧断腿的状况，假如说女儿能跟着母亲一起生活那是最好的情况。如果今天不是把金花逼得和盘托出，老金怎么也没有想到这中间居然发生了这么多的事。金花在冰冷的水泥地上跪着爬到了父亲腿下，她冰凉的手慌乱地抓着父亲揪膝盖的手，眼神里充满哀求。她央求父亲让她出去闯荡，再过几年她就十八岁了，她不想被人看不起。她在父亲面前发誓，绝不会做出出格的事，她只想凭自己的能力去做一些有价值的事。那一晚，金花不知自己在父亲面前跪了多久，她只记得她和父亲最后都哭成了泪人。第二天早上天刚亮，她狼狈地拿着盆去院里打水时，才发现老张居然在门口的凳子上坐着睡了一宿，这是十一月份的深秋，天气还不算太冷，幸好那晚没有下雨。

后来，老金对金花不去上学的事情也不做过分的勉强。他想，如果继续让金花每天待在这个走三步就见到熟人的地方，光是街坊邻居的唾沫星子就能淹死人。在往后的日子里，他要金花答应自己即使是出去打工，也一定要做正经职业，不允许走歪门邪道。于是，金花总算不用再偷偷摸摸地出去打工，她每天早出晚归，在县城饭店的服务员没有做多久，就又寻摸到了更好的工作。这是在绵阳市里的一家私人小公司，面试时，为了让自己显得成熟一些，金花特地从衣柜里翻出一件西装领的外套，又穿了从床底下掏出来的一双梅丽留下的高跟鞋，再加上她高挑的身材，公司面试的负责人给她安排了一份前台接待的工作。这份工作的薪水自然是要比服务员的工资高一些，说出去也算体面。市区距离家的路程并没有让她变得更轻松。每天还是天不亮就出门，先从村里搭电动三轮到县城，再在县城乘公交去市里，最后还要再跑上二十分钟到达公司，这一天来回两趟折腾下来，三四个小时就耗在路上了。好在这公司是家做广告的正规公司，她的前台工作做得也算是顺利，平时见到人只是嘴角微微一笑，礼貌点头打一声招呼便立刻回到自己的座位上了。哪怕是接待客户，也都只是把客户带到会议室，为他们倒好茶水，简单安排一下就赶忙出来。她知道自己文化水平不高，生怕说错话令客户不高兴。在这家公司做了两年后，公司老板是女的，所以金花会时不时关注到她。有一回晚上外面下起了暴雨，公司里的人都草草结束了手上的工作，很早就下了班。金花也在座位上收拾着准备回家，临走前她向里面扫了一眼，发现一片空旷，但是靠近最里面办公室的门虚掩着，还亮着灯。她以为是办公室里的人走了，灯还没关掉，就朝那间办公室走去。一推开门却发现老板闭着眼睛躺在沙发上，她小心翼翼地站在门口，轻声敲了敲门，叫了两声老板。然而躺在沙发上的老板一点反应也没有，金花觉得这样的状态很不对，她壮着胆走到沙发旁边，用手摇了摇老板的身体，她仍然没有反应，脸红通通的，还不时地喷出一股子浓烈的酒气。金花突然意识到这一情况很不好，她瞪大眼睛，转身慌里慌张地拨通了120的救护电话。她陪着救护车把老板送到医院后，才知道她是中午喝了太多酒晕了过去，还差点酒精中毒。老板在医院躺到半夜才算醒过来，医生说，幸亏今天有人及时发现，要不然后果一定比现在严重得多。

9

从那件事之后。老板见金花做事谨慎又得体，想把她从前台调到身边做助理。却不想金花递给她一份辞职信。老板不解地问她：干得好好的为什么突然要辞职？是嫌薪水不够，还是公司有人欺负了你？金花笑着摇摇头说都不是，接着她又把手里的一张报名单给老板看。她说，真的很感谢在公司这段时间老板对她的扶持与照顾，当时她来面试的时候明知道自己身份证上的年龄还没满十八岁，老板还是没有揭穿地收下了她。她也知道自己实际上并没有任何一技之长，所以她不想一直这样下去。从长远考虑想去学习一门技术，那张报名单就是学习开挖掘机的课程。可是众所周知，开挖掘机的基本都是男孩子，老板说：即使你想学一门技术，怎么会选择这一项？她笑笑说，就是因为没有女孩子做的事才想去尝试。如果有一天真的学会了，那就是自己的真本事！

可是，她没有想到开挖掘机实际上也是一件体力活。金花在这个班上是屈指可数的女孩子，那年她十六岁。技校里只有三台挖掘机，一到实践操作的那一天，几十个学员都争先恐后地去抢那三台破旧的挖掘机。金花虽然个高腿长，但比起那些体格健壮的男孩子，她总是要等到最后一个，才等到上车实践的机会。令她更加为难的是，别人都是脚一蹬腿一跨就轻轻松松上了驾驶座，到她那儿每回都要四肢并用爬上去。当她回去告诉父亲自己在学挖掘机，父亲一脸严肃地泼她冷水道：学这个能有什么用，以后是打算去工地替人挖土吗？至于她那两个姑姑更是在来家里看父亲时，嘲笑她学上不好，尽搞这些歪门邪道的事！而如今的金花也不像从前那么好欺负了，听到姑姑这么说，她双手抱臂，头抬得高高地"哼"一声冷笑着说：我搞不搞歪门邪道我自己知道，学出来是我的本事，我就靠这个养活自己怎么了？我又不像有些人动不动打着探望的名义来蹭点什么。

老金的拐杖拄得是越发灵活了，他似乎越来越能接受现在这样无色无味的生活。弟弟逃了、妻子跑了，连自己的腿也未能幸免。他很清楚钢材厂根本不会像过去那样兴旺。他内心自始至终都是绝望的，老金觉得自己的后半生必然是一场躲不过去的浩劫，他不想再躲了，决定听天由命吧！金花心里也一直在打鼓，这挖掘机学出来到底能去做个什么样的工作？难不成真的要去工地替人挖土？那天，她去县城街上打算买一件新衣服找工作的时候穿。从一家女装店出来，抬眼就看到梅丽和那个野男人领着一个小男孩逛街买玩具。那一瞬间，她脑海里一闪而过的是小时候和父母一起去公园的场景。她咬着下嘴唇，胸口憋着一口气，手都快把装衣服的袋子扯破了。金花忽然一个猛子向那一家人冲了上去，她做好了撕破梅丽脸的准备，她甚至想过尾随他们，趁两个大人不注意把中间的那个孩子一把抱起，然后摔到楼梯下面，就像那次刘宝根摔她那样。然而，就在她即将冲到那一家三口面前的时候，突然被一个从侧面快速跑过的身影撞得转了个圈，还没等她完全醒悟过来，迎面的一家三口早已消失了，而刚刚撞她的那个人也像一阵疾风"呼"地一闪，飘了过去。

10

开挖掘机的工作果然不好找到，她连续一个月面试了几个相关的工作都没有成功，原因之一就是人家嫌她是个女的，认为她肯定做不好这项工作，况且真正要做挖掘机工作需要出示技术资格证和技能等级证书，而金花只有一个技校发的培训合格证，这个对于应聘工作并没有太大作用。她也只好暂时待在家中给父亲做饭，除了出去买菜，她整天只愿在家里窝着。老金劝她要是实在找不到工作，就去自家的钢材厂上班，反正这些迟早都要交给她。但金花偏偏就是不愿意做与生意有关的工作，她说自己天生不是经商的料，更不想参与商场上的尔虞我诈。父亲没再勉强她，只是说钢材厂她不想经营可以，可是得答应他一个要求，那就是必须要跟他去见一个人。金花见父亲如此爽快地答应自己，那么他这个要求的分量必然不轻。果然，父亲要她见的是一个相亲对象，是邻村赵会计家的儿子赵云。那年金花二十岁，她不同意父亲就这么把她交代出去。她用两顿不吃饭来反抗，质问父亲，为什么没有经过她本人的同意就擅自做主让她和赵云交往，居然连人家礼都收了，没有尊重她的意见。父亲反问她：那你当初退学经过我同意了吗？做你老子的就不能替你做一回主？父亲最后拍板对她发下指令：这件事就这么定了，回头两家人定好日子就把事给你们办了。

你们定了？我的终身大事凭什么你们一句话就给定了？他是谁啊？我都还没见过他一面，我为什么要嫁给一个陌生人？金花觉得父亲的做法实在荒谬，可父亲就这么坚持自己的决定，说什么也要让金花嫁给赵云。金花恼羞成怒故意将父亲的意思往歪里说：也对，其实你想早点把我推给别人，这样省得给你找麻烦了。她满脸倔强地又说：我就不让你得逞，这个人我绝对不嫁！然后掉头就跑了出去，这一跑三天三夜也没回家。赵家得知金花跑出去的消息，一家人赶紧来到老金家中。老金汗颜地站起来向赵家人鞠躬道歉，说自己没教好女儿，家里如今是这样的状况，赵家非但不嫌弃他们，还同意娶金花，这是多不容易的事。哪知道会弄成现在这样，真是很对不起他们。赵会计安慰垂头丧气的老金，如果金花实在不愿意，做大人的就别勉强孩子了，况且这件事确实太仓促了。两家人互相劝慰致歉，眼看这件事就要黄了。一旁不作声的赵云用淡淡的口气说了句：我今天留下来照顾金叔，爸妈你们先回去吧。这令三位长辈都很诧异，幸好过了没几天金花还是回来了。这一次，两人才算是正式见面。金花回到家里，正是黄昏时候，快要下山的太阳就悬在她家的红瓦屋顶上，她推开院里的大门，看到的是晾衣绳上晒出的衣服和床单，挂在院里满满当当，空气里还漂浮着香皂清新的味道。她心生怀疑地往里走去，刚进门就又嗅到从厨房里散发出的饭菜的香味，听着里面铁锅跟铲子碰撞的声音，她下意识地以为是母亲回来了。她三两步跨进客厅的门，就看到赵云一米七八的个子围着略显短小的围裙从厨房里端着两盘菜走出来。赵云看着满脸疲倦的金花挎着包直愣地站在那儿，突然慌张到不知道该说什么，只是发自内心地呵呵一乐说：你回来了，吃饭！于是，这门相亲的婚事就这样成了。

11

为人老实憨厚的赵云，在婚后为了方便照顾金花父亲，决定留在老金家居住。金花问他，这样做他的父母会不会有意见，觉得他是"倒插门"，赵云豁达地说，不会！家里父母都是开明的人。赵云还帮着老金管理着钢材厂，又加上赵家的帮衬，钢材厂又逐渐有了起色。老金跟赵云说了很多次，想把钢材厂彻底交给赵云打理，可赵云总是向岳父推辞道，自己帮忙看管看管是可以，但是大局还是要老金来掌控。金花最终还是没向着挖掘机的方向继续坚持，初中没上完的她，在赵云的支持下又去学了计算机的课程，接着在市区找到一份文员的工作。赵云见她每天上下班路上辛苦很心疼，经常开着摩托车接送她。他们的日子眼看着过得越来越好了，而老金在五年后的春天还是因为尿毒症过世了。老金走之前一直拉着女婿的手，笑着说赵云是个踏实人，把金花和家交给他，自己就放心了。老金走得很安详，因为有赵云和金花婆家人在，丧事办得很体面。金花知道这是她一个人做不到的。父亲的葬礼上，两个姑姑也来送葬。小姑姑哭得很厉害，长跪不起，她觉得很对不起哥哥，自己过去总想问哥哥要点钱才来给他帮忙。大姑姑仍是一张冷冰冰的脸，简单地磕头上香，出了份子钱。临走前，还不忘呲金花一句：你看你爸这辈子叫你和你那个妈折磨成什么样了。金花始终不明白大姑姑为什么总是看不惯她，非得把她和那个女人扯在一块儿，难道就因为自己是她生的？还是因为自己是个女孩？父亲走后，赵云成了家里的顶梁柱，而金花有自己的主见，她决定把家里的房子卖掉。价格多少并不是特别重要，父亲离开了，她实在没有办法在那个家里继续生活下去，回忆太多，美好的不堪的，她想丢掉那些充满悲戚的过去。他们搬回赵云父母家居住，没多久也有了自己的孩子，是一个儿子。怀孩子的时候，金花一直期望肚子里是个男孩，因为在他们那里男孩总是会给人带来更多希望。

等到孩子长到两岁的时候，久未谋面的梅丽不知从哪得知自己有了一个外孙，她拎着东西找到金花现在的家，厚着脸皮敲开了门，开门的是赵云。赵云站门口想半天才跟梅丽打招呼说：您是来看花儿的吧？梅丽听了笑着点头。这时，金花抱着孩子闻声出来，刚问一声：是谁来了？一眼看到站在门口头发些许花白的梅丽，表情凝重愣了两秒，紧接着干脆利索走上前去把门"嘭"一声关上。然后转身边走边叮嘱赵云，她再来敲门就放狗出去！金花抱着孩子往回走，赵云紧跟在身后，试图劝慰她说：孩子外婆都来了，就让她进来吧！金花回到家里什么也不想说，只是眼里充满了恨。赵云轻轻摇晃她的肩膀劝说道：都过去了，我知道你恨她，但咱们不能像她当初把你赶出去一样也这么赶她！金花惊讶地抬头看着他，问赵云怎么会知道自己当初被梅丽赶出去过。赵云坐到她身旁，伸手摸了摸她后脑勺头发里的一块疤，回忆起当年的事告诉她，当初她被梅丽和刘宝根赶出来头撞到墙上，就是自己送她去的医院。后来一次，在商场把她撞了的人也是赵云。金花瞪大了眼感到十分惊愕。原来，赵云从小就在邻村见到过她，上初中的时候他就在她隔壁的那个班，只是金花从没注意过赵云。后来，他听说金花退学了，也悄悄到她家门口去看过。那天赵云恰好和父亲去采购，在路上就看到她急急忙忙下了电动三轮，然后他就一路小跑跟在了她身后，于是金花在母亲那里发生的一切赵云都亲眼目睹。再后来，他更是时刻关注金花的生活。

金花被丈夫的话感动得直哭，她趴在赵云的怀里说：原来我一直不是一个人，原来你一直都在。

话还没说完，他们就感到房子里一阵强烈晃动，眼看着头上的灯泡，桌上的杯具全部摇晃起来，他们一时间傻了眼，赵云似乎意识到要发生什么，一声"不好！"他一把搂着金花和孩子，撒腿就拼尽全力往外跑。大约只有不到十秒的时间，万幸他们一家跑了出去。此刻外面到处是慌乱的人群，在人们慌乱的奔跑中，地面震动得越发厉害，不到两分钟，路两旁的房子、树木、电线杆逐渐倒塌，这就是 2008 年 5 月 12 日四川汶川大地震。一座城，在一个普通的日子，几分钟内变成了一片废墟，所有人都在荒野里求生。孩子撕心裂肺地哭泣，疯狂地逃跑……赵云拥着金花和孩子不知道跑了多远，终于逃到了一片人群聚集的广场上。金花紧紧搂着被吓坏哭泣的孩子，夫妻俩从慌乱中反应过来，赵云的父母中午出去办事还没回家，她立刻让赵云打电话联系父母，但是地震发生后手机信号已经完全不通。赵云急得要发疯了，金花让他赶紧去寻找父母的下落，并叫丈夫放心自己和孩子。金花带着孩子站在广场拥挤的人群之中，眼前的景象是梦中都没有出现过的恐怖。身边除了一张张惊魂未定的面孔，就是一声声惨痛的哭叫。

　　两天过去了，一辆辆军车和救护车陆续抵达，一场巨大的救援拉开大幕。现场开来了一辆大型挖掘机，在一堆倒塌废墟上开始挖人的作业，可是没过多久，正在驾驶座上操纵挖掘机的师傅突然对下面发出了一阵呼救，因心脏疼痛不得不撤离驾驶座。救援人员紧急在现场寻求会操纵挖掘机的人，金花想都没想抱着怀里的孩子从人群里挤出来高声喊道：我会！她二话不说便把孩子交给了一个大姐，紧跟着三步两蹿就爬上了驾驶座，在救援人员的指挥下，她沉住气集中精力操纵挖掘机，十几个来回才把那片废墟剥开，直到下面的人喊：停停……她透过挡风玻璃看到一个穿着枣红外套的女人从废墟里被人拖了出来，在看清这个满脸血迹的女人之后，金花眼里的泪刹那决堤，颤抖着叫着：妈……

隔·年

1

　　腊月二十九清晨，芸汐正在出租房里收拾准备回家过年的行李。这是位于武汉市区的一套两居室出租房，她和室友刘姗在这套房子里合租已经快两年了。芸汐甩着长长的马尾辫火急火燎地从房间跑到客厅，又从客厅跑到厨房，连洗手间也不放过，一上午反反复复好几趟，生怕遗漏了什么没能装进行李箱带回去。她的脚踩在地板上"嗒嗒"地响，满是回家过年的喜悦。刘姗的反应倒是跟芸汐完全相反，她处变不惊地盘腿坐在沙发上，一手拿着电视遥控器，一手往嘴里塞薯片，看上去一点也没有要打算回家过年的意思。芸汐又从冰箱里翻出前两天买到的两袋真空扒鸡，走到客厅才注意到坐在沙发上的室友，她纳闷地停下问：这都快中午了，你怎么还不收拾收拾东西？就听刘姗满嘴嚼着薯片耸了耸肩回她：我不回去了，在哪儿过都是过，反正这月的房租也交了。她喝了一口水，又想到了什么提醒芸汐：你一会去车站得小心点儿啊，我听说最近好像是因为什么病毒，车站机场都查得还挺严。是吗？就是这几天在传的那个流感吗？平时忙工作一天忙到回家倒头就睡的她，压根没有时间注意流感病毒这件事。芸汐怏怏然地说：应该没事，我票都买好了，要是真有事，票应该是买不到的吧？刘姗一想也对：那就祝你一路顺风，新年快乐呀！

芸汐早在半个月前抢到了今天下午的高铁票，上午不到十点她就将房间里的行李一件件地拖到了门口，她边往身上背着包，边对刘姗道别。刘姗起身走到门口送她，问要不要一起送她到车站，芸汐高兴得连连摆手：我已经在滴滴上叫好车了。正当她要开门出发时，刘姗的手机上出现了今日上午十点武汉开始封城的新闻。什么？十点就要封城了？这回家的车票提前半个月就买好了，明天就是年三十了，假如今天走不了岂不是不能回家过年了！芸汐焦急地掏出手机查看今天武汉封城的消息，没想到居然还真有记者在现场直播封闭火车站了，手机画面上火车站现场一片混乱，所有人都拥堵在进站口，很多人都在抱怨，多少天前就抢到了票，这下是走不成了。可芸汐顾不得那么多了，她急忙换了鞋，提起行李自言自语地说：不行，不管它封没封我都得走了，去了再说……

当她拖着行李还没走到小区大门，便看到迎面开进来一辆救护车，附近围了一圈的人，芸汐脚下有些迟疑，心想大过年的怎么有救护车进小区呢？恍惚了一会儿，又急匆匆地向大门外走去。走到门口发现聚集的人越来越多，她被社区人员拦下告知，小区现在就要被封，外面的人不得进来，里面的居民也不能出去。芸汐一手拖着行李，身后背着沉重的背包，焦急地问：为什么呀？我是要赶着去高铁站回家过年的。在门口的几个保安和社区人员火急火燎地说：现在病毒已经在武汉蔓延了，小区里已经有一户两人感染了，里面的居民都需要进行隔离排查，请你赶紧回去……芸汐还是不死心，她对着拦在大门口的人心急地叫道：我是要回老家过年的呀，我又没感染病毒，为什么不让我走？拦在门口的人不耐烦地吼着：还不是你们这些外地人来我们这儿租房，谁知道是不是你们从外面带来的问题。正说着，刚刚那辆开进来的救护车，抬上去一个四十几岁的男人，后面跟着一个女人也上了车，随即救护车发出"呼啦呼啦"声开出了小区，芸汐想低着头跟着后面逃出去，却还是被手握着遥控的保安一杆拦下。紧接着那些人如同驱赶飞禽走兽般，把聚集在门口的人全都赶了回去。一个社区的领导，不知从哪儿掏出大喇叭就嘶喊：刚才抬走的就是感染病毒的，现在这种病毒已经扩散开了。你们谁不要命就从这儿翻出去；还想好好活着的，就赶紧老老实实回家待着。芸汐看这架势本准备上前找他们理论，再据理力争一下，这时手机响了，一看号码就知道是滴滴司机打来的。她接起电话正要对司机说抱歉，让他稍等一会儿。电话里却比她先发出道歉：不好意思啊，您约的车我现在可能过不来了，路上突然交通管制，车在桥上走不动了，麻烦您取消订单吧。芸汐被接二连三的阻拦弄得一愣一愣的，她简直要崩溃了。随着门口保安又一声声催赶，她也只好愤愤地拖着行李返回出租房。

被困在出租房里的芸汐和刘姗只能结伴过这个年了。刘姗倒是无所谓，她父母很早就离了婚，她从小就习惯了独立。芸汐就不同了，自从三年前来武汉工作，她每年就盼着过年能回家看看父母，家里就她一个孩子，父母肯定很想她。

次日就是大年三十，刘姗在客厅里摆上一桌子菜，烧开一个火锅。电视从下午一直开着，她在外面叫了一声：芸汐出来吧，吃年夜饭了！房间里好一会儿也没人答应。她知道芸汐今天没走成心里不好受，刘姗摩挲着手推开了房门，芸汐情绪低落地坐在床上揪着毛绒兔子，刘姗一副大大咧咧的样子，走到床边一把拽起她的胳膊，说：好了，您这嘴都噘成车厘子了，赶紧下来，吃饭去吧。就这么硬拉死拽，两人终于坐上了桌。刘姗问她：喝酒不？芸汐深深叹了一口气说：喝！反正也回不去了！大过年的，除了热气腾腾的火锅和电视上的春晚，最有过年样的，还有此起彼伏的拜年微信声。刘姗一边捞着锅里的菜，一边翻着手机回复消息。再看芸汐，从一周前就盼着过年的人，这会儿连手机碰都不想碰了，就任手机在一旁响。

"手机一直响你怎么不回啊？"

"都是群发的信息没什么可回的。"

"那他呢，你的晖宁哥呢？你发给他了吗？"

"还没！"她抿嘴摇头。

"你可真行！一条微信你从圣诞就开始酝酿，然后是元旦，这会儿都过年了，还没发出去。真不知道这人到底是何方的神圣，让你这么纠结又牵肠挂肚？我说，你俩平时联系吗？"

"算……联系吧……"芸汐的表情有些迟疑，然后"呵"一声笑着说："在微信朋友圈里能见着，朋友在看里偶尔能互动！"

2

杨晖宁是芸汐从小就仰慕的男孩，以前在老家他们曾做过七八年的邻居。他在那时候就是一副斯斯文文的样子，是女孩心中穿着白衬衫的翩翩少年。他每次跟人说话总是笑意满面，他的声音是那么好听！总之，芸汐一旦跟人说起杨晖宁，她的眼睛里都能闪出光。他始终是一个完美到找不到一丝瑕疵的男神形象。芸汐一直记得，那些年每天早晨去上学时，如果恰好遇到他也出门，在开门一瞬间能跟他打声招呼，然后蹭顺道的名义，悄悄跟在他后面走上一段路，那么这一天她无论干什么都会神清气爽。后来在芸汐上高中的时候，杨晖宁从医学院毕业，举家迁到了武汉。临走前，她抓住机会，硬着头皮加了他的QQ号，有两年他们偶尔在网上联系。杨晖宁说自己在武汉又考上了医学博士，毕业以后就在这里的医院工作。那是2017年的事了，芸汐那年也即将大学毕业，当时就做出了人生中第一个重大的决定，一毕业就来武汉发展。说是来武汉发展，只有她自己心里清楚，来这儿说穿了还不是为了能离杨晖宁近一些。事实上，芸汐来到武汉的这三年，她也就只见过杨晖宁两次。第一次是她刚到武汉的时候，得知芸汐独自一人来这儿闯荡，杨晖宁尽地主之谊请她吃过一次饭，当时他已经是一名呼吸科的大夫了。第二次是五一小长假，其实跟上一回吃饭只隔了不到半年，这回是芸汐主动约了他，理由是自己有了稳定的工作，得回请一下他。每回杨晖宁见到她都会客气地叮嘱她：一个人出门在外，如果遇上什么困难一定记得给他打电话。芸汐听完总会觉得心头一暖。不料他又摇摇头笑着补上一句：算了，你还是别找我了，做我这行的，能找我帮忙的准没好事。那天他们在一家西餐厅吃饭，四周环境很安静，吃饭节奏很慢，有好几个瞬间芸汐差一点就想开口把心里的话说出来了。然而，就是这么奇怪，每次只要一跟他对视，芸汐就如同哑了一样，头脑一恍惚什么也说不出来。就这样，芸汐每当忙碌一阵闲下来时，都想过给他发个微信联系联系，可每天翻看他的朋友圈，更新的次数真的少得可怜。难得发一条也是转发医院的公号。可就算是这样，芸汐心里还是感到很欣喜，手指忍不住点赞。有一回半夜两点，偶然刷到杨晖宁发的一条朋友圈，这是一张难得的自拍。他穿着手术服，累得坐在医院长椅上，那还是个夏天。照片上面配文：连轴三台手术，爽！芸汐在下边评论：太辛苦了，早点休息！她原本想在后面加一个拥抱的表情。

但对杨晖宁，她总是有些怯生生的害怕。这就像从前每次遇见他的时候，总要小心翼翼的。她很想多看他几眼，但每回都像是做了"亏心事"似的躲着他看自己的眼神。现在，就连微信上留个评论，都得反复斟酌打下的那几个字有没有问题，这句话会不会说得有些过了头，或是哪个字用错了冒犯了他。总之他始终是那个她在少年时期就认定的白马王子，他太好了，好到让芸汐的仰慕沦为了一种胆怯。所以，拥抱还是改成微笑吧。

年初一，除了玻璃窗上的贴花，四周没有一点声响，和父母通完视频电话之后就再没了过年的气氛。刘姗照例一觉睡到中午十一点。芸汐坐在被窝里也懒得起，她侧身翻看手机微信，杨晖宁的对话框被打开了好几次，她不想给他发送群发的拜年信息，但又不知道能发什么。他的朋友圈还停留在半个月前。听见刘姗伸懒腰，打哈欠走出房间的声音，芸汐也果断把手机扣在了床头柜上，掀开被子起床。两个女孩对着昨晚残余的火锅对视一看，正想说中午怎么吃？这时就听到门外好一阵"轰隆轰隆"的响，刘姗趴在门上猫眼看了几秒，瞬间大惊失色，赶紧转身将芸汐拽进卧室说：完了，对门好像被封了！她们对门住着的是一个七十多岁的空巢老人，他的儿子长年在国外，老伴几年前也去世了，家里就剩他一个人。老人平时身体看着也算硬朗，一直都是自己照顾自己，只是脾气有些古怪，一般情况下刘姗和芸汐很少与他说话。对门被强制封了之后，老人在门里面大吼大叫了好几天，又是捶又是踢的。自从年三十封了小区以后，楼下隔一段时间就有大喇叭广播：各位居民，小区已经有多人感染新型冠状病毒肺炎，根据上级要求，小区所有人都不得出门，请大家自觉在家隔离。有发烧咳嗽的，必须及时通报就医。

3

凭什么让我们好好的人在家隔离！刘姗还一直感到糊里糊涂的，满是不爽。芸汐告诉她，小区早就被封了，看来情况比她们想象中的严重。等再刷手机的时候，满屏就都是新型冠状病毒肺炎肆虐的消息，现在这已经不是武汉的事情了，全国都惊动了。

转眼一周过去了，芸汐她们已经快把冰箱里的东西吃得差不多了，眼看就要"弹尽粮绝"，刘姗急躁地直抓头问芸汐该怎么办。下楼去买东西，现在是不可能的事。叫外卖呢？也不可能。自从年三十前一天封了小区，别说是外卖了，就算是从外地回来的正常人也不可能让他进来。不对，外地回来的人应该连武汉都进不了。对门的老人每天踢门吼叫的频率一天比一天减少，最近两天咳嗽声倒是逐渐增多。难不成，他真感染了病毒？芸汐蜷缩在沙发上犯起嘀咕。刘姗拿着最后一袋闲趣饼干递到她面前，说这应该是家里最后的干粮了。芸汐一脸疑惑，这就没东西了？是真没有了，两个住在出租房的女孩平时压根不可能开火做饭，家里有的都是一些即开即食的东西，年三十的火锅也是刘姗当时给自己过年提前预备的。芸汐这一周都反复看着杨晖宁的微信，好几次都在对话框输入了想要说的话，但在决定发送的那一刻，又按着删除键一个字一个字删了。她心里明白，除了过去在老家的那点交情，她和杨晖宁是再无交集的。如果有，也就只剩下自己心里那点不被对方所知的十多年的暗恋之情。网络新闻里，不知道从哪天开始持续更新病毒新增的病例和死亡的人数，死亡的曲线统计图节节攀升，看得人心惊胆战。每当看到有关医生上前线的消息，芸汐都想联系杨晖宁，他一定也冲上第一线了吧，情况这么严峻，医院是重灾区，他会不会被感染？会不会有事？不会，一定不会！她一个人待在房间里胡思乱想，然后一把抓起面前的手机，不假思索地在手机上敲出三行字：你是不是去第一线了？一定要好好保护自己！等你忙完，我有话想跟你说……

就在她要发出微信的前一秒，刘姗面容憔悴地推开了她的房门。很不幸，刘姗这回也中了招。这让一向大大咧咧的她吓得直哆嗦，发现的第一天虽然没有咳嗽，但是体温一直保持在三十八度以上，即使吃了退烧药也只是有了暂时的缓解，没过多久体温开始飙升。芸汐一看这种情况也不淡定了，急忙给社区打电话，让他们想办法带刘姗去医院。可接电话的社工只是在电话里询问了情况，而去医院的请求并没有回应，最后只是说一句让她先自行吃药隔离，千万别出门。又是一夜过去，刘姗的情况越发严重，不仅烧没退，又开始不间断地咳嗽。她让芸汐赶紧找口罩戴上以免传染给她，但是这种时候上哪儿找口罩呢，平时谁会囤口罩这种东西。来不及了。芸汐给她递了块冷毛巾，又摸了摸自己的额头说：我也有点咳嗽了，应该是已经传染上了，好在没发烧。刘姗懊恼地捂着头在床上急得直踢被子，这算是什么事？两个人明明什么都没做，还提前隔离了一周，撑到现在居然还是没能逃过这病毒的魔爪。刘姗愤怒地一拍床沿，断定地说：肯定是被对门老头传染的，就他跟咱俩离得最近。那天早上我跟你赶着上电梯，他非要挤进来。不等他，他就骂人，肯定就是那天的事。而这两天却没再听到老人骂人或咳嗽的声音。

这期间，芸汐接到了公司打来的电话，是通知她暂不复工的消息。又过了几天，公司再次推迟了复工时间。最后一通电话，是另一个同事打来的，告诉她说：可以不用来上班了！因为公司没了，老板也没了！这是芸汐得知新冠病毒肺炎以来，除网络之外听到的第一个来自自己身边的人的死讯。

4

芸汐对社区穷追不舍又打了几通电话，这次她非常严厉地告诉他们，自己和室友现在都发烧咳嗽，如果再没人来管她们，她就直接报警。果然不一会儿，社工人员戴着护目镜和口罩、手套、鞋套来了，他透过门缝问了一下她们的症状，然后无奈地说现在没法送医院，就算送去了医院也不一定肯接收。刘姗的精神状态越发差，一向活蹦乱跳的她，这几天整个人都像即将枯了的百合花，面色泛黄，身体快蔫了一般。这天中午她一觉睡醒，睁开无力的眼睛看见芸汐脸上用一条毛巾裹着鼻腔和嘴巴，不时发出一两声咳嗽。她问：饿了吗？刘姗有气无力地咂巴了几下嘴，点头说：好像有点，但是家里哪还有吃的了？芸汐从行李箱里翻出准备带回家的扒鸡。悻悻地小声说：幸好我没回家，不然把病毒带回去就不值得了。

封闭的第九天，刘姗的状况越来越恶化，接近三十九度的高烧持续不退。她脸色苍白，全身无力再也没法下床。她靠床头，芸汐坐在她床边的地毯上。她们没有在各自的房间隔离，用芸汐的话说，反正都成这样了，隔离一个房间又有多大效果呢？于是，两个无聊的人不知不觉中聊起了各自出来独立的原因。刘姗提起这些话的时候是那么一脸无谓淡然的模样：我当初出来就是懒得跟我那个家再有瓜葛，那个家根本不值得我留恋，活在那种环境不如在街边流浪快活。他们从小就没给过我好日子过。我爸，有钱有权是没错，可你看我这样子像是富裕人家养出的孩子吗？他啊，从我有记忆起，要么就是成日成夜不回家，要么回家就是看什么都不顺眼。一不顺心，不是跟我妈吵架，就是摔碗摔筷，更别提喝了酒六亲不认的模样。后来他终于把我妈好端端的贤妻良母也逼得不成人样。她也变得暴躁，我爸让她不爽，她就让我不爽！好嘛，你们都不爽，那也就别怪我不爽了。那么大一座房子，三个人就像食物链一样恶性循环，最后不说你也猜到了。说到这儿，刚刚还仿佛是在说别人家事的她，不知道是不是因为体弱无助的缘故，突然红了鼻子，心里委屈地说：当初一拍三散的确挺痛快，各自解脱各自自由。我跟你说，我还真是不怕死，反正人迟早是要死的，只是我一想到，要是哪天我真的死了，亲爸亲妈都不知道，我真就变成孤魂野鬼！

在刘姗还没有意识到自己流泪的时候，芸汐已经从地毯上起来坐到她的身边，安抚地拉起她的手抚慰着。而芸汐并没有接着这个话题说下去，她头一次坦诚地说：当初要不是因为杨晖宁，我也不会下决心来武汉。真正决定的时候，根本没考虑过来这儿到底做什么，好像那时候心里就是有一股劲儿，唯一的目标就是来见他。你都不知道那时候我是有多傻，这十多年来，明知他心里不可能有我的存在，我还是固执地等着，视他是我生命中最重要的人。我也不是不知道结果，就是觉得对他的那种真挚，是不可能在别人身上再现的。就算以后遇到再好的人，我想也不会再有人令我这么奋不顾身了。

5

从第十天开始，芸汐的体温也逐渐升高，俩人咳嗽声在安静的屋子里此起彼伏。她趁刘姗睡着的时候又在厨房翻箱倒柜地觅食，她不信家里真没一点吃的了。有那么一刹那，她心里突然觉得空荡荡的，好像被什么挖走了一大块，她怀疑着杨晖宁对自己的意义。虽然并没有后悔当初一往直前的决定，但是这样真的是对的吗？那天聊天的时候，刘姗问她：我们就这么困在这里，假如这次真的没能逃脱病毒的魔掌，而你也没了机会告诉杨晖宁心里的感情，你真的不后悔当初来武汉的决定吗？她含着泪笑了笑，笃定地甩了甩身后的马尾辫说：因为他，我对自己尽力而为了，就不后悔。

房间里传来一阵空灵歌声：

> 世界上有很多的东西
> 你生不带来死不带去
> 你能带走的只有自己和自己的脾气
> 你曾拥有最美的爱情
> 你听过最美的旋律
> ……

再一次醒来，阳光赤裸裸照在脸上，打开微信扑面而来的都是死亡的气息，陡然刷出一条凌晨四点的朋友圈，竟然是刘姗发布的一大段文字。总结出来却只有一句话：世间太悲凉，愿疾病带走我所有悲伤！吓出一身冷汗的芸汐，一刹那整个人从床上弹起，光脚直冲进刘姗房间。一推开房门便彻底蒙了，她看到刘姗平身躺在床上，脸上和嘴唇都已经发白，双眼紧闭，裸露的一只胳膊悬在床沿下边。芸汐吓得魂飞魄散，喉咙干涸发不出一点声音，直愣愣地缓缓朝刘姗床边走去。她壮起胆伸出手去碰了一下刘姗悬在床下的手指，一阵死亡的冰冷直蹿上身。芸汐强忍着惊恐和慌乱，打开手机胡乱按出一串号码。她背过身去喘不过气，身体坍塌般倒在地上。电话接通像等了一个世纪那么漫长，响到最后一声的时候，终于有人说话了。芸汐顷刻间泪声俱下，好不容易接上一口气对着手机里呼救：晖宁哥，你快来救救我们吧，她死了……她绝望的号啕声响彻了整栋楼，凄惨的余声持久回旋。她趴在冰凉的地上哭得近乎窒息，忽然从背后传来一个虚弱的声音：我好像还活着呢……

不到一个小时工夫，门外楼梯上传来一阵杂乱的步声，听上去似乎是上来了很多人。她们的门被敲开。打开门的一瞬，一队全身武装的医护人员站满了楼梯间，他们从头到脚包裹严实，根本分不清谁是谁。有两个人直接进了屋子，很快把床上的刘姗抬下了楼。另一个人在慌乱中跟芸汐面对面，保持一米的距离，她含泪直视护目镜里的双眼，只觉得他满眼笑意，像极了那个白衣少年。他用手点了点自己面前写在防护服上的字：我也在等你。

糖葫芦

1

十一月，神州酒店宴会厅里布满红毯礼花，二十几桌的婚宴早已排兵布阵完毕，晚上六点十六分准点开席。此刻，无论站在哪个角落都能感受到玫瑰花和香槟酒芳香的包围，舞台上一对新人四目相望，含情脉脉宣誓爱的誓言。台下的刘佳敏望着台上出嫁的女儿笑着抹眼泪。宴席六号桌正对舞台中央，坐在侧边的老人手举着喜饼缓慢地送进嘴里，咬了一口。他抬眼看了看台上的新娘，眯起眼笑着说："小慧……小慧今天结婚，真好看！呵呵！"他身边的女儿万虹琴贴近他的耳朵小声提醒："爸，那不是小慧，是宁宁，今天是宁宁结婚。"老人并没有在意女儿对他说了什么，仍旧笑着咬了一大口喜饼，不由自主地发出空洞的笑声，反复念叨："小慧当新娘子真好看，好看……"可是坐在对面的另一个老头不乐意了，他放低眉眼哼了一声说："真是老糊涂，人都分不清，今天是我外孙女结婚。什么小慧，都四五十年了，还不改！我女儿！刘佳敏！我养大的！""我女儿！她是我生的！"听到对面老头的高声，前面那位老头的某根神经仿佛突然被刺到了，他也提高了声音，嘴里的饼屑往外直喷，还拍了拍桌子，震动了桌面上的酒杯和碗筷。见两位老人互不相让，身边儿女亲戚赶紧都来劝阻："姨父姨父，我爸这几年生了病糊涂了，很多事情都记不清了。您别跟他计较。""记不清？我看他什么都没忘。"两个老头仍旧争论不休，"小慧就是我的女儿，她……她是我生的！爸给你买糖葫芦！"

"好了，好了……不管小慧还是佳敏，是您女儿，也是您女儿，都别争了。看，他们上台了。"终于在亲友和儿女们两边劝说下，两个老人暂且停止了纷争。刚说完，就听台上司仪声音洪亮地主持："今天在二位新人喜结良缘的时刻，我想新郎新娘一定有很多感恩感激的话想对你们的父母说。好！那么现在让我们用热烈的掌声有请新郎新娘的父母走上舞台，让我们所有人来见证这一美好的时刻。"台上台下瞬间响起一片热烈的掌声。双方父母走上台，整齐划一地站在各自孩子身边。宁宁看着眼圈发红的刘佳敏，很是心疼地拉着母亲的手。司仪借机走到刘佳敏的身边，对台下宾客深情地说道："今天把最疼爱的女儿嫁出门，母亲心里总是不舍的。但是看到女儿这么漂亮，她的爱人是这么优秀，所以您流下的一定是激动而幸福的泪水，对不对？"刘佳敏擦擦眼泪笑着点头。不明情况的司仪又将话锋转向刘佳敏的丈夫："都说女儿是妈妈的小棉袄，也是爸爸前世的小情人，在这大喜的日子里，不知道您有什么嘱托要对女儿说？"他把话筒交到了刘佳敏丈夫手中。他表情木讷地看着旁边的刘佳敏和宁宁，拿着话筒，神色有些慌张，下意识地咽了一口口水，刘佳敏朝他微微点点头，好似鼓励他说些什么。没有任何准备的他接收到妻子的信号，斗胆将话筒靠近嘴唇，预备开始发言："各位来宾，感谢大家来参加两位新人的婚礼，作为宁宁的爸爸……"

突然，随着"哗啦"一声巨响，宴会厅的大门被一双健壮的臂膀使劲推开，二十几桌客人的目光齐刷刷集中在这个"不速之客"身上。这人也不是别人，是新娘宁宁的亲爸，刘佳敏的前夫吴雷。只见他的光头被灯光照得锃亮，魁梧肥硕的身上穿着一套看似并不合体的西服，脖子上的红领带打得还有些歪扭。一张圆润发黑的脸，漂白的牙齿咬着下嘴唇，大摇大摆向舞台方向冲去，到距离舞台还有一米的地方，他竟然灵活矫健地跨上两三大步直奔上台。一手就抢下了刘佳敏丈夫手里的话筒，重重地扔在地上，话筒发出一阵轰响的噪声。同时另一只手揪住他的衣领，不断质问道："你丫的，你说你是谁爸？你是个什么东西？在这儿冒充谁爸？这是我女儿！你给我滚下去！"他说着，脸上的横肉不自觉地纠结在一起。他又将揪在手上的人死命摇晃，刘佳敏的丈夫被吓得来不及反应，更加不知所措。一旁的刘佳敏和宁宁冲上去劝说，新郎和父母也跟他们挤在一起。宁宁吓得脸色煞白，两手拉着吴雷的胳膊叫："爸……爸……你松手，别闹了，今天我结婚，等下去我跟你解释行不行？"面对突发的状况，台下的客人纷纷站起来，场面顿时一片喧哗。刘佳敏对"不速之客"的到来更是火冒三丈，她用力想掰开吴雷揪丈夫衣领的手，压低声音吼着："你快松开，松开！婚礼之前是你自己说不来的，现在来闹算哪门子事？你不要脸，宁宁还要脸呢！"

"我呸！你们还知道要脸？我不来，你就让这么个东西来顶替我？我还活着呢，我才是宁宁的亲老子！他是个什么东西……"还没说完话，吴雷便忍不住性子一怒之下，一个转身猛然一甩便将手上的人甩下了台，刘佳敏踩着高跟鞋，一下没站稳也被连带着摔了下去。劝架的新娘新郎，新郎的父母连同台下的宾客一股脑儿地全部拥了上去，不一会儿这台下跌倒的、吵架的、拉架的全都挤成了一堆。一旁垒起的香槟酒杯也在簇拥拉扯中一起砸碎在地。一时间，整个宴会厅狼藉一片。婚礼司仪一见这般状况，第一时间溜之大吉。刘佳敏和丈夫被甩在地上好一会儿才爬起来，新娘新郎也都搞得一身狼狈，大家除了里三层外三层上去拉人，都还没有从刚才突发的状况中清醒过来。这时，只有坐在六号桌的糊涂老头趁没有人看管，自己一点点往外挪了出来。在场面一度混乱的情况下，他一眼就看到刘佳敏一只戴着手镯的胳膊在两个人的夹缝中露着。他拄着拐杖蓦地一下站起来，屏住气一把就将刘佳敏拽了出来，慌里慌张拉着她就往外走去。刘佳敏就这样从人堆里被莫名其妙地被拉走，眼神苍茫头发凌乱，霎时间只感到有一束刺眼的白色光芒照射进她的眼睛，她看到一个深蓝色的背影正拽着自己勇往直前，如同穿越般不知道要往哪儿走去。只听到这个穿着深蓝色衣服的人一边摇摇晃晃拉着她，一边嘴里喘着粗气，振振有词说着："快，快跟爸走！我才是你的爸，你是我生的……"

2

这是上世纪六十年代的秋天，万霖牵着五岁半的小女儿小慧去镇上赶集，临走前妻子从枕头底下拿出五毛钱给他，交代他去买一袋面粉和一瓶油回来。她算好了，买完面粉和油也就花三毛钱，顶多再给孩子们带回一串五分钱的糖葫芦，算下来还能剩一毛五分。万霖带小女儿赶完集，买好了妻子交代的东西在天黑之前回到了家。小慧手里高高举着刚买到的糖葫芦，还没进家门就嚷着小奶声发出炫耀："爸爸买的糖葫芦，好甜！"屋里万霖的妻子正抱着刚满周岁的儿子坐在木凳上与洪泽湖来的姐姐，孩子的姨妈说着话。一看万霖父女俩进门，这姨妈便站起来跟妹夫打了声招呼，又热情地走上前去抱起小慧，满面笑容地逗她玩。万霖虽然嘴上不说，但他心里很清楚这姨妈两月造访三次的目的。晚上一家兄妹五个和三个大人挤在一张方桌上，万霖妻子拿下午新买回来的面粉做了七八个巴掌大的白馒头，就着半碗咸菜，给每人面前倒上一碗热水，这就算是难得丰盛的晚饭了。不到一刻钟的时间，几个孩子就把自己手上的馒头狼吞虎咽吃下了肚。坐在桌角的大女儿小霞吃得特别香的时候，总会情不自禁挤眉弄眼吧唧嘴，看她表情，听那声音就知道她吃得很是香甜畅快。可是万霖一向是出了名的严父，女孩子吃饭吧唧嘴是他最不能容忍的事。还没等小霞把嘴里的馒头就咸菜咽下肚，他就狠狠瞪了小霞一眼，提起了嗓子虎着脸说："万虹霞，你会不会吃饭？不会吃，到旁边吃去，一桌人就你吃相难看！"这只是在家里有客人的情况下他对孩子最轻的严厉，要是平常大概早就一筷子打到她头上去了。晚饭吃完以后，几个孩子不同于平时早早离桌，大家都盯上了今天放在碗橱里的糖葫芦，等收拾完桌子就到了该分糖葫芦的时候了。母亲用抹布擦干沾了洗碗水的糙手，转身从碗橱里拿出那串糖葫芦。除了刚满周岁的弟弟，其他四个孩子早已是垂涎欲滴。母亲将糖葫芦竹签上的山楂球一个一个摘下，分给四个孩子每人一个。分完以后，竹签上还剩最后一个山楂球。母亲问："最后一个给谁吃？"几个孩子都牢牢盯着母亲手里最后一个山楂球，却都不敢作声。因为他们知道，依照父亲的脾气，谁真的去抢，往往正是吃不到的那个。好一会儿，哥哥从凳子上站起来准备离开说："这东西太甜了，我不吃了。"哥哥的话音刚落，大女儿觉得自己有了希望正要开口，被二女儿小琴抢先一步说："妈，姨妈是客人，给姨妈吃吧！"在一旁收拾衣服的姨妈听了这话眉开眼笑地夸小琴："这孩子真懂事，姨妈不吃，姨妈省给你们吃。"

堂屋熄灯之后，万霖和妻子带着大女儿、小儿子住在西边房里，大儿子在门外打了地铺凑合一夜。妻子背对着万霖把他白天去赶集脱下的衣服整理整理，准备拿去洗。她一摸衣服口袋白天给他赶集的五毛钱只剩下了一毛，就纳闷地问："怎么就剩一毛了？还有五分呢？"万霖坐在床边思量些什么，过了一会儿才回神解释，下午遇到篾匠老王也带着他小儿子赶集，走到糖葫芦那儿钱花完了，他儿子非要买糖葫芦，赖在地上满地打滚不肯走，他没办法就找我借了五分。说完万霖又疑虑了一会儿，开口问妻子：这孩子的姨妈怎么又来了？妻子抱着衣服叹了一口气转过身说："还能为什么事，又是来找我商量要孩子的事呗。下午在我前淌眼泪，说她也不要儿子，就想带个跟自己有血缘的孩子回去养，她看上了我们家小琴，夸这孩子聪明机灵。她还说，要是我们再不帮她，姐夫就另想办法了。"万霖就猜到会是这样，但还是义正词严拒绝这样的请求，他不能同意把自己的孩子送人，不要儿子也不行。妻子也只能无奈摇头，即使是自己的亲姐姐，但把自己孩子送人确实舍不得。可姐姐也是可怜，四十多岁了也没能生出自己的孩子，要是以后老了她肯定不好受。

3

在他们对面的东边房里，万霖的妻子早就安排了让小琴小慧跟姨妈住一间房里。两个女孩都非常漂亮活泼。三人并排坐在床边，姨妈一手搂一个，跟两个女孩说："你看你们家，一串糖葫芦要四个人分着吃，每个人才能吃到一个。要是在姨妈家，别说是一串糖葫芦了，好多好吃的都只给一个人吃，还有漂亮衣服穿。"机灵的小琴听了这般诱惑，立刻喜上眉梢地回应："真的吗？这么多好东西都给一个人？"姨妈直点头说："是啊，只要跟我回家就都是一个人的。"一边的小慧慢半拍地小声说了一句："那我也想要。"姨妈见两个孩子正在兴头上，乘胜追击地说："那你们谁叫我妈妈，我就带谁回家，把好吃的好玩的都给她。"小琴实在耐不住性子，经不起诱惑，跳下床在姨妈面前跳起来就叫："妈妈！妈妈！我叫你妈妈！"对于从来都没有听过孩子叫自己妈妈的姨妈而言，这确实是一种安慰。而小慧却躲在一旁直愣愣地看着兴奋的姐姐，好半天才醒悟过来，低下头嘟囔一句不完整的："我也叫你妈……"

第二天等孩子们都出去了，三个大人又坐在一块儿商量要孩子的事情。万霖依旧严肃地板着个脸，只听两姐妹说话，自己一言不发，突然姨妈说着说着就哭了起来。她面向万霖说："我知道孩子是你们生的，你们舍不得。可我又能有什么办法，如果我不带自己的外甥女回去，可能就要替别人养孩子。你们就可怜可怜我吧。"万霖与妻子对看了一眼，再看看眼前哭得快要崩溃的姨妈，想着假如连亲姐妹都不帮，也许就真的没人能帮她，所以两人一下子心软了。之后又是寂静一片，一间屋子里只有姨妈的呜咽。过了半晌，万霖声音低沉地问：你想带哪个？最终，姨妈决定带走只有五岁半的小慧。

送小慧走的那天，天还没亮，深秋的黎明来得很迟，打开门一股冷飕飕的寒意扑面而来。姨妈前一天晚上收拾好自己的行李，就乐呵呵地到东边房里帮妹妹收拾小慧的衣服。她看着妹妹一边缓慢地整理孩子的衣物，一边叮嘱自己："小慧怕冷，还有过敏性鼻炎，衣服不能给她穿少了。"而姨妈顾着妹妹将女儿过继给她的心情，一再向她承诺，自己一定把她当亲女儿对待，还说只要他们想孩子了，随时可以去看她。可真要去看哪那么容易，从这儿到洪泽湖去一趟先要坐公共汽车到城里的渔人码头，再坐上大半天的轮船，真要去见一面说什么也得要一天的工夫。这是姨妈家的条件比他们富裕得多，才会有两月来三趟的路费钱。而令人不解的是，一开始就倾向于想要领养小琴的姨妈，为何最后带走的是小慧？直到临走时，他们才得知，这是因为姨妈觉得小琴已经是什么都懂的年纪了，如果真的要带回去，恐怕很难让她全心全意跟着新的父母过日子。小慧就不同了，五岁半还算是个懵懵懂懂的年纪，记忆还不是很深刻，只要带回去好好待她，再潜移默化调教一番，孩子长大后记忆里就都是养父母的样子。万霖跟着姨妈从新场镇坐公共汽车把小慧送到渔人码头。在车上，姨妈抱着怀里扎着两个羊角辫的小慧喜笑颜开，一遍遍告诉她："我们回家啦，回到家你就有自己的小房间，还有好多玩具和漂亮的小裙子……"万霖提着行李脸上有些惆怅，却用淡然的语气对只有五岁半的小慧交代，到了姨妈家一定要听姨妈和姨父的话。小慧有些恍惚，姨妈笑着接话说："听话听话，小慧肯定会听爸爸妈妈的话……"万霖的眼睛和坐在姨妈怀里的小慧对视着，他咽了口唾沫润了润干涸的喉咙。三人下车后，距离码头还有几公里的路程，万霖让姨妈拎着行李，自己抱起小慧在前面大踏步走着。一路不说话的小慧，到了要上船的时候两只小手紧紧地搂着万霖脖子，头靠在他的肩上，小眼睛忽闪忽闪的。姨妈把行李挎在两只胳膊上，伸手要去抱过万霖手里的孩子。但孩子好像忽然明白了什么，死死地抱着万霖，姨妈拽拽她的胳膊哄着她说："乖乖，我们回家了，回家吃好东西。"可小慧还是哭了出来，抱着万霖怎么也不肯松手。万霖内心自然是不舍的，有那么一瞬间，他真想抱着孩子掉头就走。姨妈也看出如果再这么拖下去，万一带不走孩子就麻烦了。她一边好声好语哄着小慧，一边朝万霖挤眼睛。万霖明白，既然答应了人家的请求，都送到码头了，再想反悔恐怕是来不及了。他拍拍小慧的后背，安慰道："小慧乖，你先跟姨妈上船，爸爸去给你买糖葫芦就来好吗？"听到爸爸这么说，小慧才肯松开了手跟着姨妈上了去往洪泽湖的船，随着一声嘹亮的汽笛声，万霖躲在一棵榕树下远远地送走了女儿。

　　就这样，在船上一觉睡得迷迷糊糊的小慧一睁眼就跟着姨妈来到了洪泽湖的新家。姨妈两臂挎着行李又抱着刚睡醒的小慧，一路气喘吁吁地从码头下船走回了家。到家门口时，姨妈放下了小慧，一手牵着她，对她说："一会进了家门看见姨父记得叫爸爸，只有叫了爸爸才能有好东西吃。"此时，一天只吃了一顿饭的小慧肚子早就饿得咕咕响。她跟着姨妈进了家后，看见一个戴着眼镜，穿着鸡心领毛背心的中年男子正坐在客厅的藤椅上看报纸，见自己的妻子带了小女孩回来，他也只是瞥了一眼又接着看他的报纸。姨妈放下手上的行李，把小慧领到他跟前，扭头看着小慧用唇语教她喊爸爸。小慧低下头好似委屈地看着自己脚下的小鞋子，红着眼眶好半天没有抬起头。姨妈忍不住了，她蹲下身来又哄着说：小慧，快叫爸爸呀，刚刚在路上我们不是说好的吗？小慧还是不作声。她们面前的男子抖了一下手上的报纸，然后合上，又看了看眼前的孩子，对妻子说了一句："才刚进门，谁认得谁啊？"说完他便抬腿就走了。后来在很长一段时间里，小慧虽然改了口叫妈妈，却一直很难改口叫爸爸。原因有两个。其一，每次看见姨父，他都对小慧的态度很冷淡，使得小慧有些害怕。其二，小慧但凡听到"爸爸"这个称呼，她脑海里一闪而过的总是万霖的样子。直到有一天，一家三口坐在一块儿吃晚饭，姨父明明咳嗽了好几天，却改不了每天喝酒的习惯，这下刚抿了一小口酒就连续咳个不停，差点喘不上气来。姨妈直在旁边怪他咳得这么厉害还喝什么酒。这时个子才刚刚够到桌子的小慧，立刻跑下桌，去茶几上取了杯子，拿起水壶倒了一杯水，小心翼翼地走回桌边，然后把水杯递给了还在咳嗽的姨父，随之又踮起小脚尖伸直胳膊够到他的后背，替姨父拍拍后背。姨妈和姨父看着小小的孩子能做出这样的举动，觉得是该好好待她了。从此以后，姨父给小慧改了名字，让她跟自己姓刘，给她取名佳敏。而小慧成为佳敏之后，也过上了姨妈之前对她形容的生活。她是爸爸妈妈的独生女，家里好吃好玩的都是她一个人的，糖葫芦也只给她一个人吃。

4

洪泽湖的爸爸妈妈都是学校里的教职工，一年以后佳敏到了上学的年纪，顺利地进入了小学。按道理，父母都是学校里的员工，她应该很受同学老师们的喜爱。可是她的性格却很内向，在学校很少说话，每天上学放学也都是乖乖地跟着爸爸妈妈一起去，一起回。后来一天晚上，她穿着漂亮的花裙子，背着书包跟着妈妈放学回家，刚到门口，就看见万霖在他们家门口的石阶上坐着，身边还带了一麻袋东西。这是一年后，万霖第一次来看女儿。这回见面，一向严厉、有脾气的万霖变得低微起来，他憨笑着看姨妈带着他的小慧走来，满脸都是重逢的欣喜。他迎上去先给姨妈打了招呼，接着迫不及待地伸出手一边叫小慧，一边想去拉她的手。可是这时的佳敏下意识地把身体往后缩了缩，万霖以为是许久不见孩子有些认生的缘故，他欣喜的表情逐渐暗了下来。姨妈见他从那么远的地方赶来，便热情地请他到家里坐。姨妈去厨房给他倒茶的片刻，只剩下他和小慧两个人在客厅，而小慧却一直站在离他一米的房间门边。万霖忍不住激动的心情，他从藤椅上站起来向心心念念的女儿走去，蹲在她面前抚摸她的臂膀，眼睛里全是笑意地问她："小慧啊，你在姨妈家好不好？有没有想家？爸爸给你带了糖葫芦……"万霖的话还没说完，眼前的小慧就莫名转身跑回了房间。他蹲在原地突然觉得黯然神伤，姨妈端着茶从厨房走进来，在他背后提醒一句："她现在叫佳敏了，可能不习惯叫她小慧。"万霖这才缓缓起身，回到刚刚坐的地方，与姨妈面对面坐下，他客气地感谢姨妈夫妇对孩子的照顾。晚上姨妈留万霖吃饭，桌上万霖和佳敏现在的爸爸各坐在她的两边。现在的爸爸拿出一瓶酒给万霖和自己倒上，刚喝了一杯就又咳起来，佳敏仿佛习惯性地去帮爸爸拍后背，还小声提醒："爸，你别喝了。"而他却摆摆手说没事，还说："今天你姨父来，难得高兴。"简单的两句对话，却听得万霖差点潸然泪下。他恍惚明白，此刻他的角色已经变了。小慧成了刘佳敏，他成了自己女儿的姨父。然而他又有些暗自庆幸，这是把孩子给了亲戚家，至少他知道孩子在什么地方，过着怎样的生活，至少他还能花上一天的时间和路程见到孩子，这也许足以使他感到欣慰。第二天依旧是天不亮万霖就准备离开洪泽湖，早晨只有姨妈夫妇去送他，他们留他吃了早饭再走，他挥手说："不了，要赶到码头去坐船就不耽误了。"他还想临走前再看一眼他口中的小慧，不料却被姨妈夫妇阻拦说："孩子还没醒，等下次吧。"万霖也只好失落地应声离去。隔着一堵墙，听见万霖拎着蛇皮袋离开的声音，蜷曲在床上的佳敏将惺忪的眼睛缓缓睁开，小嘴唇干巴巴的，轻声发出只有自己才能听到的声音："爸爸……"

这一次见面之后，佳敏还是跟父母过着平静而充实的生活，每天早饭吃着面包牛奶，背起书包去上学，放学回家有热腾腾的饭在等一家三口围在一起享用。有自己专属的小房间，衣柜里挂着不同款式、五彩缤纷的四季衣服，书橱书桌上有爸爸妈妈给她准备的小画书。随着年龄和环境的改变，她的言行举止越来越像这家人，如果没有人刻意去提醒他们，大概他们就真的是幸福的一家三口。一年四季，春夏秋冬，钉在墙上的日历不断更新，洪泽湖的池塘荷叶连连，夏天荷花开得繁盛，转眼佳敏八岁了。这几年里，虽然去洪泽湖的次数不多，但至少万霖和妻子，或是他自己一个人每年都得以走亲戚的名义来探望孩子。在这期间，万霖的妻子早就顾虑到姨妈的感受，为此她没少提醒万霖："即使是走亲戚也别走得太勤，要不人家有意见就不好了。"可万霖总是思女心切，他认为自己就是去看看孩子也没什么顾忌，何况还是自己家亲戚。

好在，头两年来一两次，姨妈夫妇都还是很热情的招待，一次两次大家都是客客气气，笑脸相迎。佳敏也对经常来看望自己的姨父又重新有了好感，慢慢地熟络起来。但时间一久，这样的客气逐渐变了味，首先是佳敏现在的爸爸，他见万霖三番五次找上门，脸上开始有些不悦了。为此没少在背后对自己的妻子抱怨："他老往这儿跑干吗呢？孩子我们都带这么大了，才跟我们培养了感情，我们也不少她吃不少她穿，他还来！难道还想把孩子要回去？"他的妻子本不对万霖的探望有所顾忌，然而听丈夫这么一说，她心里也开始犯了嘀咕：没错，自己好不容易把这孩子带回家，当亲闺女一样捧在手心里，虽然佳敏年龄还算小，但假如她的亲生父母总是来提醒她自己的身世，那自己两口子岂不是到头来竹篮打水一场空？从此，他们对万霖的探望多少有了一些芥蒂。

等到半年之后，万霖又一次背着一口袋东西来看孩子，他们有意选择了躲避，或干脆视而不见。这样连续两三次吃了闭门羹，万霖心里自然是明白了其中的道理。他想，去家里恐怕是很难看到孩子了。转念，他又想到了一个可以看到孩子的地方。于是吭哧吭哧背着一口袋东西跑到佳敏上学的学校，想赶在放学的时候见孩子一面，这一年佳敏在上小学三年级。傍晚四五点钟，斜阳耀眼地照射在校门的绿瓷砖上，光反射到万霖的脸上，他放下肩上的口袋，脸颊发红站在校门口。不一会儿，校园里下课铃响了，看门的大爷从两边缓慢地把大门拉开，顿时从里面"呼啦"一声，如同几百只鸽子飞出鸟巢，放学的孩子像激流一样涌出来，万霖在拥挤的人群中伸长了脖子四处张望，他的小慧呢？小慧出来了吗？等了有十多分钟，放学的人群大部分都散去了，一眼朝校门里边望去，出来的孩子只剩下三三两两，万霖渐渐咧开嘴笑了，有些胆怯又迫不及待地举起手向背着书包低头走来的佳敏挥着。这会儿校门外人已经很少了，他一步步走向佳敏，快要走到她面前的时候，万霖轻声喊了一句："小慧！"佳敏有些羞涩，但还是小声叫了他一声："姨父。"万霖每次听到孩子叫他姨父表情都会显得有些迟疑，内心有种难言的苦涩，他蹲在孩子面前摸摸她的头小声提醒："小慧，现在没有别人了，你可以叫爸爸了。你看，爸爸给你带了好吃的……"佳敏只听他说着，木讷地看着他始终没有回应。这时候，正有两个小男生从他们身边经过，两个小男生看着他们，讥笑着对她说道："你是抱的，不是刘老师亲生的……""去去去……说什么呢，小孩真讨厌！"万霖站起来好像驱赶小鸡一样把两个小男生呵斥走了。然后回到佳敏面前接着说："我们小慧又长高了，爸爸妈妈，还有家里的哥哥姐姐都很想你，你想回家看看他们吗？"佳敏还在原地微微晃动身子，咬着嘴唇不说话。万霖依然热情高涨地说："你最爱吃糖葫芦了，爸爸给你去买……"终于还没等他说完整，佳敏冒出一句："你走吧，一会我爸爸妈妈下班就从里面出来接我了。"万霖突然被佳敏的一句话噎住，他原本喜悦的脸色瞬间暗了下来，他怕孩子不理解，又对她解释道："我才是你爸爸，你是我生的呀！"可佳敏仍然没有理会他，又说了一句："你走吧！"说完她就倔强地转身向学校里面跑去。

后来的日子里，随着时间推移，万霖渐渐放下了对孩子的一种执念，虽然有时他还是会有再去看望孩子的冲动，但总被妻子

糖葫芦

一次次地劝退。孩子是给人家了，是自己自愿的，小慧在校门口对他的态度，足以说明她对现在父母的认可和情感。万霖也时常会想，或许当初只想着帮了亲戚的忙，却没有想到孩子长大了会怎么想。

日历一年年更新，时光不全是陡然飞逝，人却必定在飞逝中成长。佳敏作为六十年代难得的独生女在父母呵护陪伴下长大了。父母的疼爱并没有造成她娇生惯养的性格，一方面是因为她本身的内向，另一方面父母即使是疼爱也不乏对她严厉。有一天，佳敏和刚玩熟悉的邻居小女孩一起去河边。那天她中午吃过午饭就出去了，走的时候也没有说出具体去哪里。母亲以为内向的佳敏好不容易有了一个玩得要好的朋友，又加上都是女孩子，在一块儿顶多是在家里或附近玩玩过家家这些小游戏，所以也就没有多问。可是从中午出去一直等到天黑，两个女孩都还没有回来。这天佳敏的父亲恰好去了外地出差，母亲把做好的晚饭端上桌子，等了又等，始终没有等到佳敏回来。她感到很奇怪，又开始有些担心，这孩子从来没有这样过，今天是怎么了？她急忙跑去邻居家想问问看，但是敲了几次门，都没有人应声。在这家人的旁边有一家门面小商店，她又去问商店里的老板有没有看到这家人回来过，接着又补充一句有没有看到两个小女孩来过。老板回想了一下说，好像中午时候看到两个女孩从门口经过，然后就不知道去哪儿了。

天色越来越黑，月亮也爬上了树梢。母亲找不到佳敏心急如焚，只能一边走一边喊："佳敏，佳敏，刘佳敏！你在哪儿？快回家了！"她的内心感到了恐慌，这孩子到底去哪里了？会不会被坏人拐跑了？丈夫又不在家，万一真有个事她可怎么办？她从北往东找去，没有找到佳敏的人影。她又变换方向，朝西去找，跑了好几里路，才隐隐约约看到从前边晃出两个小黑影子，她急忙三两步跑上前去，果然是两个小女孩结伴回来了，然而一眼望去这两个孩子全身都湿得透透的，出门时扎好的辫子也凌乱了。她气急败坏地对着佳敏质问："你们去哪里了，天都黑了不知道回家啊？还有这身上是怎么弄的？跑哪里去玩了？"佳敏知道自己犯了错，惊慌失色地看着眼前生气的母亲，吓得一声不吭。这一次母亲是真的生气了，她用劲一把揪着佳敏的肩膀将她生生拖了回去，一到家就连同湿漉漉的衣服把她拎到了墙角，脸色发青地审问她究竟去干什么了。佳敏身体直哆嗦，结巴地答道："去了河边，捉鱼……""什么？捉鱼？你长本事了！敢下河捉鱼了！""好多人都下河捉鱼了，我就下去摸了一下，也没怎么嘛！"母亲一听这话更气了，她觉得一向听话的孩子小小年纪居然会跟她犟嘴了，这怎么得了！"你再说一句？自己错了还不承认错误，这是要造反吗？"母亲大声严厉地呵斥她。却不料她今天一反常态，情绪逆反继续反驳道："我就出去玩了一下，怎么错了吗？你要是不喜欢我，就送我回家好了！"什么？她说她要回家？母亲瞬间如同被她的话击中了一般，血全涌到了头上，涨得脸通红，愤怒的她不由自主地扬起手掌，眼看下一秒就要向佳敏的脸挥去。母亲这一猛然的举动，吓得佳敏本能地缩起了脖子，闭上了眼睛。就在最后的关口，只见一阵风随母亲的手呼啸而过，而那只手却停在了半空中。母亲留下一句："以后没有我的允许不准你随便跟别人出去玩。"随后，她掩面而去。

父母对她的宠爱和严厉，也促使她从小就学习优异，不甘落后于他人，直到即将大学毕业……

5

佳敏在一次大学的联谊会上认识了音乐系的吴雷。他邀请坐在台下的佳敏上台共舞，她羞涩，不情愿显现在人群之中。于是，他就陪着她坐在台下，两人聊天。吴雷开朗幽默，虽然体型和长相并不怎么如意，却为人热情大方，待人接物总是考虑周全得当，这对性格内敛、清冷的佳敏来说正是烈火融化了冰雪。不太喜欢与人交际的她，这一回很快就被吴雷的热情冲击了，两个年轻人在日久天长的交往中走到了一起。父母虽说是将她自小宠爱长大，尽所能给她比其他孩子更好的生活条件，可只有她自己知道内心的孤独与不安，吴雷的出现无疑给她的生活带来了光与暖，并在他的陪伴照顾中逐渐认定了他是自己要找的人。大学毕业了，佳敏把自己认定的吴雷带回了家，谁知父母一见吴雷又矮又憨的样子就不同意这门婚事。用她母亲的话说："你这么高挑漂亮的身材，学历也不差，找这么个人绝对不行。"父母的意见很是坚决，然而佳敏骨子里也很倔强，自己打心底认定的人怎么就不行！

　　父母见从小到大都非常乖巧的女儿，在终身大事上一改往日的性情，当然明白这时候说什么她都是听不进去的。最后在无奈之下，她的母亲把她叫到自己的跟前，认真地告诉了她的身世。这件事在她们之间并不是一个非常沉重的话题，佳敏凭从自己童年的记忆，还有大人之间的谈话，以及外人的闲言碎语中很明白自己的身世是怎么一回事，只是她当时太小，无力掰开了揉碎了去弄清楚这件事。后来长大了，她一想到不是父母亲生的就觉得很无奈，因为父母对她真的很好，跟同龄的孩子比起来，她这些年过得简直是"锦衣玉食"的生活。而她又想起她称之为"姨妈姨父"的亲生父母，实在想不通为什么他们有那么多孩子，却偏偏把她送了人，是她在家不够好吗？还是他们压根就不喜欢自己，所以才会不要她，把她送人？她很长一段时间都想不通这件事。在痛苦的同时，能让她感到一点点安慰的是，其实无论是不是父母亲生的，至少她和母亲之间还是存在血缘关系的亲人。在与母亲的谈话中，母亲最后说："假如你不愿意听我的话，那我只能让你亲生父母来劝你了。"就这一句话顿时激起了佳敏的强烈抗议和决心："他们不是我父母，我没有他们这样的父母。当初是他们不要我的，现在也没有权利干涉我的事情！我和吴雷这件事就这么定了！"

6

这是佳敏生平第一次对自己的事意志这么坚决。她并不确定未来会是什么样的，当她选择了吴雷，就好像当年她和姐姐小琴争着叫妈妈一样，她不知道后来的结果会是怎么样的。她在乎的只是有这样一个过程，和当下的体会。佳敏和吴雷结了婚，有了孩子。幸亏吴雷是个机灵乖巧、言行举止都很会讨人喜欢的女婿，不久后佳敏的父母也接受了他。在与吴雷谈朋友的时候，佳敏就曾敞开心扉告诉他自己并不是父母亲生的孩子，她的父母也在他们成家后向吴雷解释了有关佳敏成长的过程，她的母亲还希望，吴雷可以打开她的心结，不要让她怨恨她的亲生父母，毕竟她当年太小，很多事不是她想象中的那样。吴雷听了岳母的话，深深地点头。

让吴雷觉得欣喜的是，当他们的小日子步入正轨时候，佳敏的几个亲生姊妹主动联系了他们，并且都很为佳敏和吴雷祝福。而佳敏虽然怨恨她的亲生父母从小丢了她，但在她的记忆中对自己几个兄弟姐妹还留存着美好的印象。她时常惦记着小时候和她睡在一起的二姐，把她扛在肩上的大哥，还有那时还没长大的弟弟。终于，等到二姐家要搬到另一座城市的机会，二姐小琴打电话给佳敏，告诉她这个乔迁之喜的消息，想在国庆假期邀请家里的兄弟姐妹及他们各自的家人一起到她那里去聚聚。这是她们时隔近二十年后的第一次见面，接到二姐的电话，佳敏心里亦是一阵喜悦，当她预备答应邀约时，又听说他们的父母也要去看二姐的新房，这让原本欣喜的她一时间有些迟疑了。于是她找了模棱两可的托词说："可能假期我们还有些别的事情，到时候看情况吧。"为了不辜负二姐对她的好意，她说：如果这次见不了大家，就等以后吧，以后的机会肯定还有很多。二姐自然明白她的言外之意，埋藏在她内心的那个结这么多年始终没有打开。二姐又联系上了吴雷，并且很直接地告诉他，其实自己借搬进新家的理由安排这样一次聚会，是为了让姊妹们重新聚在一起，也是为了让父母再见见他和佳敏，还有两个老人从未看到过的外孙女。吴雷理解二姐和两位老人盼团圆的心，他答应二姐一定想办法去说服佳敏，国庆带着一家人去跟那边的家人见一面。

但是固执的佳敏，始终不能接受吴雷的劝告，她甚至责怪吴雷不懂自己，他不懂这样的见面对于自己会有多难受和尴尬。而吴雷一再劝慰她，过去的事都过去那么多年了，她是时候放下心结了。正当两个人争执不下的时候，他们四岁的女儿宁宁从外边跑进房间，问爸爸妈妈在说什么，声音这么大。吴雷借机抱起女儿，用劝佳敏的话对女儿说："宝宝，我们带着妈妈一起去看外公外婆，还有舅舅姨妈好不好？"从没听说过有舅舅姨妈的宁宁有些不明白，于是童言无忌地问吴雷："舅舅姨妈是谁啊？外公外婆不是在洪泽湖吗？"吴雷正准备向孩子解释，被佳敏抢先一步说："没错，妈妈过几天就带你去洪泽湖看外公外婆。"吴雷一脸无奈地看着她，她毫不客气地对吴雷埋怨说："我像宁宁这么大的时候也什么都不懂，你带她去见那么多人，她能认得谁啊？"一直到了国庆放假的前两天，吴雷和佳敏晚上坐在床上，他又问起佳敏国庆究竟去不去她二姐那儿看新房，佳敏靠着床头，手里翻着书本想都没想就回答他："不去，我得回去看看我爸妈。"吴雷听了直点头，从被子里伸出手指着佳敏冒了一句："好，你不去，那我去！"然后侧了个身裹上被子睡去。

就这么的，好好的一个国庆假期，一家三口分成了两路各回"娘家"。一边佳敏真就带着女儿宁宁回了洪泽湖父母家。母亲问她："为什么不跟吴雷一起去看看自己的父母和姊妹。"她轻描淡写地说："不想去。去了也尴尬。"母亲又一次对她重提旧事："当初是我非要带你回来的，不能怪他们。"可她不想继续这样的话题，与母亲打岔道："今年冬天我给你们装台空调吧。您腿不好，有空调冬天就不冷了。"

另一边吴雷只身一人来到了二姐的新家，一进门就感受到满满当当一大家人的热闹，比起他和佳敏都是独生子女的家庭，眼前的这一幕可谓是其乐融融。家里所有人见到吴雷都不觉得陌生，似乎天生他就是这个家庭的一分子，每个人都对他非常热情。两位老人见到这个女婿便会问，小慧和孩子怎么没一起来。一旁的二姐怕吴雷不理解，向他解释说，父母口中的小慧就是佳敏，这是她从小在家的名字。吴雷必然是明白的，他倒是没有一点硌硬，连忙上去双手拉住两位老人的手说："爸，妈，佳敏是想来的，可孩子太小坐不了这么长时间的车，等下次我带着她们娘儿俩一块儿来看你们。你看，我带了她和孩子的照片……"吴雷把偷偷从家里带来的两张照片给老人和家人看，大伙都说他们的女儿很漂亮，长得真像佳敏。只见两个老人捧着照片仔细地看了又看，眼角笑出眼泪说："真好！小慧还是跟小时候一样，没变。"尽管如此，已经年过花甲的父母这一次还是没能见到他们的女儿小慧，满头白发的万霖笑着问吴雷："宁宁这么大了喜欢吃糖葫芦吗？"还没等到回答，他就抚摸着照片上的小慧和宁宁，仿佛自言自语地说，"她妈妈小时候最喜欢吃糖葫芦了，过去在家每次

糖
葫
芦

我带着她赶集总会跟我要串糖葫芦吃……"

7

日子依旧是这样平静如水地过着，除了近两年吴雷辞掉原来的音乐老师工作开始创业，经常会往南方出差，佳敏一家三口过得也算滋润。一开始她也考虑过，放弃自己稳定的工作，全家跟着吴雷一块儿去南方重新开始。但当她把这样的想法告诉父母，他们自然是反对。他们当然是替佳敏考虑，毕竟在这里她有一份稳定的收入，有买好的房子，只要有个家，一家人分开多久都会回到家里。也可能他们也想到了自己年事已高，说穿了即使有房子有养老保障金，但他们终归还是只有佳敏这一个女儿，必然是舍不得让她离得太远。转眼，佳敏步入了四十几岁的中年，她在洪泽湖的父母已经是快八十岁的高龄老人了，她和吴雷十多年照旧每逢节假日回家探望他们。这一天母亲突然打电话给正在单位上班的佳敏，电话里她听出母亲情绪激动，声音沙哑，佳敏问她怎么了，是身体不舒服，还是家里出什么事了。母亲在电话那头叹气，什么也没说清楚，只叫她赶紧回来有事跟她商量。她吓得赶紧坐车往家赶。当她回到家的时候，母亲正坐在房间里啜泣。佳敏一看顿时有些心慌意乱，急忙问："妈，您怎么了？是不是哪里不舒服？我带您去看啊！"母亲捂着哭红的脸，抹了一把哭肿的眼睛对她说："是我对不起你妈，以前我不该那么自私，不让她来看你……"听母亲说得这么自责和悲戚，她好像明白了什么，于是低声问："她怎么了？"母亲冷静了情绪告诉她："你哥哥打电话来说，你妈昨晚走了！"

不知是被母亲的哭泣触动，还是自己感到有些歉意，这一次她决定一个人回一趟故里，见那个她称之为"姨妈"的母亲最后一面。而如今重新回去，事实上已经回不到当年新场镇的家了。曾经的家早已在许多年前被变卖，两个老人跟着在城里成家立业的儿女，住进了在城里买的一间平房里。他们的母亲就是在这间平房里走的，事情发生得很突然，在没有任何预兆的情况下就突发心梗离世了。佳敏赶到这间平房的时候，房间已经变成了灵堂。面色发白的母亲也已经穿好了寿衣躺在地下，兄弟姊妹们跪在她身边一片号啕，她站在门口显得有些不知所措，脚迈进了门，却不知该怎么走下一步，她觉得自己的存在在这个场合是那么格格不入。一见到她站立在门口，两个姐姐哭着起身上去拉住她的手，呜咽着说："咱妈走了，妈走了……"紧接着她被牵引着靠近母亲的身边，听姐姐对地下的母亲念叨："妈，小慧回来送您了，您想的小慧回来了！您过去总是跟我们念叨说，把我们姊妹几个辛辛苦苦地养大，看着我们一个个成家立业。就是觉得亏欠小慧，说同样是一个肚里出来的，却那么多年再没带给小慧什么……"她难受，她知道地下躺着的是十月怀胎生下她的亲生母亲，她知道自己身体里流淌着的是她的血液，她面对母亲的遗体鞠躬，给她的照片上香，但就是哭不出来。出于礼节，她在那儿待了三天，一直到母亲下葬结束，她才回去。谁会知道她这三天有多难熬，白天全家老小围着遗体哭泣、烧纸、上香，接待吊唁的客人。她站在一角默不作声，假如没有人介绍，也就很少会有人注意到他们家还有一个女儿的归来。晚上，姊妹们还是把她当成客人不愿麻烦她彻夜守灵，替她安排好住所叫她好好休息。而被哀痛击倒的父亲万霖，每天都泣不成声说不出话来。

　　母亲走后的几年，她慢慢和兄弟姊妹联络多了一些。有一年暑假，趁着几家孩子放假的时候，她主动邀请他们带着各自的孩子来家里玩几天。由于吴雷常年不在家，一百多平方米的房子只有她和女儿两个人住，所以家里收拾得很干净，也有些空旷。当几家人聚在一起的时候，冷清的房子一下子就变得热闹起来。几十只碗筷和盘子在水槽里丁零当啷地碰撞，孩子们在房间里笑着熙攘，这让佳敏第一次感受到，原来她从前太寂寞了。吃了晚饭，姊妹几个人围坐在客厅沙发上喝茶聊天，一般这种时候的话题总是离不了回忆过去、回忆童年。每当聊到他们小时候的事，她只能应对着敷衍地笑笑说，那时候太小了，好多事都不记得了。然后她会不由自主地回想着说："我从小，我爸妈他们对我……"不过有一点她现在是承认的，虽然没有在一块儿长大，但她始终认为她和他们是有血缘关系的亲姊妹。一家人正在喝着茶聊着天，不经意间，佳敏拿起茶几上响了一声短信铃声的手机，她漫不经心地打开，是一串陌生号码发来的一条彩信。上面是一张 B 超的照片，下边有一行文字：我是 ××，我怀了吴雷的孩子……佳敏眼睛忽然干涩，她顺势摘下眼镜揉了揉眼皮，又盯着手机看了一遍，周围依然是姊妹们的谈笑声，她却变了脸色，好一会儿都不说话。过了大概有几分钟的样子，大家发现她有点不对劲，就问她怎么了，她又稍稍愣了一小会儿，很快调整过来说："没事，收到一条垃圾信息。"

8

吴雷出轨，不是一天两天的事。佳敏也许早就预料到有这么一天，他这四五年来大部分时间都在南方。他说是去创业不假，他在那儿买了房、买了车也不假。这么长时间，家里的生活费他只给过三次，此后就再也没见过他往家拿钱。南方的那个家，她和女儿也就去过两次，明明知道她不可能去南方，吴雷还是把那个家弄得有模有样。是个有脑子的人都能想到，他的这些动作不是有了外心还能是什么。这些年吴雷不在家，她带着女儿虽然过得清淡，倒也觉得舒服自在。得知了最后的结果，她冷静得令人有些诧异，大不了日子还是这么过下去，说到底她早已习惯了这只是冠了婚姻之名的分居生活。只是让她想不到的是，人生真的会有祸不单行的时候，还没等解决完自己的事，洪泽湖八十多岁的老母亲在冬天宣告了离世。如果说失败的婚姻对她来说只是一种打击，母亲的离世对她却是心口撕裂的重创。

　　佳敏的兄弟姊妹陪着她全程参与了葬礼，母亲出殡的那天，作为独生女的她忙完了葬礼上应有的事宜，最后跪在母亲身边，终于放开了所有悲伤的情绪，哭得整个身体抽搐，双手直颤，存储了几十年的泪水一倾而下，好像汇成了绵延不绝的河流。她那种颤抖的哭泣，无论是谁看了都感到有些发怵。毕竟，那是她生命中除了女儿之外最亲的亲人。正如她在为母亲致的悼词中所写："您养我小，我送您老。不是亲生胜似亲生！"送走了母亲，还剩下父亲。准确来说，母亲走后，父亲的意义变成了理论上的养父，除了多年的养育之恩，她对他如今更多的是义务跟责任。就像她从小一开始并不被养父接受，可是到后来养父还是承担起了对她的养育责任。刚从与母亲死别的阴影中走出来，面对吴雷的事，她也不打算拖泥带水，分就分了吧。她并不在意有没有婚姻的躯壳，反正已经习惯了寂静和孤僻，没有感情和温暖注入的家勉强存在又有什么意义呢！对于她近几年的状况，佳敏也毫不避讳地告诉了自己的兄弟姊妹，他们都替这个小妹妹的遭遇愤愤不平。两个弟兄打算去找吴雷理论，非要质问他凭什么把她们母女俩丢在家里几年不管不问，最后还做出这么龌龊的事来。佳敏听了摆摆手，叹了口气说："算了吧，都分了，理论出个子丑寅卯又能怎样？"步入中年后的佳敏，对一些事不知不觉看开了不少，女儿也长大了，需要她操心的事越来越少。洪泽湖的父亲守着和母亲的旧房子，每逢年节，她还是回去看望，平时也替他雇了保姆照顾日常生活。大约过了两年，她认识了现在的丈夫。她向家里人这么描绘了这个人的形象：长相一般，本地人，离过一次婚，有自己的店铺做着小本买卖。人看上去是大大咧咧的样子，不太会说话，做起家务来干脆利落，能烧几个家常菜，总之应该是个适合过日子的人。

转眼又是几年，那是一个秋天的周末，她正在家里收拾女儿的房间，不一会儿放在外边的手机响了，连续响几声，听着像是微信群里的动静。她从房间拿着脏抹布，手撩了撩垂在眼前的头发，走到客厅拿起桌上的手机点开微信一看，全是"老万家"的群里发来的信息。只见屏幕上面一溜都是二姐发上来的图片，点开放大仔细看了看，她发来的是老家父亲躺在病床上的几张照片。没过几天，佳敏就赶回了老家。这一回她没多想什么。第一反应便是去看一眼总是好的。到了医院，看到躺在病床上的父亲，她才得知前几天老人走路不小心摔了一跤，加上血压升高这一下子就得了中风，并且还有点糊涂。她站在病床边，家里人问父亲："您看看这是谁来了？还能认得不？"躺着的父亲眼睛忽闪闪地看了几眼面前的佳敏，咂吧了几下嘴不作声闭了闭眼睛。身边的儿女见这样的状况都摇头，说老人是糊涂了。第二天中午，明亮的阳光照进病房里，雪白的被子显得有了温度。佳敏和哥哥姐姐在病房里轮流照顾着父亲，中午时分，二姐夫拎着保温瓶走进病房，他把从饭店买来的饭菜打包好交给二姐，又热情地招呼着佳敏说："佳敏回来了！我记得小时候你还笑话过我，还说不让你姐跟我玩呢。"二姐夫打趣着。佳敏听了只笑了笑。这时，原本躺在床上一声不吭的父亲，突然张开干瘪的嘴无力地想说些什么，大哥走过去弯下身子，把耳朵贴近他的嘴问："什么？爸，您想说什么？"站在床四周的儿女都不敢发出一点声响，专心注视着父亲一点点张大的嘴，安静了好久才听到他说："糖——

葫——芦——"

　　佳敏转过身望向窗外一片片飘飘洒洒的银杏秋叶，她想起了五岁半那年，父亲带着她去赶集，买了面粉和油，最后还买了一串糖葫芦让她拿在手上，带回家和哥哥姐姐一起吃，她盯着手上的糖葫芦看了一路，差点就流出了口水。父亲看着她实在渴望糖葫芦的样子，都跑出了二里地了又牵着她回头找到卖糖葫芦的小摊，从口袋里掏出剩下的一毛和五分，花了五分钱又买了一串糖葫芦给她一个人吃。然后刮了一下她的小鼻子，对她说："这串给你自己吃，回家别跟你妈说。"这时，篾匠老王也带着他家小儿子赶集，走到糖葫芦小摊边，小男孩死缠烂打要他爸给买一串糖葫芦，篾匠老王买完做活的材料口袋里空空的，跟儿子好说歹说都没用，小男孩索性赖在地上撒泼打滚不肯走。手里举着两串糖葫芦的小慧，见到这幅场景便伸出小手指着赖在地上的小男孩说："真是羞羞，还打滚，我不让你跟我姐姐玩了。"接着她得意地咬下一口糖葫芦，扬起幸福的脸蛋说："爸爸买的糖葫芦真甜呀！"

寻医记

1

　　初春的北京，艳阳高照，时而一阵疾风吹过，柳烟河畔陡然呼啸。夕阳仿若瞬间下坠夜幕即刻垂落。一家临街快捷酒店里，满脸惆怅的王小米，背靠着帝都的黑夜瘫坐在落地窗前，漫无目的地摆弄着手机。微信、微博、QQ 各刷了无数遍，却一条动态也不打算更新。这时候，手机忽然在手中大力震颤起来，意识迷离的王小米着实被震得惊了一跳，手一哆嗦，手机"啪"一声掉在了地板上，又随着震动声打了个转。王小米这时候才逐渐回过神来，连忙捡起手机，看了一眼屏幕，不慌不忙地按下了接听键。

　　打电话来的是她的发小，鲁智。"喂，你到北京了？"电话那头说。

　　"嗯，下午到的！"王小米的头仰靠着玻璃窗，软软地。

　　"听声音怎么有气无力的？不就做个手术吗，又不是没做过，别弄得跟上屠宰场似的，行不行？"

"上手术台你以为跟上屠宰场有什么区别？顶多就是麻醉一打，没有知觉而已！"王小米用一只手捂着额头。

"我说王小米，你行不行啊？这可不像你的风格，去看个病你怕个啥？说不定你这次看完就能站起来了，你能不能有点志气？你能不能……"电话那头喋喋不休，惹得本来就郁郁寡欢的王小米更加懊恼。

她对着手机提起嗓子吼道："鲁智，你有完没完了？你打电话是来安慰我，还是来教训我的？还是朋友吗你？"

"我错了，我错了，大姐，我道歉，错了！"电话那头连连赔不是，"我就想宽慰宽慰你，没大事，别老没事吓唬自己，你说你……"

"你还说是不是？我挂电话了。"王小米越发不耐烦。

"别别……别挂。"鲁智赶紧叫住她，"喂喂喂，没挂吧？"

"还有什么话，赶紧说！"

"那个你明天住院，今晚出去逛逛，吃点啥没？"鲁智见王小米急起来，想给她打打岔。

"逛什么逛，吃什么吃，我有心思干这些吗？你当我来旅游了？"刚说完，王小米一想又说，"晚上在簋街，吃了芥末墩……"

"鬼街是什么街？芥末墩是什么鬼？"

"簋街，郑簋的簋，芥末墩，里面几片三文鱼，外边裹一层白菜芥末。"王小米刚被鲁智的话提上来一点兴趣，这时父亲王博文从洗手间里开门出来了："谁的电话？都几点了，赶紧睡！"

王小米端正了脑袋看了父亲一眼，又对着电话里的鲁智说："我睡了，挂了！"

"好，你早点睡，等你回来，叫上徐蕊，咱约古南都吃自助哈，你手术加油！"

挂了电话，王小米从窗边用两只胳膊撑着地板，双腿向前划拉，使整个身体向前挪动，这样连续两三次挪动后便靠近了床边，接着双手撑住床边，两腿在地上一蹬爬上了床。可她怎么想还是不对，扭脸对父亲说："爸，这手术还是别做了，我觉得不靠谱！"

"瞎说！"父亲耐着性子劝说，"你不要害怕，人家薛医生是从医几十年的专家教授，这种手术做了上千例了，你这手术肯定没问题，我都有信心。"

"那成功的有几个呢？您知道吗？我都三十了，我觉得自己现在活得挺好的，我可不信他这一刀下去我就能跑起来。"

"你不试怎么知道嘛！我反复咨询了，也求证了很多人，这手术做了只有好处，不可能有坏处。"

"那试坏了怎么办？他能负责？回头开完刀我连爬都不会了，彻底瘫了，您真要养我一辈子了！还有……"王小米连珠炮般地质疑着，"您就真的相信有免费开刀治疗的好事？我就纳了闷，我不就上电视做了一档节目吗，怎么就有人主动找上门给我看病了？还是免费。这是馅饼啊还是陷阱啊？您还非上赶着拖我来！您是真不怕出事。"

"好了，人家是好心好意来帮你治病，不能害你，你怎么就这么不信任人家呢？"

"行，退一步说，我不管他是什么目的，我知道您想让我能站起来，这是您的心病。北京既然来了，我现在也答应您去看。不过既然真想看病，那咱们干脆去找找林大夫看，行不行？"小米打算用迂回的方法劝说父亲。

"林大夫？哪个林大夫？"

"就二十几年前，帮我做 SPR 脊椎神经手术的林木啊！"

王博文想了想，又觉得是天方夜谭的事，果断打断说："别扯淡，那都是二十年前的事了，当时我总共就见过人家一两面，现在上哪儿找去？"王博文知道小米是在跟他故意周旋。

"不是，您看，我在网上都搜到了……"王小米刚要把手机拿给父亲看，又被父亲打断了。

王博文索性不再理她，盖上被子翻身睡去："别闹了，赶紧睡，明天一早住院去！"王小米既无奈又没法抗拒，她无法预知这次手术将会给自己带来如何巨大的转变，更不可能期待从此以后自己就会拥有运动健将般的身体。此刻，除了内心对手术充满恐惧却无法逃避的心态，她只求能够平安地出手术室。

三月北京的早晨，气温一天天攀升，出了酒店大门便是蓝天白云、阳光四射，这天气好到有点弥漫初夏的气息了。医院离酒店有几百米的距离，这是王博文计划好的，为的就是方便往返酒店和医院之间。像过去三十年一样，王博文双手推着轮椅上的王小米，胳膊上挂着几袋为住院准备的日用品，身后还背着一个鼓鼓囊囊的背包。父女俩慢慢地走在这并不熟悉的街上。在王小米的眼里，如此大好的太阳光竟是这样的刺眼。她依旧裹着来时的羽绒服，戴着帽子，有意识地将头低下，并且恨不得把帽子捂住整个脸。

"今天又不冷，这么好的天气，你捂着个帽子干吗？拿下来，晒晒太阳。"王博文边走边说。

"不拿！这一路上全是寿衣店，晦气！"此刻的王小米是如此敏感，任何一个稍带负面性质的事物，其可能引发的暗示效应到她这里都会被无限放大。

"迷信！"王博文笑了笑说，"我知道你有抵触情绪，都到这一步了就别胡思乱想了，没事！实在不行，等今天做完术前检查，我再跟医生商量商量，晚上还是让你回酒店住，睡个踏实觉，明天好做手术。"

到了医院，护士带着父女俩进到病房，指着中间的病床说："就这儿啊，92床！让病人先上床，平躺，一会先抽个血。"说完她就扭头准备出去。

"护士！"王博文叫住她，"请问薛医生在哪儿？是他联系我们来的，我想见见他，跟他打个招呼。"

"哦，薛医生今天在手术，可能今天要很晚才出来。他应该知道你们来……"护士说着就走了。

王博文把小米扶上了床，正准备把带来的东西收进床边的柜子里，旁边91床的病人不乐意了，连喊带叫："嗨嗨，这我的，您的是那边的柜子。"

"哦，不好意思，不好意思，弄错了！"说着，王博文赶紧把塞进柜子里的东西又拿了出来，堆在了王小米的床上。另一边负责93床的护工趁病人去洗手间的工夫，主动帮着王博文收拾东西，王博文连声感谢。这位护工借着这个空隙，压低了声音问："你们需要护工吗？我现在伺候的病人下午就出院了，要不然我就接你们的吧！"

王博文本就有意要找个护工帮着照顾小米，见有护工主动自荐，一心以为是薛医生提前做了安排，他连连答应："那好啊，等那位病人出院了，您就来照顾我女儿吧，我们明天做手术。"

护工一听王博文这么殷切的盼望，趁热打铁地说："没问题，没问题。我今天就能接您这床。要不咱们一会儿就签合同，您再提前把今天的定金给我付了？"

"好的，一会儿我就给你付定金……"

王小米见父亲和护工谈得这么热火朝天，有意在一旁听了半天，这会儿插话说："阿姨，您是哪儿人呀？"

"我是河南驻马店的。"护工殷勤地推荐自己，"我在这儿干了好几年了，二十四小时不离病房，病人对我评价都很好的。你放心，我一定能把你照顾好的。"又对王博文说了一遍"您先交定金，一会儿我让我们领导来跟您签合同。"

可这护工还没说完，旁边93床的病人就回来了，她坐在床边把鞋一蹬，瞥了一眼护工和王小米父女，一脸不悦地对护工说："哟喂，我这还没走呢，您就找好下家了？"

护工顿时变得蹑手蹑脚，她小声嘟囔："您这不下午就出院了吗，我也要给自己接活啊。"

"92床王小米，家属来拿好单子去做检查了。"王博文听见外面护士叫，边答应着边推来了轮椅，准备给王小米穿上鞋，把她抱上轮椅。一旁的护工也来积极帮忙："我来，我来。"说着她就利索地帮王小米穿好了鞋，并且一把将她抱上了轮椅。却不想她这一抱没掌握好力度，差点把自己的腰扭了。但她却没作声，等王博文推着王小米出去之后，护工扶着腰坐了下来。床上的病人笑话她："这活你还接吗？"

护工疼得龇牙咧嘴，摇着手又摸摸腰说："这活我还真不能接，这小丫头太沉了。别回头把我自个腰弄坏了，不划算。"

"呵呵……得了，我今儿不出院，你呀，接着跟我。"

"那好，幸亏还没跟他签合同！"

2

王博文推着小米楼上楼下地做着各项术前检查，父女俩拿着各种化验单跑遍了半个医院。在王博文取 CT 片的时候，小米坐在轮椅上趁闲暇四处观望，恍惚从不远处的诊室门缝里看到一个身穿白大褂，打着领带，大高个戴着眼镜的侧影。她盯着门缝看了很久，直到从外边走进去一个大夫顺手把那一丝门缝彻底关上了。小米怎么想怎么觉得刚刚看到的人有点眼熟，好像在哪儿见过。可是这是在北京，在陌生的医院她哪来的熟人呢？她还没想明白，父亲就推着车跑过来说："走吧，都一点多了，先出去吃饭。下午还有一个胸片就检查结束了。"

"你想吃点什么？爸带你去吃！"

"都这个点了，饭店肯定早歇业了，随便吃点吧，我没胃口。"

"没胃口也得吃啊！明早手术，今晚就不能吃东西了，趁现在抓紧时间吃点。"父亲一路上哼哧哼哧地推着女儿，大约走了有一公里的样子，找到一家客人稀少的火锅店，他把小米放在门口说："你等会儿，我进去看一眼有没有饭吃了。"

在等父亲的片刻，小米的微信视频电话响了。

"Hello，你现在在哪儿呢？"是好友海珍。

"刚从医院检查完，出来吃饭了。"

"那明天手术？"

"对，明天！"正聊着，小米看到街对角有一个街头艺人正抱着吉他弹唱，音响声音充斥着长街。

"不紧张吧？"

街对角的歌词里唱着"我在这里欢笑，我在这里哭泣，我在这里寻找，也在这里失去。北京，北京……"

"不紧张！"小米倒吸了一口气，然后又说，"如果手术是一次重生，但愿可以忘掉至死不渝的人！"

下午两点钟左右，父女俩又回到医院的病房里，其他两床的病人都午休了，早上积极活跃的护工坐在93床的床尾把玩着手机，见小米父女俩来早就没了上午的热情，过了好半天才表情淡漠地说了一句："我这床的病人这两天不走了，你们重新找人吧。"

王博文感到纳闷，怎么早上说的好好的事扭脸就变卦了，难道是因为没给钱？这时小米在旁边冷笑了一声，嘀咕着："十个河南九个骗，总部就在驻马店。"

一旁的护工好像听懂了什么，不屑地瞥了一眼又继续摆弄手机。王博文对小米"啧"了一下，放低话音："别胡说！再重找一个就行了。"然后他又如之前一样推着女儿出门去做检查。

"小丫头片子，脚不会走路，嘴真厉害，看有谁敢接你这活！"护工很不爽地在他们身后诅咒着。

下午做完胸片最后一项检查，已经是傍晚五点半了，王博文推着小米来到了护士站，护士站里几个护士正围在一起叽叽喳喳，表情怪异地说着什么。背靠着服务台的两个护士似乎是害怕被人听见，半捂住嘴说："手术怎么会做成这样？""就是啊，他怎么会犯这么低级的错误？"

王博文看到早上带他们进病房的护士，就礼貌地对她说："你好护士，孩子明天就手术了，我想今晚带她回酒店洗个澡休息一下，请问我们能不能今天晚上先不住这儿，明早再来？"

这个护士见有病人来，有意咳嗽了一声，眼珠往四周转了转，提醒周边本来叽叽喳喳的护士们闭嘴。然后她才正了正语气回答："那你写个请假条，明早一早就得到病房做准备，八点半就有医生护士来接了。"

王博文拿着护士给的笔和纸，一边写一边答应着护士的话，然后又多问了一句："薛医生呢？到现在还没下手术啊？"

结果这护士很不耐烦地收走了笔和纸，简洁地回了一句："没呢！"

坐在轮椅上的小米，总感觉那群护士说话的神情和状态有些奇怪，可又说不准是哪儿不对劲。

晚上，王博文再一次推着轮椅走在医院回酒店的路上。八点以后的北京，街上灯火通明，枝叶在路灯下摇曳。帝都再窄的街道看上去也觉得宽阔，车来车往，人潮涌动。如果不是看病，这一切在小米的眼里应该能化为好多理想的诗句吧。夜晚逐渐深沉，气温也不像白天那么暖了，才走一段路就感觉有丝丝凉意钻进羽绒服里。王小米仰头目视着前方的红绿灯，问父亲："爸，当年您和我妈也是这样带着我在北京这么看病的？"

王博文一路吭哧地推着，刚走完接近一半的路程，他就能感觉全身热腾腾的，风迎面吹来只觉得分外凉爽。"当年哪像现在这么方便啊，一步就到位。那时候你小，我和你妈都还年轻，精力足，经常是几天几夜不睡觉，白天照样扛着你在北京找医院。"王博文推着轮椅有些气喘吁吁地说，"你记得家里有一张你盘腿坐在天安门前面的照片吧？拍照片的时候你还不会坐，我和你妈好不容易才把你扶稳坐好，刚松手拍了一张你就倒了。不过幸亏那次后来的手术挺成功，回去没多久你真就能坐了。所以啊，这次肯定也没问题。等做完手术你能站起来了，我们再去天安门拍一张站起来的。"

"您想得也太好了吧，哪能这么神奇啊！"说着小米低了低头，突然觉得鼻头有些酸涩，眼里温热，吸了一口气说，"您放心吧，不管如何，明天手术我肯定配合。"天越来越黑，幸好有霓虹灯的引路，伴着飕飕的疾风王博文放慢了脚步，父女俩一路摇晃着到达了酒店。

3

第二天一早六点多，落地窗外的天蒙蒙亮了起来。小米陪着父亲在酒店餐厅简单吃了早饭，再一次走在返回医院的路上。昨晚的疾风早已销声匿迹，初春的太阳和昨天一样温暖。今天手术，小米换上了轻便的衣服。

一大早，医院里的电梯如早高峰的地铁一样人头攒动，王博文推着王小米一边等电梯一边看时间，生怕赶不上八点半医生来病房接小米去手术室。等了两三趟之后终于挤到电梯门口，一开电梯门王博文反应迅速地将轮椅推到了最里面，随之又是一群医生和病人一拥而上，原本相对宽敞的电梯瞬间被挤得满满当当。小米的轮椅被拥挤到最里面靠边的角落，有点要窒息的感觉。小米扭头看向斜对角，她在前面两个人之间的缝隙中似乎又看到了昨天在诊室门缝里看到的那个人。高高大大的个子，戴着眼镜，穿着白大褂系着领带，她越看越觉得熟悉，突然灵光一闪，小米终于想起来这个人不就是自己要找的林木医生吗！她正要抬起头告诉父亲："爸，那个人是……"

"到了到了，先出去再说，要来不及了。"王博文急急忙忙拨开人群把小米推出了电梯。再一转头，小米发现刚才看见的人已经不见了。

她有些激动又气急败坏地说："我刚刚好像看到林木了！他在这家医院！怎么眨眼工夫就不见了？"

"哪来的林木？你又瞎说什么呢？"王博文急呼呼地推着她直往病房冲。

"绝对就是他，我肯定没看错，他在这儿，我要去找他！"小米边说边拍打着轮椅。

"哎呀，你这孩子，现在都什么时候了，一会儿就手术了，你闹什么闹啊。"

刚走到病房长廊中间，就让人觉得整条长廊气氛怪怪的。医生护士，还有周边的病人都拥到最顶头的病房，三三两两地凑在一起窃窃私语。不一会儿就听到那间病房里传出了女人号啕大哭的声音，还有几个男人打骂、摔东西的声音。"你是什么医生教授？怎么给病人开的刀？你拿的是手术刀还是宰人刀？你赔我爸的腿，拿你的好腿来赔……"

王博文把所有注意力都放在了今天的手术上，虽然对这次手术心怀期待，但是作为父亲还是有点担心。等他们一进自己的病房，发现昨天住在 93 床的病人和护工都不见了，只剩下 91 床的老太太躺在床上不作声。然而王博文顾不上这些，他让小米赶紧爬上病床，换好病号服，做好了一切准备，就等医生来接她去手术室了。而小米坐上床后还在继续念叨着："我看到的是他，一定就是林木，肯定没错。"王博文不予理会，一心想着薛医生怎么还没来。

这时候，两个量体温的年轻小护士拿着铁盒走进病房，边走边说着外面发生的事："薛医生这次可算完蛋了，他怎么这么糊涂啊？"其中一个小护士将盒子里的体温表递给王小米，职业化地说："量个体温！"

另一边护士也跟着应和："就是啊，他怎么能在手术前一晚喝酒呢？第二天就手术了，就因为酒没全醒把人家腿开错了吧！"

在一边的王博文听着不对劲，连忙问了一句："护士，你们说的薛医生，是哪个薛医生？"

两个护士说完才想起来，这床的病人今天也是要薛医生做手术的，两人瞬间失色，互相看了一眼，站在王小米这边的护士慌张地取下了体温计，快速回答："就是本来给你们做手术的薛医生，他临时出了点状况，医院会有安排的。"两个护士知道自己说漏了嘴，如同逃窜般快步离开了病房。

王博文听了面红耳赤，二话不说气愤地打开了病床旁的床头柜，从里面丁零咣啷地往外翻东西，边翻边对小米说："换衣服，换衣服，走走走……"

正在这时一群身着洁白大褂的医生走了进来，一位三十多岁的男医生走上前略带歉意地说："你好，王小米！我们是骨四科的医生。因为薛医生今天临时有事，所以，您的脚部矫形手术，还有术后的治疗过程都交由我们的团队负责。"

"不做了不做了！这都什么医院，什么医生？姓薛的，找到我们的时候自称是国内治疗脑瘫的专家教授，还说自己是国务院的保健医生，这下好了，还没做呢，他自己先露水平了。"王博文连看都没看那群医生，只顾着拿着背包收拾行李，又没好气地说，"主动找上门的都是骗子，医生是，护工也是！"

那位年轻医生又解释道："是，您的心情我们都能理解。薛医生的事是个意外，跟我们医院无关。"青年医生接着说，"给您介绍一下，这是我们医院最权威，做脑瘫手术零失误的……"

"不做不做，零失误也不做！都打着权威的幌子糊弄人，做医生的能有点良知吗？我谢谢您，我们孩子这么活着挺好的！"王博文眼都不抬一下。

"你好。我是……"人群里一位较为年长，高个子，白大褂里面穿蓝格子衬衫，系着领带的医生向前一步走了过来。

"林教授？"一直默不作声的王小米突然觉得眼前一亮，又将信将疑地确认了一遍，"您是林木？"

"你怎么认识我？"那位年长的医生也觉得奇怪，旁边的医生都感到诧异。

王小米一下子笑了起来，目不转睛地看着林木，又拽了拽一旁快要发火的父亲，又惊又喜地说，"是林木教授！您看呀，就是二十五年前给我做过 SPR 的林木教授！我就说我刚刚在电梯里看到的一定是他！"

"林教授……"王博文猛地一抬头，一眼就认出了是当年给女儿做过手术的林木教授。

林教授虽然并不记得眼前的父女是谁，更不记得二十五年前的事，但面对认出自己的病人，也出于礼貌地笑了笑，然后回归正题说："我觉得她这个手术还是要做的，虽然只有百分之五十的成功率，但至少做了不会有坏处。"

王小米欣喜地问："还是您做吗？"

"当然还是我来主刀，如果你们信任我的话！"

于是，二十五年后，王小米又一次在北京躺在了手术台上，主刀的依然还是二十五年前给她做脊椎手术的医生。二十五年前，她只有五岁，林教授也才三四十岁，刚从美国带着研究成果归来，是 SPR 手术的创始人，那一年王小米也成了他研究成果的受益者。这次的腿部矫形手术也只用了一个多小时，王博文也像二十多年前一样，守在手术室门口看着手术灯亮起，又等到手术灯熄灭。只是相比上一次，如今他心里少了很多的忐忑，因为主刀的是林医生，二十五年前成功给小米做过手术的林医生。

手术后的王小米，全身瘫软地躺在床上，身上布满各种监视仪器，鼻孔里插着氧气管。几个小时后麻醉渐渐退去，她依然对刚开完刀的两条腿没有知觉。她感觉头脑非常迷糊，眼睛想睁却睁不开，有种半夜还没睡醒的浓浓困意。只听到床两边有人在不断叫着她的名字，她却没有力气去回应。这中间，她还做了个梦，梦到自己又回到了家里，妈妈拿着新衣服在叫她起床，说再不起来就赶不上王小米自己的新书发布会了。

"你们赶紧再叫叫她，麻醉还没过去，先别让她睡过去。"把王小米从手术室送回来的医生又来叮嘱着。

"小米，醒醒，别睡了，小米！眼睛睁开！"

"醒醒，孩子。别睡了！"这个声音是个女的，中年人的声音，但王小米并不认识她。小米在两个声音不间断的呼喊下逐渐睁开了眼睛。她看到一边是父亲，一边是个身穿鲜绿衣裳的阿姨，迷离中她看到这个阿姨的面相还算和善。

"醒啦！"王博文说，又告诉她，"这是我们找到的护工阿姨，这几天请她帮忙照顾你。"

第二天中午王小米总算是清醒了，她能感觉出打了石膏的双腿开始疼痛，然而她动不了，只能平躺在床上。她发现自己现在躺的床位不是一开始的92床，而是靠窗户的93床，她有些纳闷："爸，我不是在那床的吗？怎么换到这儿来了？"

"哦，这床靠窗户，空气好，阳光足。是林教授的助手赵大夫帮你安排过来的。"王博文说。

"小米，中午想吃点什么？我去给你买。就是刚做完手术吃点清淡的好，喝点小米粥行吗？"护工帮着理理被子笑着问。

"行吧！您看着买吧！"小米有气无力地说。

"林教授，赵医生他们在你睡着的时候来看过你了。他们跟我说手术做得很成功，让你放心。"王博文坐在床边说。

"我到现在还有点迷糊。我就记得在手术台上是那个年轻医生一直陪着我，还让我别害怕，后来挂着水我就睡着了。"

"那就是赵医生，最近总来问你情况的就是他。"

"那林教授呢？我就说一定是他吧，我就知道他肯定在这里。"

"是他，没想到还真歪打正着让你给碰上了。他上午来看你的时候还说了，说你是他的小病人，老病号，让大家多关照你。"王博文乐呵地说。

"他想起二十五年前给我开刀了？"小米突然感觉右腿疼得厉害，"哎哟喂"喊了一声。

王博文也跟着紧张地站了起来："怎么了？哪儿疼啊？我去叫大夫！"

"等一下……"过了一会疼痛感又好像缓和了一些，小米叹了口气，"没事了，缓过来了。"

手术后的几天，几乎每天早上都能看到林教授带着他的助手赵医生和穆主任来查房。他们每次都会在小米的病床旁多停留一会儿，向王博文和护工询问小米每天的状况，检查她的伤口。很多时候都是赵医生和穆主任在问，林教授自己很少开口。王博文说，林教授似乎年轻时候就是这样话不多。他隐约想起，当年小米做完 SPR 手术，他也只来查过一次病房，也没说太多话。

后来听其他病人说了才知道，其实平常都是穆主任和赵医生来查房，像林教授这么德高望重的教授，很少会亲自参与查房。有人还纳闷，怎么最近总能见到林教授。

4

傍晚时分，一抹斜阳透过窗帘隐约照进病房。王小米将睡未睡，闭着眼睛，打着吊瓶，隐约听见护工阿姨在她床头上按了呼叫铃说："没液了，来换液了。"王小米还是觉得没有太多力气，不想睁开眼睛。不一会儿，她闭着眼在迷迷糊糊中听到旁边两个病床的病人好像在谈论她。

"听她爸爸说这姑娘是个作家，出了好几本书了。"邻床的女病人说。

"别介，我告诉您，我可不信这个。有的人呐，说是自个儿写书，其实是别人帮着代笔写的。我估计她也是，最后署个名嘛。"91 床的家属说。

眼睛本来闭着的王小米明明白白地听着，忽然间不咸不淡地冒了一句："大爷，您是看见有人替我写了？还是看见我就署名了？"说完这话王小米就睁开眼朝左边看了一眼。

护工阿姨看小米醒了，赶紧上来贴着她的耳朵说："别听他胡说，他懂个啥！"

小米也懒得理会这些闲言碎语，问护工："阿姨，我爸呢？"

"你爸去给你买罐头了，你早上不是说想吃橘子罐头的吗，他去买了。"

病房里的黑夜总比白天还要漫长，一间三人的病房里，晚上连同病人和家属，还有护工能住上四五个人。一到半夜十一二点各种呼噜声，上厕所的开门声，以及隔壁病房孩子的哭闹声此起彼伏。王博文弄了张行军床搁在了小米病床旁边，在不到一米的空间里蜷曲着。他是真的累了，似乎睡得很沉，平时很少打呼噜的他，今晚的鼾声格外响亮。这声响叫另一旁92床昨天刚住进来的病人睡不着了，那阿姨最开始有意无意地拍拍床沿，以为这样会惊动他，可是并没有。最后实在没招了，那阿姨侧着身爬起来叫道："您闺女叫您呢！"

这句话一出，王博文吓得一个猛子爬了起来，睁大眼睛摸着小米问："小米怎么了？哪儿难受啊？"

此时的小米也没睡着，她睁着眼望着天花板。很淡定地说："我没事。您呼噜声太大，吵到人家睡觉了。"

"哦……"王博文松了一口气，侧了个身躺下来说，"你怎么醒了？"

"我睡了一觉了，醒了！现在几点了？"

王博文点开手机看了一眼："半夜十二点多了。"

"我睡了那么久才十二点多？"王小米觉得讶异。"放在家里这会儿我正忙着呢！"

王博文觉得侧着身有些难受，又把身体躺平着打了个哈欠，"睡吧！这不住院吗，跟你作息时间不一样的。"

"爸，您明天晚上还是回酒店住吧，这床睡得不舒服。"

"没事，这比过去好多了！过去在医院也舍不得花钱租个床，实在没办法了，就找了个废纸盒放在地上，在上面铺一层床单也就睡了。唉，那时候啊……不说了，睡吧！"听着王博文说着话，王小米叹了口气闭起眼睛，却过了很久才睡着。

5

"小米，醒啦？"护工阿姨一大早已经买好早饭回到病房了。"我给你买了豆浆和花卷，豆浆里还放了糖，咱们今天换换口味。"护工阿姨一脸笑意，"一会给你擦擦脸就吃。"

"嗯，好！"王小米今天看起来气色好了很多。谁知道这豆浆和花卷刚吃了几口，她就感觉不对，胃里很不舒服，她连忙拦住护工阿姨喂她吃东西的手说："要吐！"脸色突然也不好看了。

护工阿姨吓得措手不及，立刻抽了几张纸巾想替她接住，可随着王小米"哇"的一下，吐得被子上全是。等吐完了，才觉得好受一些。正在这时，赵医生带着几个医生进来查房，看到小米这情况便问："怎么了？"

"吐了！刚吃了几口就吐了！"护工阿姨解释说。

"还有哪儿不舒服？"赵医生走到王小米身边问。

"有点恶心，吐过就好一点了。还有头晕。"王小米躺在床上脸色有些蜡黄。

赵医生又仔细看了看她说："没事。头晕恶心是因为给你用了安定。你这是驱动型脑瘫，怕你控制不住地乱动再弄坏伤口，所以就先打着安定稳定一下。别担心。"赵医生又转过身交代护工，"最近还是给她吃清淡一点比较好。"

"好了，没事，好好休息。一会我来给你换换药。"赵医生又安慰了一下王小米。

"嗯，谢谢赵医生。"王小米见今天林教授没有来查房，想了一下便问，"林大夫呢？"

"林大夫今天一天的手术。"

"哦！"呕吐后的王小米觉得轻松了一些。

这天晚上，王博文在小米的劝说下回酒店住了，走的时候对护工千叮咛万嘱咐，不管多晚，一旦有事赶紧打电话给他。护工阿姨理解做父亲的心，一再保证，说她半步都不离开小米，让他放心回去休息。

晚上八九点钟，熙攘一天的医院总算安静了，病房里其他两床的病人和家属都熄灯睡去。王小米等护工阿姨也睡熟了，才偷偷打开床头灯，摸索出来手机想写点什么。从手术到现在，她已经好几天不更新朋友圈了，除了最好的两个朋友知道她在北京做手术，其他人还一概不知。微信对话框里也只有海珍几天前发来的信息，问她手术做得怎么样了？她回复：手术顺利！小米正在过手机瘾的时候，病房的门被轻手轻脚地推开了。

"林教授！"王小米扭头一看。

林教授轻轻地走到小米的床边，说："这么晚了，你怎么不睡啊？"

"睡不着啊！您怎么还没下班？"

"今天的手术刚结束，一会儿就走。这两天感觉怎么样了？"林教授看似有些疲惫，顺手拉了床边的椅子坐了下来。

"比前两天好点了，就是精力还不是很足。"

"刚做完手术都这样，还有个恢复过程。你早点睡。"林教授准备起身离开。

"林教授。"王小米叫住了他，试探地问，"您还记得二十五年前给我做手术的事吗？"

林教授抬手扶了扶眼镜，笑了笑没说话。

王小米当然知道他是记不得的："您肯定记不得了，毕竟这么多年过去了，您经过的病人那么多，记不住这也是正常。"

"我看过你腰椎上的刀口，的确是我做过的，看样子恢复得不错。"林教授又坐下来说，"其实你这样的状况如果再早一些来看，说不定还能有很好的改善。可惜那时候没有留下联系方式，也不像现在通信这么便捷。"

"是啊！二十五年前到北京看病可难了，我出生八个月时被查出来是脑瘫，紧接着就天南地北地看。一九九四年的时候，我姑父的一个战友在北京聋儿康复研究中心工作，经他介绍认识了当时中心的汤主任，后来汤主任就把您介绍给了我爸妈，说您是刚从美国回来的，最年轻的治疗脑瘫的专家教授。据说当年挂您的号可难了，要不是汤主任帮忙加塞，我哪能被您看到呀！"王小米回忆着说，两人都笑着。王小米接着说，"于是我爸妈抱着我，拿着好不容易加塞挂上的门诊号找到了您，后来您给我看了就把我收住院了。再后来手术做完二十八天以后，回到家我就能爬能坐了。"

"你那时候还那么小，怎么能记住这么多？"

"也不全是我记住的。"小米摇了摇头，"有的确实是后来我爸妈讲给我听的。对您过去的印象，其实只有一个大概的轮廓，有些模糊和神秘。"

"那你那天是怎么认出我的？"

"我说是直觉，您信吗？"林教授听后笑了笑。小米又说："我知道您不信，您信的是科学。我之前确实在网上百度过您的相关信息，所以您现在长什么样，我能记住个大概。可这么多年来有一点是真的，就是我一直记得林木这个名字啊，这是真实的。如果当年不是林木教授您做的手术，可能也就没有我现在的样子。"

"那你怎么到现在才找到我？还是阴错阳差？"

"这话说起来就有点长了。那年手术结束后的好多年里，我家里发生了很多的变化，又经历了多次搬家，所以也就没顾上看病这回事。我小时候不愿意上特殊学校，直到九岁才上了普校，一直上到初中毕业，然后又自学了文史哲的课程，接着就开始独立创作。直到近几年开始以作家的身份出书，再后来就上了电视做了几档节目。最后就有人莫名其妙找到我家说要帮我治病，结果歪打正着就找到您了。"

王小米在只有几瓦亮的床头灯下对林教授讲述着这一切，她见林教授点点头，又笑着说："虽然我一直觉得您在我小时候记忆中的形象很神秘，但是我听我爸妈说，您年轻的时候是一个特别儒雅的人，很绅士，做事很严谨，话也不多。而且那时候好像还挺帅！要让我用现在的话来概括，这不就是标准的男神嘛！"

"男神？都这把年纪了！"林教授嘿笑了一声，站起来说，"我走了。赶紧睡吧！"

道别时，小米俏皮地问了一句："不管是不是阴错阳差，我这次还是又落您手里了，这回您应该记住我了吧？"

林教授没有回答，只是边往外走，边向她挥挥手。

6

手术后的第六天，王小米已经可以稍微坐起来一些了，精神也好多了。没一会儿手机视频响了，是妈妈打来的。王小米按下接听键，举着手机看着屏幕半天没说话。

"总算肯接我电话了？好一点没？"妈妈问。

"好点了。"王小米面无表情地回。

"还生气呐？那天我不是故意凶你，你看你吓得，你这根本不是大问题，现在手术不是做得挺好的嘛。"

"我做手术不是大问题，别人的问题全是大问题。您就舍小家保大家吧！我就想让您安慰安慰我，您看您那天对我吼的。真行！"王小米带着委屈说。

"好好好……是妈不好。等你回来妈好好照顾你。还有，你看这是妈昨天给你买的新衣服，给你这个月底新书发布会穿。这颜色、款式喜欢吗？"妈妈在视频那头举着一件紫红色西装外套。

王小米心里的怨气消了大半，看了看衣服说："行吧！我后天就能出院了，等我回去再说。"

跟妈妈打完视频电话，微信里又收到一条消息，小米一看竟然是林教授发来的，内容是一首古诗词。有两句是这么写的："春风习习清池岸，新柳丝丝碧水漱。"

王小米看了乐不可支，虽然古体诗不是她的特长，但是凭借她写了这么多的现代诗，诗词的韵律怎么着也懂得一些。于是，她思考了一阵回复："微风徐徐拂京城，林木茵茵又逢春。"发出这条微信后，小米又另外加了一句，"写不好古体诗，几句拙作，请见谅。"

这时，护工阿姨正和隔壁病房串门过来的家属聊着。这是一位跟随儿子带着孙女来看病的老奶奶。

老奶奶满脸愁容地诉说着自己家的伤心事："我们家这个孙女才六岁，他爸爸啊，背着她跑了好多地方给她治病。可这脑瘫真是太难看好了！"

"那她现在自己能站起来吗？我看怎么就您和孩子爸爸在这儿啊？她妈妈呢？"护工阿姨问。

"哪能站啊！连坐都不行，全靠她爸和我背着抱着。说话也不利索。这么大了，只会一个字一个字往外吐。说起她那个妈，更别提了。唉！她其实是双胞胎，上面还有个姐姐。后来俩孩子长到一岁多的时候，发现这小的得了脑瘫。她妈就悄没声地把好的那一个带走了，把这个有病的留给我们了。我啊，就担心，这孩子以后可怎么是好哦？"老奶奶说起孙女就抹抹掉下的眼泪。

"才六岁，还小啊，赶紧找林教授做手术啊！"在一边听着的王小米突然插了话，并劝慰老奶奶，"我跟您说啊，我小时候也不会坐，我干什么都要人抱着我。后来就是林教授给我做了脊椎手术，没多久我就能自己爬起来坐了。当然孩子越大，家里就越要逼着她自己去做能做到的事，一定要放手让孩子自己去做。"

"对！我听她爸爸说了，我们小米在家都是自己照顾自己，好多事就是她妈妈以前逼出来的。"护工阿姨也劝告那位抹着泪的老奶奶。

"总之，脑瘫是很难治愈。但是找对医生还是会有很大改善的，找林教授看就对了！"

"哟，帮林教授打广告呢？"赵医生说着话走进来。

"没有，林教授的医术哪还需要我打广告啊！"王小米看老奶奶走了回去，想起她刚才说的话，有点替那孩子辛酸地念叨着，"这么小的孩子就被亲妈丢了，真是可怜。脑瘫的孩子心智明明可以很健全的，但是如果生长的环境是破碎的，那未来就很难说了。"

"嗯，是这样！"赵医生说，"其实还是会有很多人把脑瘫的概念理解错了。听这名字都认为是大脑出了问题，事实上并不是。"

"所以很多误会就是这么来的。脑瘫？脑残？明明就是两个概念，他们怎么就弄不懂呢？"王小米鼓了鼓嘴有些无奈。

7

王小米手术后的第八天，窗外又是一个艳阳高照的好天气。小米也等到了要拆石膏的日子。

早上还在吊水的小米，精神状态越来越好，她依旧躺在床上眼睛盯着头顶的吊瓶，心里窃喜着："吊完这瓶终于就不用每天被扎了！"正想着，她无意间扭脸往门外一看，有个穿白色外套，背黄色背包的女孩推门就进来了！"咦，你怎么来了？"王小米惊喜地笑起来。

"我昨天刚好来北京出差，听你爸说，你在这儿做手术，正好过来看看。"

"阿姨，这是出版社我的责编，麻烦您去给洗点水果来。"小米向护工阿姨说。

护工听了小米的话说："好嘞，你们先聊！"随即从柜子里找出新鲜的水果，拿着盆去盥洗室洗了。

责编朝护工礼貌地笑着，然后关心地问小米："你怎么样啊？什么时候出院？"

"你来得真是时候，今天我就要拆石膏了！"小米嬉笑着说。

盥洗室里，护工阿姨洗着水果，一会儿有另一个护工也端着盆走到她旁边。王小米的护工阿姨并不认识她，她却有意上去搭话："你照顾的那女的，还没走呢？"

王小米的护工阿姨不在意地应着："今天下午应该就能出院了。"

"那丫头不好伺候吧？一开始让我接，我可没敢接。她又重，还控制不住地动。上厕所什么的，可累人了吧？"

"不会啊？这么多天也没让我抱她，我觉得照顾她没多累啊！"护工阿姨又一想对她说着，"这孩子就怕上厕所麻烦人，自己忍着疼坚持插了两回尿管。"

"是……这样啊！"那个之前不敢照顾小米的护工一下子没了言语。

这一刻的病房很安静，盥洗室的门没关，两位护工说话的音量不小，一字不漏地都传到王小米和责编的耳朵里。责编看着王小米，表情里替小米不平，王小米笑笑说："我跟你说一件特有意思的事啊。我前段时间在南京的路边碰到一个算命的，不是瞎子的那种，你知道他是怎么算的吗？"

"怎么算？看手相？"

"人家现在可不是那么老套的算法了。"小米兴致勃勃地讲着，"那老先生问了我的生辰八字，一会翻翻八卦书，一会又查查手机算命 APP，然后跟列公式似的给算出来了。"

"哈，现在算命的都用这么高端的方式做生意了，他都给你算出什么来了？"

"他说，我的这个属相蛇，其实不是地上的蛇，而是天上的龙，因为触犯了天规被惩罚到人间受难了！你听像不像讲《白蛇传》？"

"哈哈，还真有点像呐。还有呢？"

"他还说我今年运气不佳，易破财！又说我以后的事业运不错，日后的事业大有可为。后来我回到家照镜子一看，终于知道他为什么会说我事业大有可为了！"

"为什么？"

"因为我那天是才开完作品研讨会出来的，穿的还是正装，他能看不出来吗？我又问他，健康运如何？你猜他怎么说？"

"怎么说？"

"他最后让我相信科学！有意思不？"小米"扑哧"一笑。

"这可太有意思了！别说人家算命的都知道翻书查手机了，

人家也是讲科学的。"

"是啊！我后来一琢磨，他说的有的还是像的。我今年运气的确真有那么点背，你看啊，本来我今年是可以去高校进修的，结果一切都准备好了，临了让人给顶替了。还有，今年从开头我就各种投稿，每回都看着差点中了，到了最后关头就给毙了！这些附带的东西，我也就不说了。就说这次破财看病，一来就遇到骗子医生和护工，要不是遇到林教授，我这手术还指不定给什么人瞎做呢！我有时候还真害怕，万一哪天一觉醒来，发现我这手术不是林教授做的，就太可怕了！"小米说着摇摇头，好像多少能摇掉一些恐慌似的。

"别说得这么衰了，现在这不挺好的嘛。而且人家算命的都说了让你相信科学，这句话还是比较靠谱的。"责编转念一想，"我觉得算命这故事挺有意思的，这素材别浪费了，你回头弄一篇小说得了。"

"我觉得可以！"王小米又乐起来，做了一个 OK 的手势。

"哦！我来半天差点把正事给忘了！"责编忽然想起了什么，翻翻手里的包拿出两本书来，"呐，这是你新书的样书，你看看。"

小米拿在手里翻了翻，看了看封面："嗯，做得挺好，感觉很有质感。"

"你看这次的封面设计是用烫印的，黑底上面有一棵银色的树，这树是倒着生长的。跟你定的书名《在静寂里逆生长》恰好吻合。"

"是挺不错的，这风格也体现了这本书冷静淡定的主题……"小米和责编讨论着。小米又反复看了看封面上的书名，突发奇想，眉头皱了皱说："你说，我今年运气这么背是不是跟我叫这书名有关啊？逆生长？又活回去了？"

"这你也迷信？"责编笑她，接着说，"要照你这么说，你下一本新书定的是《轮椅上的奔跑》，看样子你这运气又要'跑起来'，扭转乾坤啦？"

"呵呵……你这逻辑不错，可以期待一下。"说着两人被对方逗得开心地笑了。

8

"你真烦人，一会儿这样，一会儿那样，有完没完，明天我不在这儿了，叫你俩儿子来伺候你！"91床的家属大爷又发起脾气摔门而出。

"不用，我谁都不用你们伺候，你走吧你！"病床上的老太太气得提高声音吼着。

这老两口这么吵已经不是第一次了，小米眼睛朝隔着中间一张床的大娘望去，劝说道："大娘，别生气。大爷肯定一会儿就回来了。"

"这老头子，天天的，非要跟我吵吵！"大娘踢了踢被子说。

"没事。我都看出来了，大爷脾气是不好，但是这么多天嘴上一直喊走，这不还是他日夜在这儿陪着您，照顾您嘛，别气了！"

大娘被小米的话劝说得有些消了气，她侧过身对小米似乎有那么一些歉意地说："姑娘，那天我老头子说你不像作家、只署名的话，你可甭跟他计较，他不懂这些的。"

小米早就释然了，这会儿一笑说："这事都过去了，我没放心上。您别客气！"

"小米，林教授和赵医生、穆主任来了！"王博文和林教授他们走了进来。

小米开始介绍："这是我的责编，这位是……"

"我知道，医学界的白居易嘛！都听小米说了。"责编抢先说。

大伙儿都笑着，然后林教授拿出一本书和一支钢笔递到小米面前说："今天拆了石膏就能出院了。送你个小礼物，打开看看。"

小米打开一看，是一本小说《生生不息》，封面上有一枝鲜红的玫瑰，第一页里面有林教授写的寄语和签名。寄语写着："永远的生命之树。"

小米也拿出手边的新书送给林教授，说："我这也是一棵树，逆生长的树。"

林教授接过书，对赵医生和穆主任说："开始拆石膏吧。"随后几个医生一起帮忙拆。王博文站在床尾目不转睛地看着从女儿腿上拆下来的石膏，坐在床上的小米闭起了眼睛不敢看。石膏被顺利拆了，王小米瞬间觉得双腿得到了释放。赵医生拿来了一个拐杖，对眼睛慢慢睁开的小米说："想不想试试下地走走？"

"走走？能走吗？"她仍然很怀疑，却又很想试试。

周围的人也都在用肯定的眼神鼓励着她："走走，试试。"

小米用得力的右手握住拐杖的扶手，左手被赵医生扶着。她使足了全身的力气站了起来，身体开始有些摇晃不定，等她稳定了一会儿，她感到原本弯曲的腿可以站直了。王博文在一旁殷切地盼望着，小心地说："能走吗？试试？"在父亲和所有人期待的眼神与话语中，小米小心翼翼地迈出了第一步，接着是第二、第三步……她渐渐松开了赵医生的手，自己用手拄着拐杖一直往前走，而且越走越稳当，每一步都迈得如此自如。走到病房门口的时候，她转身回头看着大家都在对她笑着，一束明亮而通透的光照耀在她身上。她看到父亲眼含热泪抓住林教授的手一再感谢，她看到责编欣喜万分地对她说："太好了，小米，你能站起来走路了，这次新书发布会你能自己站上舞台了！"她还看到赵医生、穆主任和所有医生都为她高兴地竖起大拇指。王小米笑着哭着，嘴里止不住地说着："我会走了，我会走了，会走了……"她幸福地又笑又哭，泪水模糊了视线……

9

"我会走了，呵呵，会走了！"泪水顺着眼角流向枕头。

"醒醒，醒醒小米。快醒醒……"小米一睁开眼睛看到了妈妈。"你这是怎么了？睡个觉又笑又哭的。起来了，已经八点了，你不是今天早上十点的发布会吗？赶紧的！"

小米瞬间从床上坐起来，表情木讷，她环顾四周发现自己是在家里。一抬头猛地看到房间门口还放着轮椅，她指着轮椅，急得都结巴了："那……那玩意儿怎么在这儿？我不是在……在北京把它扔了吗？我拐杖呢？"

"什么拐杖？你什么时候去过北京？"妈妈以为她不是睡觉睡蒙了，就是昨晚写作又写晚了，就问她："你昨晚又写到几点啊？是不是写得太入戏了？赶紧换衣服，时间来不及了！"

王小米还是没想明白，刚刚她明明就是在医院啊，怎么会在家呢？她再看看床头的衣服，心里嘀咕着："是这件紫红色西装外套，没错啊！"她还看到床头柜上放着一本封面是玫瑰花的《生生不息》，翻开第一页依然有着"永远的生命之树"的寄语。但是落款签名怎么好像被人涂改过，看不清了。

一个周末的中午。

王小米和鲁智、徐蕊约在古南都吃自助。三人围坐着。王小米专心致志地看着手机，面对一桌的食物心不在焉。

"你吃啊，别老看手机，这自助不是你张罗要来吃的吗！"

鲁智叉着一块牛排对王小米说。

"我下个月去北京看病！"王小米用另一只手拿起杯子喝了口水，眼睛继续盯着手机。

"看病？你哪儿不舒服？"鲁智吓了一跳。

"没有，看看老毛病，不死心！"

"怎么突然想起来去北京看病了？"坐在对面的徐蕊问。

鲁智想了一下，觉得奇怪："是啊！怎么突然想起来这事了？我记得你跟我说过，是去年吧？去年有一帮人，也是从北京跑来南京要帮你看病的，结果你死活没让人家看。"

王小米继续划动着手机屏幕，冷笑一声："呵。那帮人，个个都七老八十了，不知道从哪儿冒出来的，我看那样子手术刀都拿不稳，我怎么给他们看啊！"

"那你这次打算找谁看？"徐蕊问。

王小米把手机举起来给他们看："找这个人看。"

"林木？"鲁智和徐蕊异口同声地说。

"是他，二十五年前就给我做过 SPR 手术的。"

"二十五年前？那么遥远！"鲁智和徐蕊都很惊讶。

"我发现你真行，吃饭只吃一家餐厅，看书只看一家书店，连看病现在也只盯着一个医生看，太执着了吧。"鲁智边喝着饮料边笑话她。

"我这叫专一，好吧？"

"行，你专一。那这人现在在哪儿呢？"

"在北京东直门医院，附近有条箦街，街上有家做芥末墩的店。"

"嗯？箦街是什么街？芥末墩又是什么鬼？"

后　记

　　这么多年，我一直在寻找一个词语，或是一句短语来诠释心底埋藏最深的一种情感。然而，在创作了近百万字文学作品之后，我依然没有找到这样一句可以直达内心最深处的语言。

　　写小说，并不是一件意外的事情，自从决定成为作家的那天起，我就清楚地预见到终有一天，我的笔下会诞生一个又一个鲜活的人物与故事，我一直有信心自己会做到这一点，哪怕会很艰难。"不虚此行来看你"，真的是来自一个梦境。有一天，天快要亮的时候，我突然就梦见了这样一个词语：不虚此行。我迷迷糊糊地想着，那然后呢？因为什么而不虚此行呢？一睁开眼便跳出：来看你啊！没错，只有去看了你，才算不虚此行的呀！人生在世，"遇见"是一种奇迹，人与人，人与事，人与物，人与理想，人与情感，人与生活……在万物之中遇见，便不虚此行。

　　我与文学，与文字的遇见，敲出一段又一段的话语，把想象落成现实，无非是创造出一个接一个的奇迹。当我从自我中跳出，化身为各种各样的人物，以不同的角色、不同的性格去虚构每一个故事，就如同体验了不一样的人生。《不虚此行来看你》

有十一个故事，主角都是女性，她们的命运各有各的曲折，也各有各的幸运，就像这个世界上人们每分每秒都在上演各自的喜怒哀乐。我只是把看到的、捕捉到的以及构想到的串成了我理想中的场景和语言。创作出一篇不可能发生的故事并不难，难的是创造出一个令人相信的故事。

　　写作短篇小说，是我为自己开辟的崭新旅途。我无法预料将在这条路上走得多平坦或多荆棘，但一旦开始了，那就是正确的。《不虚此行来看你》不代表一段故事的完结，而是正式开始。感谢王尧老师为《不虚此行来看你》作序，感谢作家出版社出版了我的第一本短篇小说集。感谢一直关注我创作的人们，诗歌、散文、随笔、长篇，你们或多或少都读过。所以，在未来的日子里，请期待在短篇小说里和我再相遇。

王　忆